VLM

Lee Roddy

Die verzweifelte Suche

JOHANNIS LAHR
EDITION VLM
Verlag der Liebenzeller Mission

*Für mein zweites Enkelkind,
Zachary Steven de Haas, geboren am 2. Oktober 1988,
als Kind meiner Tochter Susan
und ihres Ehemannes Alfredo de Haas*

Die amerikanische Originalausgabe erschien unter dem Titel »The Desperate Search« by Bethany House Publishers, Minneapolis, USA

Aus dem Amerikanischen durch Johannes W. Volkert

ISBN 3-88002-487-1

Edition C-Bücher für junge Leute 56133 (K 33)

im Verlag der St.-Johannis-Druckerei, Lahr-Dinglingen
Umschlagbild: Bethany House Publishers, Minneapolis, USA
Umschlaggestaltung: Grafisches Atelier Arnold, Dettingen/Erms
Gesamtherstellung: St.-Johannis-Druckerei, Lahr-Dinglingen
Printed in Germany 10762/1992

Inhalt

Dank

Danken möchte ich all jenen Menschen, die mir im Laufe der Jahre aus dem Schatz ihrer Erinnerungen erzählt haben, was sie während der großen Weltwirtschaftskrise der zwanziger und dreißiger Jahre erlebten. Ich kann mich nicht mehr an alle Namen erinnern, aber die erzählten Geschichten werde ich niemals vergessen.

Ich selbst wuchs in jener Zeit unglaublicher wirtschaftlicher Not als das älteste von zehn Kindern auf. Daher waren meine eigenen Erinnerungen mir bei der Niederschrift der vorliegenden Erzählung eine Hilfe. Das Gespür für Zeit und Ort, das für die »Echtheit« dieses Buches unerläßlich war, wurde jedoch durch die mir mitgeteilten Erfahrungen noch gesteigert.

Manchmal war es nur ein einziger kleiner Vorfall, der in mir eine Saite zum Klingen brachte. Dann wieder war es ein dramatisches Ereignis oder Erlebnis, das sich im Fluß der Zeit festgesetzt hatte und mir neu bewußt wurde.

Während sämtliche Personen, die in dieser Geschichte eine Rolle spielen, der Phantasie entsprungen sind, haben viele der dramatischen Ereignisse einen historischen Hintergrund.

Es konnte damals tatsächlich geschehen, daß ein zwölfjähriges Kind nach Hause kam und dann feststellte, daß Eltern und Geschwister heimlich weggezogen waren: Die ratlosen Eltern waren der Meinung gewesen, daß das Kind jetzt alt genug sei, um für sich selbst sorgen zu können; und sie selbst hatten jetzt einen hungrigen Mund weniger zu stopfen.

Es kam auch wirklich vor, daß Eltern ihre Kinder aus Verzweiflung fremden Menschen übergaben, damit die Kinder überlebten.

Ein halbes Jahrhundert später wurde ich mit solchen

Schicksalen konfrontiert, und ich verwendete sie als Sprungbrett für meine Phantasie.

Ich möchte daher für den Beitrag, den derartige Episoden beim Zustandekommen dieser Geschichte geleistet haben, danken. Stellvertretend danke ich folgenden Personen, deren Erinnerungen mir geholfen haben, jene schwere Zeit auf den Seiten dieses Buches wieder lebendig werden zu lassen: mein dreiundneunzig Jahre alter Vater, T. L. »Jack« Roddy, der ein fantastisches Gedächtnis besitzt, und dann meine Mutter, die verstorbene Neva Roddy, geborene Gordon. Viele Jahre hindurch hat sie Hunderte von Notizen gemacht in der Hoffnung, daß sie mir eines Tages »die Idee für eine Geschichte« geben sollten.

Diejenigen, die ich hier nicht erwähne, aber vielleicht hätte erwähnen sollen, bitte ich um Verzeihung. Alles, was ich in dieser Geschichte niederlegte, geschah in dem Versuch, für Gegenwart und Zukunft etwas von dem Erleben während jener schrecklichen Weltwirtschaftskrise festzuhalten.

Wenn die Leser dieser Erzählung jene Zeit und die Menschen jener Zeit nach der Lektüre etwas besser verstehen, hat der Autor seine Zeit richtig verwendet.

Dem allen füge ich mein inbrünstiges Gebet hinzu, daß es eine solche Krise niemals wieder geben möge!

Aufbruch zu einem schlechten Beginn

Während Chris Corrigan gespannt durch das Autofenster blickte und nach dem Mississippi Ausschau hielt, gab der Motor des alten Autos plötzlich protestierende Geräusche von sich und verstummte schließlich ganz.

Im gleichen Augenblick verstummten auch die munter plaudernden Stimmen.

Molly Corrigan, Chris' Stiefmutter, drückte das Baby Joey fest an sich, und die sechs Mädchen, die mit nackten Füßen hinten im Auto saßen, lehnten sich nach vorne.

Joe Corrigan lenkte den schweigenden Wagen zur Straßenseite.

In der plötzlichen Stille jenes Nachmittags spät im Juni schob die zwölfjährige Chris ihre vier jüngeren Schwestern auf die Seite und beugte sich über den Vordersitz. »Was ist passiert, Vati?« fragte sie besorgt.

Der Vater war zu beschäftigt, um ihr zu antworten. Mit einer Hand zog er die Bremse an, während sich die andere rasch über mehrere Schalter am Armaturenbrett bewegte.

Elisabeth, Chris' praktisch veranlagte Schwester, die zehn Jahre alt war, tippte Chris auf die Schulter. »Bedeutet das, daß wir es bis nach Kalifornien nicht schaffen?« flüsterte sie ängstlich.

Die drei Jahre jüngere Martha murmelte mißbilligend: »Wir sind immer noch in Illinois, natürlich schaffen wir es dann nicht!«

Ruby Konning, Chris' Cousine, schüttelte ihre wilde, blonde Mähne. »Wir sind gerade erst losgefahren!« rief sie mit schriller Stimme. »Wir müssen es schaffen. Wir müssen es einfach schaffen!«

Chris sagte nichts, sondern schluckte schwer. Die Zeiten waren schwierig, und sie träumte schon lange von einem echten Zuhause, von einem Ort, an dem die Familie für immer froh und glücklich miteinander leben konnte. Doch jetzt drohte sich dieser Traum in Luft aufzulösen.

Joe Corrigan schlug mit der Hand gegen das Lenkrad. »Es hat keinen Sinn! Wir werden nie bis Samstagmorgen dort sein«, rief er aus. »Und damit verliere ich meine Arbeitsstelle, das Haus und alles, was in Lone River auf uns wartet.«

Molly setzte das dreizehn Monate alte Baby auf die andere Seite ihres Schoßes und sagte ruhig: »Aber Joe, du bist ein guter Schlosser. Du kannst den Fehler bestimmt beheben.«

»Aber nicht rechtzeitig«, rief er. Seine Augen waren vor Müdigkeit gerötet. »Ich bin Tag und Nacht von Kalifornien nach Illinois gefahren, und das hat diesem alten Kasten auf Rädern den Rest gegeben. Ich hätte ihn doch verkaufen sollen, bevor ich mit euch allen nach Lone River aufbrach.«

»Du hast noch sieben Tage«, gab Ruby ihm zu bedenken.

Chris fand es schrecklich, ihren Traum aufgeben zu müssen. Während sie ihre langen Zöpfe über ihre Schultern nach hinten warf, beugte sie sich impulsiv über die Rücklehne des Fahrersitzes und legte ihrem Vater liebevoll die Hand auf die Schulter. »Sie hat recht, Vati«, meinte sie mit leuchtenden Augen. »Du bist in fünf Tagen von Kalifornien nach Illinois gefahren, und wir haben eine ganze Woche für die Rückfahrt. Nimm dir einen Tag Zeit für die Reparatur des Autos. Du schaffst es bestimmt.«

Joe Corrigan schüttelte langsam den Kopf, die Müdigkeit zog tiefe Furchen in sein Gesicht. »Dieser Schrottkasten kann nicht mehr repariert werden.«

»Dann verkauf ihn doch!« rief Chris aus.

»Du warst selbst dabei, als ich das versuchte. Niemand will einen solchen Karren.«

»Hast du Geld, um ein anderes Auto zu kaufen?« fragte Chris gespannt und drückte ihren Kopf an die stoppelige Wange ihres Vaters.

»Vielleicht«, gab er zu. »Aber die Wirtschaftskrise macht

es einem sehr schwer, hartes Bargeld aus der Hand zu geben.«

Chris schob ihre eigenen Gedanken über die schwere Zeit im Jahre 1934 von sich. »Schafft der Wagen es, uns zum Bauernhof von Großvater Corrigan zu bringen?« fragte sie.

Ihr Vater nickte. »Wenn ich ihn wieder in Gang bekomme, glaube ich schon, daß das mit Mühe und Not klappen wird.«

Die anderen waren still geworden, als die willensstarke Chris vor Entschlossenheit immer lauter sprach. »Dann versuche es, bitte, bitte!« rief sie mit neuer Hoffnung. »Wir müssen doch innerhalb einer Woche Kalifornien erreichen. Wir müssen es schaffen, Vati!«

An den Augen ihres Vaters war zu erkennen, daß er Verständnis für seine älteste Tochter hatte, obwohl sie sich charakterlich sehr voneinander unterschieden. Er war es gewohnt, das Leben so zu nehmen, wie es kam, aber Chris nahm die Dinge in die Hand. Langsam nickte er. »Ich werde unter der Motorhaube nachsehen.«

Alle atmeten erleichtert auf – mit Ausnahme des Babys. Das schlief, den Daumen im Mund, auf dem Schoß seiner Mutter. Chris lächelte ihren Angehörigen aufmunternd zu. »Irgendwie werden wir es schaffen«, flüsterte sie leise.

Sie gab sich zuversichtlich, aber in ihrem Innern wußte sie, daß ihre Träume in Gefahr waren.

Nach einer schier endlos erscheinenden Flickerei unter der Motorhaube gelang es Joe Corrigan schließlich, den Motor wieder in Gang zu setzen. Eine Staubwolke breitete sich über die Landschaft aus, als das alte Auto gemächlich das letzte Tor vor dem Reiseziel durchfuhr. Vorsichtig manövrierte Chris' Vater über die Bretter, die als Brücke über den Bach ohne Namen dienten, der quer durch das mit Wald bedeckte Grundstück seiner Eltern strömte.

Chris' Herz schlug schneller, als sie einen Blick auf das Haus werfen konnte, das sie drei Jahre lang nicht gesehen hatte. Das zweistöckige weiße Haus der Großeltern stand auf einem kleinen Hügel und blickte über den

Mississippi. Große alte Ahornbäume füllten den geräumigen Hof vor dem Gebäude. Zwar benötigte das Haus einen neuen Anstrich, aber abgesehen davon befand es sich in einem guten Zustand. Hinter dem Wohngebäude lagen das vertraute Räucherhaus, der Brunnen, die Zisterne, der Schuppen mit dem Pferdegeschirr, der Silo, die Toilette und die Scheune.

Das Auto fuhr die lange Auffahrt entlang und verscheuchte einige Hühner, die erschreckt und laut gackernd auseinanderrannten.

Dann erschienen Chris' Großeltern – es waren kleine, stämmige Menschen – auf der windgeschützten Seitenveranda. Als sie die Gäste erkannten, begannen sie zu winken. Dann liefen sie schnell – vorbei an dem Apfelbaum – über den Hof zur Auffahrt.

»Nein, so etwas!« Großvaters weißer Schnurrbart tanzte über seinem lächelnden Mund. »Maude, schau mal, wer da zu Besuch kommt.«

»Ich habe Augen im Kopf, Edgar«, antwortete seine Frau gutmütig, während sie fast watschelnd zum Auto ging. »Hallo, hallo allerseits. Ist das eine Überraschung!«

Elisabeth, Martha, Sara und die dreijährige Iola kletterten aus dem Auto und rannten vor Freude jauchzend ihren Großeltern entgegen, um sie zu begrüßen.

Chris hielt sich etwas zurück, damit ihre vier Schwestern zuerst umarmt und geküßt werden konnten. Auch wollte sie bei ihrer Cousine bleiben. Chris hatte das Gefühl, daß Ruby sich fehl am Platze vorkam.

Ruby war ein Jahr älter als Chris. Ihre Mutter war gestorben, und ihren Vater hatte sie niemals kennengelernt. Weil die Leute daheim so viele schlimme Dinge über sie gesagt hatten, hatte Ruby ein kämpferisches, jungenhaftes Verhalten entwickelt.

Bei der geringsten Andeutung einer Beleidigung wehrte sie sich mit Worten oder Fäusten. Chris hoffte, daß sich das ändern würde, wenn sie nach Kalifornien kamen. Ruby hatte einen Hinweis bekommen, daß sich ihr Vater möglicherweise dort aufhielt. Vielleicht wußte er aber nicht einmal, daß er eine Tochter besaß.

Großmutter Corrigan legte ihren Arm um Ruby und begrüßte sie, als gehörte sie ebenfalls zu ihren eigenen Enkeltöchtern.

Großvater Corrigan zog neckend an Chris' langen braunen Zöpfen. Als einzige der fünf Mädchen glich sie ihrer verstorbenen Mutter. Ihre Schwestern und sogar das Baby Joey hatten hellblondes, fast weißes Haar.

Zärtlich nahm der Großvater die weiße Schleife in die Hand, mit der Chris ihre Zöpfe geschmückt hatte. »Chris, mein Mädchen, du hast wunderschönes Haar.«

Schnell umarmte Chris ihren Großvater, und zusammen gingen sie durch die Dämmerung zum Haus. Die anderen folgten und erzählten, daß der Motor Probleme gemacht habe und daß sie unbedingt nach Kalifornien gelangen müßten.

Im Haus brannten bereits die Öllampen. Das Gespräch wurde am großen Küchentisch fortgesetzt.

»Wenn wir Kalifornien nicht rechtzeitig erreichen«, sagte Elisabeth ernst, »wird Vaters böser, alter Chef ihn hinauswerfen. Dann haben wir keine Arbeit und bekommen auch nicht das Haus, das Herr Gridley uns versprochen hat.«

Großvater hielt die rechte Hand ans Ohr und wandte ihr den Kopf zu. »Wie bitte? Was hast du da gesagt? Einen Augenblick, ich werde mein Hörgerät holen.«

Chris sah zu, wie der weißhaarige Mann schnell durch die große Küche ging und in der guten Stube verschwand. Obwohl sie Weihnachten vor drei Jahren zum letzten Mal hiergewesen war, erinnerte sie sich noch genau, wie die gute Stube und der Rest des Hauses aussahen.

In einer Ecke stand ein großer, rundbäuchiger Ofen. Abends hatten Chris und ihre Schwestern dort ihre Kissen gewärmt. Dann waren sie durch den kalten Hausflur hinter ihrer Mutter hergegangen, deren Petroleumlampe beängstigende schwarze Schatten geworfen hatte.

Im Schlafzimmer mit seiner hohen Decke stand das Doppelbett mit dem glänzenden Kopfende aus Messing an der Wand, die der Tür gegenüberlag. Auf der Strohmatratze lag ein Federbett. Wann immer sie die Großeltern besucht hatten, hatten die fünf Schwestern alle gemeinsam in diesem einen Doppelbett unter selbstgemachten Decken und Steppdecken geschlafen. Im Winter hielt ein heißes Bügeleisen, das auf dem Küchenherd angewärmt und dann in ein Handtuch gewickelt worden war, das Bett warm.

Das Scheppern von Metall unterbrach Chris' Erinnerungen abrupt. Die Großmutter hatte mit einer Zange den Ofendeckel hochgehoben und schob jetzt einige Holzblökke in den Ofen. Chris staunte, daß die auflodernden Flammen die runzligen Hände der stämmigen Frau überhaupt nicht verletzten.

Die Großmutter zeigte auf einen verzinkten Eimer, der auf einem Seitentisch stand. »Nehmt euch doch alle ein Glas Milch«, sagte sie. »Ich habe sie gerade aus dem Brunnen gezogen, sie ist also angenehm kühl. Ich werde noch einige Brötchen backen und Bohnen aufwärmen; dabei könnt ihr mir erzählen, was los ist.«

Joe Corrigan seufzte. »Das Erzählen werde ich euch überlassen. Ich nehme mir eine Laterne, um nachzuschauen, ob und wie ich das Auto reparieren kann.«

Als Chris' Vater die Küche verließ, kam der Großvater gerade mit seinem Hörgerät zurück. Es war ein langes, gebogenes Metallhorn. Er hielt das schmale Ende an sein rechtes Ohr und richtete die breitere Öffnung des Horns auf die Angehörigen. »Und jetzt«, sagte er laut, »soll mir einer von euch erzählen, wieso ihr hier so unerwartet aufgetaucht seid.«

Als es dann so weit war, daß die Familie sich auf die geraden Küchenstühle aus Walnußholz setzen konnte, um zu essen, hatten Chris und die anderen alles erklärt.

Der Großvater legte sein Hörgerät auf den Tisch und lächelte Chris zu. Es hatte immer ein besonderes Einverständnis zwischen den beiden bestanden. »So, ihr seid also auf der Suche nach einem bleibenden Zuhause?«

Chris nickte heftig und nahm noch ein Brötchen. »Ja, das sind wir.«

Großvater lächelte. »Ein Haus mit genügend Land, um darauf einen Garten anzulegen und vielleicht einige Hühner oder Kaninchen zu halten? Und dann werdet ihr nie wieder umziehen müssen, nicht wahr?«

Die schüchterne, fünfjährige Sara hatte bis jetzt geschwiegen, aber nachdem sie hastig einen Schluck Milch genommen hatte, meldete auch sie sich zu Wort. »Und ein Haustier!« rief sie laut. »Ein Kätzchen oder ein Hündchen oder so etwas.«

Die Großmutter spähte in den Ofen auf das zweite Blech mit Brötchen. »Aber wenn ihr nicht innerhalb von einer Woche dort seid, wird Joes Chef die Stelle einem anderen geben, so ist es doch? Und ihr werdet nicht in dem Haus wohnen können, das zu der Arbeitsstelle gehört?«

Molly gab dem Baby einen Löffel selbstgemachtes Apfelmus. »Joe sagt, daß wir Herrn Gridley das nicht übelnehmen dürfen. Die Zeiten sind für Menschen wie ihn genauso schwer wie für uns. Die Tatsache, daß er so viel Land besitzt, macht ihn reich, aber auch streng.«

Elisabeth schüttelte den Kopf, so daß ihre hellblonden Haare flogen. »Er ist gemein. Ich weiß genau, wie Vati über ihn sprach, als ihr beide nicht gemerkt habt, daß ich zuhören konnte. Und Vati sagt, daß sein Sohn Don noch gemeiner ist.«

»Elisabeth, nimm dich in acht!« sagte ihre Stiefmutter scharf.

»Es stimmt aber«, erwiderte Elisabeth, während sie mit der Gabel im Essen herumstocherte.

»Jetzt reicht es!« fuhr Molly sie an. »Wir wollen die schöne Seite der Sache im Auge behalten.«

Schnell meldete sich Ruby zu Wort. »Ich werde meinen Vater suchen«, teilte sie voller Stolz mit. »Ich habe ein Bild von ihm – zumindest glaube ich, daß er es ist.« Sie brachte ein braunes Foto zum Vorschein und reichte es Chris' Großvater quer über den Tisch. »Sieht er nicht fabelhaft aus?« sagte sie so laut, daß er es hören konnte.

Großvater Corrigan setzte seine silbergerandete Brille mit den runden Gläsern in zweifacher Stärke auf und betrachtete das Foto nachdenklich. »Ja, er sieht wirklich gut aus, Ruby.« Er blickte auf und schaute mit seinen blaßblauen Augen zärtlich zu dem Mädchen hinüber. »Ich hoffe, daß du ihn findest. Chris hat mir von deiner Familie erzählt, als sie vor ein paar Jahren über die Weihnachtstage bei uns zu Besuch war.«

Jäh drehte sich Ruby zu Chris um; ihre Augen blitzten. »Was hast du da über mich erzählt?« fragte sie befehlend. Chris hatte es sich angewöhnt, leise zu reden, wenn sie ihre empfindliche Cousine beruhigen wollte. »Nichts, worüber du dich aufregen müßtest, Ruby«, erwiderte sie.

Die Großmutter, die am Herd stand, drehte sich um. Kleine Schweißtropfen standen auf ihrer Oberlippe. »Das stimmt, Ruby. Chris liebt dich und würde nie etwas tun, was dich verletzen könnte. Das mußt du doch wissen.«

Einen Augenblick lang war es still. Dann nickte Ruby und schaute Chris an. »Das weiß ich ja auch«, gab sie leise zu.

Nach dem Essen holte Chris Wasser aus der Zisterne neben der Hintertür und goß es in ein emailliertes Waschbecken. Sie stellte es auf den Stein, der als Stufe zur Fliegengittertür diente. Ihre Schwestern setzten sich in die Tür und begannen, sich die Füße zu waschen.

Es war ein milder, warmer Juniabend, und Chris träumte vor sich hin. In der Nähe ertönte das Rufen der Holztauben. Chris konnte den angenehmen Duft des nahegelegenen Räucherhauses riechen, in dem die Großeltern das Fleisch räucherten. Dann wanderten ihre Blicke zum Zeughaus, wo sich der Schatten ihres Vaters über das Auto beugte und beim Licht einer Laterne emsig arbeitete.

Gerade in diesem Augenblick betrat Ruby die Veranda und unterbrach den Fluß von Chris' Gedanken. »Glaubst du, daß er den Wagen reparieren kann und wir rechtzeitig nach Kalifornien kommen?«

»Darum bete ich«, antwortete Chris.

»Beten ist eine gute Idee«, stimmte die Großmutter hinter ihnen auf der anderen Seite der Fliegengittertür zu. »So, Molly sagt, daß außer Chris und Ruby alle ins Bett gehen sollen.«

Die vier jüngeren Mädchen protestierten lautstark, während sie ihre Füße trockneten, und sie begaben sich widerwillig in die Küche. Durch die Tür beobachtete Chris, wie ihre Stiefmutter eine zweite Petroleumlampe anzündete und ihnen zum Schlafzimmer voranging.

Ruby nahm das emaillierte Becken auf und schüttete das schmutzige Wasser in einem weiten Bogen über den staubigen Hinterhof. »Es sind noch zweitausendfünfhundert Meilen bis nach Kalifornien, sagt dein Vater. In Mathematik war ich noch nie gut, aber ich habe es dennoch ausgerechnet. Das sind mehr als dreihundert Meilen pro Tag. Ich meine, wenn wir es rechtzeitig schaffen wollen.«

»Wir werden es schaffen«, sagte Chris verbissen. Sie goß noch einmal Wasser aus dem Eimer der Zisterne in das Becken. »Wasch jetzt bitte deine Füße, dann kann ich die meinen auch waschen. Wir brauchen genügend Schlaf, damit wir morgen rechtzeitig abfahren können.«

Einige Minuten später saßen die beiden Mädchen mit sauberen Füßen bei Chris' Großeltern und Molly in der guten Stube. Großmutter Corrigan stopfte die grauen Arbeitssocken ihres Mannes. Emsig hantierten ihre Finger mit Nadel und Stopfgarn. Chris starrte auf das Telefon an der Wand. Leute, die ein Telefon besaßen, mußten relativ wohlhabend sein, auch schon, bevor die seit fünf Jahren andauernde Weltwirtschaftskrise begonnen hatte. Heute konnten ihre Großeltern sich – wie die meisten anderen Menschen auch – nur mit Mühe und Not über Wasser halten.

Der Großvater beugte sich zu Chris und hielt sein Hörgerät so, daß die Öffnung ihr zugewandt war. »Hast du schon einen Freund?« fragte er und lächelte neckend.

Ruby lachte und beugte sich zum Hörgerät. »Frage sie einmal nach Spud.«

Chris schlug spielerisch nach ihrer Cousine.

Der Großvater lachte ebenfalls. »Spud? Ist das eine Kartoffel?«

»O, Großvater«, protestierte Chris. Nervös rutschte sie auf ihrem Stuhl hin und her. »Das ist nicht sein wirklicher Name. Und er ist nicht mein Freund. Er ist nur ein Junge, den wir kennen.«

Ruby gab ihrer Cousine einen Rippenstoß. »Zeig ihnen das Wörterbuch, das Spud dir gegeben hat.«

Verlegen lehnte sich Chris in ihrem Stuhl zurück. »Laßt uns über etwas anderes reden, oder ich gehe ins Bett.«

Die Großmutter schob das Stopfei in der Socke, die sie reparierte, an eine andere Stelle. »Jetzt laßt ihr beiden Chris einmal in Ruhe«, tadelte sie.

Ruby jedoch wollte nicht aufhören. »Chris lernt jeden Tag einige neue Worte aus diesem Wörterbuch, und sie sagt, daß sie eine richtige Schulausbildung bekommen wird.«

»So, so, eine Schulausbildung?« erwiderte die Großmutter und richtete ihre freundlichen, haselnußbraunen Augen auf ihre älteste Enkelin. »Was möchtest du denn werden, wenn du groß bist, Chris?«

Das Mädchen zuckte mit den Schultern. »Ich weiß es noch nicht genau. Lehrerin vielleicht.«

Der Großvater schlug die Hände zusammen. »Du wärest bestimmt eine gute Lehrerin.« Und er nickte nachdrücklich.

Die Großmutter ließ unbeirrt die Nadel über das Stopfei gleiten. »Wichtig ist herauszufinden, daß du tust, was Gott will. Und wenn einmal schlimme Zeiten kommen, dann soll man sich daran erinnern, daß die Bibel sagt, wir sollen Gott vertrauen und nicht meinen, daß wir alles verstehen müssen. Das ist es, was Edgar und mich durch diese schwierige Zeit trägt, obwohl sie nun schon so lange andauert.«

Chris nickte und dachte daran, wie sie aufgehört hatte, Gott zu vertrauen, als ihre Mutter gestorben war. Erst vor kurzer Zeit hatte sie wieder damit begonnen, im Vertrauen auf Gott zu leben. Sie war sich sicher, daß die Zukunft ihrer Angehörigen in Kalifornien lag, und sie traute es Gott zu, daß er alles recht machte.

Der Großvater hatte sein Hörgerät neben sich auf den Boden gestellt, aber er schien die Worte seiner Frau verstanden zu haben. »Es kommen Zeiten, in denen man manches nicht erklären kann. Aber wir dürfen niemals die Hoffnung oder den Glauben aufgeben. Es macht viel aus, welche Einstellung die Menschen zum Leben haben.«

Seine Frau nickte. »Wenn die Leute den Glauben verlieren, macht sie das kaputt. Denkt immer daran, Mädchen. Was ihr glaubt, ist ebenso wichtig wie das, was ihr tut. Das werdet ihr selbst auch noch entdecken, wenn ihr nach diesem bleibenden Zuhause sucht, das ihr euch wünscht.«

Chris wollte etwas darauf erwidern, aber in diesem Augenblick betrat ihr Vater das Zimmer. Ein Blick auf sein entmutigtes Gesicht überzeugte sie, daß er schlechte Nachrichten hatte.

»Das Auto ist überhaupt nicht mehr zu gebrauchen«, teilte er mit. »Ich sehe keine Möglichkeit, Kalifornien unter den gegebenen Umständen zu erreichen.«

In einem Buggy der Hoffnung entgegen

»O, Vati, sag das nicht!« rief Chris aus.

Joe Corrigan war müde und hatte nicht mehr die Kraft, geduldig mit ihr umzugehen. »Es hat keinen Sinn, sag ich dir!« fuhr er sie an. Dann verließ er steifbeinig das Haus und verschwand in die Nacht hinaus.

Molly legte das schlafende Baby in Chris' Arme und folgte ihrem Mann nach draußen. Leise flüsternd setzten die großen Mädchen und die Großeltern das Gespräch fort. Doch Chris war zu traurig, um etwas zu sagen.

Schließlich meinte ihre Großmutter: »Chris, da Joey schläft, werde ich ihn ins Bett bringen, während ihr auf die Toilette und dann in euer Zimmer geht, um zu schlafen. Morgen sieht die Welt wieder anders aus.«

Der Großvater nickte. »Denkt daran, was wir euch gesagt haben.« Zärtlich zog er an Chris' langen Zöpfen.

Die Mädchen nahmen eine Laterne und gingen an der Zisterne, dem Brunnen und dem Räucherhaus vorbei zu dem kleinen Plumpsklo. Als sie zurückkehrten, schüttelten sie den Staub von ihren nackten Füßen, bliesen die Laterne aus und folgten Großmutter Corrigan. Diese hielt eine Petroleumlampe in die Höhe, während sie vor den beiden Mädchen her den langen Hausflur hinunterging.

Furchteinflößende schwarze Schatten liefen vor dem Licht davon, als wollten sie sich verstecken. Als kleines Kind hatte Chris Angst vor diesen Schatten gehabt. Jetzt schienen die Schatten Angst vor ihr zu haben, genauso wie sie selbst um die Zukunft ihrer Familie bangte.

Im Schlafzimmer küßte die alte Frau Chris auf die Wange, tätschelte Ruby auf die Schulter und ließ die Lampe zurück, damit die Mädchen sich in ihrem Schein ausziehen konnten. Chris saß vor dem Toilettentisch aus Walnußholz und löste automatisch ihre Zöpfe. Das Herz tat ihr weh, so enttäuscht war sie.

Ruby stieg aus ihrem einfarbigen Baumwollkleid und stand in ihrer Unterwäsche da, die aus Mehlsäcken gefertigt war. Auf dem Rücken war noch undeutlich zu lesen: »Das Beste im Westen.« Mit dem nackten Fuß tastete Ruby vorsichtig unter das hohe Bett und schob den Nachttopf aus weißem Steingut beiseite. Dann setzte sie sich mit einem kleinen Sprung auf das hohe Bett.

»Wir dürfen nicht aufgeben, Chris. Wir dürfen es einfach nicht. Ich muß meinen Vater finden – ich meine, wenn er es wirklich ist.«

»Irgendwie werden wir nach Kalifornien kommen«, sagte Chris mit der ihr eigenen Dickköpfigkeit, die sowohl ihre schwache wie ihre starke Seite ausmachte. Eifrig begann sie, sich die Haare zu bürsten, die wie ein Wasserfall über ihren Rücken hinunterfielen. »Sobald ich hiermit fertig bin, können wir darüber beten.«

»Ich halte nicht viel vom Beten«, wandte Ruby ein. »Das weißt du doch.«

»Dann werde ich für uns beide beten.«

Chris fuhr nochmals mit der Bürste durch ihre Haare, blies das Licht aus und kniete dann am Bett nieder. »Herr«, begann sie, und ihre Worte ertönten leise und warm im Dunkeln. »Herr, ich glaube, daß wir nach Kalifornien gehen sollen. Ich traue es dir zu, es uns zu ermöglichen, dorthin zu gelangen. Hilf jetzt bitte meinem Vati.«

Nach diesem einfachen, offenherzigen Gebet stand Chris auf und rutschte unter das Bettuch neben ihre Cousine. Es war schön, nur zu zweit in einem Bett zu liegen. Oft mußten sich die Mädchen das Bett zu sechst teilen. Dann wiesen die Füße von Elisabeth, Chris und Ruby zum Fußende; zwischen ihnen lagen Martha und Sara, deren Füße zum Kopfende zeigten. Leider schlief Martha sehr unruhig und kratzte Chris deshalb oft mit ihren langen Fußnägeln. Iola, die kleinste, schlief gewöhnlich am äußersten Fußende. Zum Glück hatten Chris' Großeltern aber mehrere Schlafzimmer. In einem davon waren die vier jüngeren Schwestern bereits in tiefem Schlaf versunken.

Ohne etwas zu sehen, schaute Chris zur Decke und kuschelte sich in die weiche Matratze aus Gänsefedern, die von den eigenen Gänsen des Bauernhofes stammten. Durch das Gewicht der Mädchen wurde die Matratze hinuntergedrückt; sonst hätte sie sich zusammengerollt.

»Schläfst du schon?« flüsterte Chris nach einer Weile.

»Nein.« Rubys Stimme klang genauso traurig, wie Chris sich fühlte.

»Wir müssen mit Vati sprechen, damit er nicht aufgibt.«

»Das haben wir doch bereits versucht. Du hast ihn ja gehört. Er sagt, daß das Auto wertlos ist und nicht mehr in Zahlung gegeben werden kann. Und überhaupt, er hat nur fünfzig Dollar, um ein anderes Auto zu kaufen.«

Chris rollte sich auf die Seite, um ihre Cousine anzuschauen, obwohl sie sie im Dunkeln nicht erkennen konnte. Das Stroh zwischen der Matratze und der Bettkante raschelte lauter, als Chris es in Erinnerung hatte. »Kalifornien . . .«, murmelte sie träumerisch. »Ich habe gehört, daß es dort ganz anders sein soll. Ich bin sicher, daß wir dort ein Haus finden werden, in dem wir für immer wohnen können.«

»Du sprichst, als wüßtest du genau, daß wir wirklich hinkommen werden.«

»Das werden wir auch. Du wirst es sehen. Erinnerst du dich, was Großvater über Vertrauen gesagt hat?«

Die Mädchen schwiegen, und schließlich schliefen sie ein.

Im Laufe des nächsten Morgens gelang es Chris mit ihrer Hartnäckigkeit, ihren Vater zu bewegen, es doch noch einmal zu versuchen.

»Also gut!« gab Joe Corrigan widerwillig nach, während er jedes einzelne Mitglied seiner Familie anschaute. »Es ist schon so. Wir haben in Kalifornien bereits ein Haus, in dem wir wohnen können, und ich habe eine Arbeitsstelle; vorausgesetzt, daß wir Kalifornien rechtzeitig erreichen. Hier haben wir nichts. Aber um überhaupt nach Kalifornien kommen zu können, müssen wir ein anderes Auto haben.«

Er wandte sich seinem Vater zu. »Papa, da mein Auto nicht funktioniert, würdest du mir dein Pferd und den Buggy leihen? Ich werde in die Stadt fahren und versuchen, für fünfzig Dollar einen Gebrauchtwagen zu kaufen.«

Der Großvater hatte ihn verstanden und nickte.

Chris sprang von einem Fuß auf den andern. »Danke, Vati!« rief sie. »Darf ich mitkommen?«

»Ich auch?« rief Ruby.

»Und ich! Und ich!« baten die anderen Schwestern.

Joe Corrigans Augen waren immer noch blutunterlaufen, weil er zu wenig geschlafen hatte. Chris vermutete, daß er trotz der mehrtägigen Fahrt von Kalifornien nach Illinois auch in der vergangenen Nacht nicht viel geschlafen hatte.

Er kratzte sich am Kopf. »Außer mir hat nur noch eine weitere Person Platz im Buggy. Chris, weil du die älteste bist, solltest du mitkommen. Wenn ich ein Auto kaufe, wirst du mit Pferd und Wagen nach Hause zurückfahren müssen.«

Ein Sturm der Enttäuschung erhob sich von seiten der anderen, aber Chris war nicht erstaunt, daß sie bevorzugt wurde, nahm ihr Vater sie doch oft mit.

Manchmal wünschte sich Chris, mehr wie ein Junge zu sein, etwa so wie Ruby, weil sie dem Vater dann den ältesten Sohn hätte ersetzen können, den er nicht hatte.

Als sie in die Stadt fuhren, war Chris fest entschlossen, nicht zurückzukommen ohne ein Auto, das in der Lage war, die Strecke nach Kalifornien in der ihnen noch verbleibenden Zeit zurückzulegen.

Chris genoß es, wieder einmal hinter der alten Dixie herzufahren. Die braune Stute war mindestens fünfzehn Jahre alt und so fromm, daß Joe Corrigan es Chris erlauben konnte, die Zügel zu führen. Die Peitsche brauchte Chris nicht, aber sie nahm sie aus ihrer Halterung und schwang sie gedankenlos in der Luft. »Ein Pferd riecht gut«, überlegte Chris. Während das Tier zur Stadt trottete, knirschten die mit Eisen beschlagenen Räder des Buggy über den steinigen Weg.

»Vati?« Chris steckte die Peitsche wieder in die Halterung und ließ die Zügel auf die Vorderseite des Buggy sinken.

»Mh?«

»Versprichst du mir etwas?«

»Was denn?«

»Daß du die Geduld nicht verlierst.«

Er griff spielerisch nach dem Ende ihrer langen braunen Zöpfe. »Chris, du weißt, daß ich mich nicht schnell aufrege. Was soll diese Bitte?«

»Weil du im Augenblick so viele Probleme hast, und manchmal wirst du sehr leicht böse.«

Er schaute ihr in die Augen und lächelte. »Ich werde die Geduld nicht verlieren.«

Chris seufzte erleichtert auf und beugte sich zu ihrem Vater hinüber, um ihm schnell einen Kuß zu geben. »Danke.«

Joe Corrigan hielt Wort – drei enttäuschende Stunden lang, in denen er mit Autohändlern verhandelte, die keinen Wagen hatten, den er bezahlen konnte.

Als es beim letzten Geschäft wieder nicht zum Kauf kam, riß ihm die Geduld, und er schrie den Verkäufer böse an: »Halsabschneider seid ihr alle miteinander. Ihr tretet nach einem Menschen, der schon unten ist.«

Chris stellte ihren Fuß auf das Trittbrett des Buggy und schwang sich auf ihren Platz. Das Herz krampfte sich in ihrem Innern zusammen, und ihr drehte sich der Magen um. Flehend schaute sie den Vater mit ihren blauen Augen an: »Vati, du hast es mir versprochen.«

»Gauner«, schimpfte ihr Vater, während er das Pferd von dem Pfosten losband, der am Straßenrand zwischen zwei Autos stand. »Er hat versucht, mir seine Rostlauben für gutes Geld zu verkaufen. Aber ich habe auch meine Erfahrungen, mich betrügt man nicht!«

Er schwang sich so heftig auf den Buggy, daß sich das Fahrzeug stark zur Seite neigte. Er ergriff die Zügel, schnalzte mit der Zunge und sagte: »Marsch, Dixie, nach Hause.«

Bekümmert blickte Chris zum Himmel. Die Sonne versteckte sich hinter einer Wolke und verstärkte die düstere Stimmung des Mädchens. Ein Unwetter schien sich zusammenzubrauen. Chris' Herz begann zu hämmern, als sie an den Sturm dachte, den sie erst wenige Tage zuvor bei ihrem Onkel Cecil erlebt hatte. Da war das Pferd, das sie geritten hatte, vom Blitz getroffen worden. Geschehen war ihr dabei zwar nichts, aber ganz plötzlich war sich Chris bewußt geworden, wie nahe ihr der Tod gewesen war.

Die Stute bewegte sich zunächst rückwärts und wandte sich dann vorwärts in die Richtung, in die sie die Zügel lenkten. Die Hufeisen kratzten auf den Straßenbelag, als Chris' Vater die Leinen über Dixies Hinterteil warf. Das Pferd beschleunigte seine Schritte und trabte in schnellem Tempo durch das Wirrwarr von Pferden, flachen Wagen, Autos und Lastautos.

Chris' Augen füllten sich mit Tränen. Sie versuchte, sie zurückzudrängen, bekämpfte den Zweifel. »Gott hat mich einmal im Stich gelassen, als Mutti starb«, so dachte sie. »Wird er mich jetzt wieder enttäuschen?«

Die zornige Stimme ihres Vaters unterbrach ihre Gedanken. »Wahrscheinlich ist es ganz gut so«, sagte er bitter. »Der alte Gridley ist der lästigste Chef, den ich je hatte. Und sein Sohn Don ist wohl noch schlimmer.«

Chris wußte nicht, womit sie ihren Vater noch hätte ermutigen können. Alle ihre Versuche waren fehlgeschlagen. Dann kam ihr etwas anderes in den Sinn. »Vati, was ist mit Rubys Vater?«

»Was soll mit ihm sein?«

»Sie hat dir erzählt, daß sie seine letzte bekannte Adresse in Kalifornien entdeckt hat. Erinnerst du dich noch?«

»Ja, ich erinnere mich. Der Ort hieß Grizzly Gulch.«

»Warst du dort?«

»Nein, aber ich weiß, wo er liegt. Es handelt sich um eine jener Geisterstädte aus der Zeit des Gold Rush von 1849. Von dem Ort ist nicht viel übriggeblieben.«

»Liegt er weit von Lone River entfernt?«

»Er liegt in den Ausläufern des Mother-Lode-Gebirges; es ist ungefähr eine Stunde Fahrt bis dorthin.«

»Ruby ist fest entschlossen, nach Kalifornien zu gehen und ihren Vater dort zu suchen, egal, ob wir unsere Reise fortsetzen oder nicht.«

»Verrücktes Mädchen.«

Chris beobachtete die Stute, wie diese in den Sandweg einbog, der durch das Wohngebiet am Rande der Stadt führte. »Sie hat damit gerechnet, daß sie uns begleiten kann.«

»Nun, das tut mir leid für sie, aber ohne Auto können wir nicht gehen. Und sie auch nicht.«

»Ich denke, daß sie die Reise fortsetzen wird, egal, was du oder ich sagen werden.«

»Sie sollte zurückgehen in die Ozarks, wo sie hingehört.«

»Sie gehört dort genausowenig hin wie ich.«

»Es kommt nicht darauf an, wo wir sind, Chris. Ein Ort ist genausogut wie der andere, wenn ich eine Arbeitsstelle habe.«

»Du hast eine Stelle in Kalifornien«, erinnerte ihn Chris sanft.

»Ja, aber wir haben kein Auto oder sonst eine Möglichkeit, um dorthin kommen zu können!« rief Joe Corrigan ungeduldig aus. »Kalifornien kannst du vergessen.« Er griff nach der Peitsche und schlug nach der Stute.

Überrascht drehte Dixie den Kopf und blickte ihn an.

Chris' Augen weiteten sich. »Das Pferd hat wohl schon jahrelang die Peitsche nicht mehr gespürt«, dachte sie. Dennoch begann Dixie, die von Häusern umsäumte Straße schneller entlangzutraben.

Chris schluckte enttäuscht und starrte traurig durch die Reihe von Ahornbäumen, die ihren Schatten auf den Rasen vor den Häusern warfen. Das Sonnenlicht spiegelte sich in den roten Glasscherben, die die Leute verwendeten, um das Gartentor ihres verputzten Hauses zu schmücken.

Es hat keinen Sinn, sagte ihr der Verstand. Aber ihr Geist drängte: Gib nicht auf.

Die Stute wich etwas zur Seite aus, um ein graues Auto zu überholen, das am Straßenrand vor einem teuren, zweistöckigen Holzhaus abgestellt war. Unbewußt las Chris das Schild am Heck des Autos: Zu verkaufen.

Plötzlich richtete sie sich auf und starrte auf das Schild. »Vati, schau!« machte sie ihren Vater aufmerksam.

»Zu teuer.«

»Könnten wir nicht zumindest anhalten und nach dem Preis fragen? Schau, da schließt jemand die Motorhaube. Das ist bestimmt der Besitzer. Bitte, Vati!«

»Also gut.« Joe Corrigan zog an den Zügeln. »Brrrr, Dixie, brrrr.«

Während das Pferd zum Stehen kam, geräuschvoll durch seine Nasenlöcher schnaubte und den Kopf schüttelte, besah sich Chris das Auto genau. Der Buggy hielt neben dem Wagen an, und der Mann, der bei dem Fahrzeug stand, wandte den Kopf und nickte lächelnd.

»Guten Tag«, sagte der schlanke Mann, der einen ganz schmalen Schnurrbart hatte. Er trug ein Seidenhemd, einen Filzhut mit nach oben geklapptem Rand und einen marineblauen Anzug mit Weste. Er machte ganz den Eindruck, ein reicher Geschäftsmann zu sein.

»Guten Tag«, erwiderte Joe Corrigan den Gruß mit einem müden Nicken.

Chris zwang sich zu einem strahlenden Lächeln. »Hallo«, grüßte sie. »Das ist aber ein hübsches Auto.«

Ihr Vater warf ihr einen warnenden Blick zu, und Chris erinnerte sich zu spät daran, was ihr Vater ihr über den Handel mit Pferden oder Autos gesagt hatte: »Sage nie etwas Gutes; hab' nur etwas daran auszusetzen. Nur so kann man den Verkäufer dazu veranlassen, mit dem Preis herunterzugehen.«

Chris' Vater saß immer noch auf dem Buggy; die Zügel

hielt er lose in seinen starken Händen. »Starten Sie den Motor doch 'mal«, bat er den Mann.

»Der Motor läuft schon, mein Herr.«

Ein erstaunter Ausdruck stieg in Joe Corrigans Augen, den er aber sofort zu verbergen suchte. Langsam stieg er vom Buggy herunter, und Chris folgte.

Nachdenklich betrachtete Joe Corrigan den Wagen. »Wieviel?« fragte er.

»Er ist vierhundert Dollar wert, aber ich verlange zwei.«

»Zweihun- ?« Joe Corrigans Gesicht wurde zornig; dann warf er den Kopf zurück und lachte. »Für den Wagen? Mein Herr, das ist ein 1926er Lexington Minuteman Six, und die werden heute nicht einmal mehr gebaut!«

»Ein 1927er Lexington Minuteman Six«, verbesserte der Besitzer, der bei dem Gelächter leicht errötet war. »Es ist das beste Auto, das ich je hatte.«

»Ich möchte aber kein Auto kaufen, mit dem ich nur Probleme habe.«

»Das Auto ist völlig in Ordnung«, antwortete der Mann verteidigend. »Vor nicht einmal sechs Monaten habe ich es zur Fabrik zurückgeschickt und vollständig überholen und neu lackieren lassen. Aber ich brauche den Wagen nicht mehr. Nur aus diesem Grund will ich mich überhaupt davon trennen.«

»Wahrscheinlich frißt er Benzin«, meinte Chris' Vater mißtrauisch.

Der Mann schien das nicht zu hören. Er zeigte auf den Motor, während er schnell weitersprach: »Zwei Schalldämpfer – einen für je drei Zylinder –, so daß der Motor leise ist. Und es ist ein offener Wagen. Man kann das Dach ganz zurückschieben und in der Sonne fahren, wenn man das will. In dem Wagen haben Ihre Tochter und der Rest Ihrer Familie viel Platz.«

Der Autobesitzer stellte einen auf Hochglanz polierten Lederschuh auf das Trittbrett. »Schauen Sie sich das Trittbrett an«, sagte er stolz. »Fast sechzig Zentimeter breit und zweiflügelig. Sie können auf den beiden Trittbrettern genausoviel transportieren wie im Wagen selber. Sagen Sie, warum setzen Sie sich nicht einmal ans Steuer und probieren aus, wie sich das anfühlt?«

Chris hielt den Atem an, während ihr Vater das Angebot überlegte. Langsam schüttelte er den Kopf. »Er ist den Preis nicht wert, den Sie verlangen, mein Herr. Es tut mir leid.« Langsam ging er zum Buggy zurück.

Chris sah ihre Hoffnung dahinschwinden. Beinahe hätte sie laut aufgestöhnt.

»Warten Sie!« rief der Besitzer. »Der Wagen hat auch noch zwei Reserveräder und einen Kompressor, mit dem Sie diese aufpumpen können, wenn Sie einen Platten haben.«

Joe Corrigan zögerte; mit einem Fuß stand er bereits auf dem Trittbrett des Buggys.

Chris flüsterte hinter ihm: »Du hast nichts zu verlieren. Mach' ihm cin Angebot.«

»Also gut«, flüsterte er zurück. »Ich werde es ein einziges Mal versuchen.«

Chris drehte sich um und blickte zum Himmel. Die Sonne schien, aber die Bewölkung nahm immer mehr zu. »Bitte«, flüsterte sie. »Bitte, lieber Gott!«

»Ich habe fünfzig Dollar bar«, sagte Joe Corrigan. »Entweder nehmen Sie dieses Angebot an, oder Sie lassen es bleiben.«

Gespannt beobachtete Chris das Gesicht des Mannes. Er kniff die Augen zusammen, zuckte dann mit den Schultern. »Ich übervorteile mich selbst, aber ich brauche das Auto nicht. Geben Sie mir das Geld«, sagte er.

Chris wollte nicht schreien, aber fröhlich platzte sie heraus: »Hurra, wir fahren nach Kalifornien!«

Dann dachte sie daran, daß sie nur noch sechs Tage hatten, um die zweitausendfünfhundert Meilen zurückzulegen.

Wieder unterwegs

Chris war stolz darauf, daß ihr Vater sie mit dem Pferd und dem Buggy allein nach Hause fahren ließ, während er ihr in dem glänzenden Lexington Minuteman folgte. In ihrer Aufregung hob sie die Peitsche, um der Stute einen leichten Schlag zu geben und sie dadurch zu einem schnelleren Tempo anzutreiben. Dann aber begnügte sie sich damit, die Zügel kräftig auf die Flanken des Tieres zu schlagen und es mit lauten Rufen anzutreiben.

»Los, Dixie! Mach schon! Schneller! Je schneller wir wieder bei Großvater sind, desto schneller können wir das neue Auto beladen und nach Kalifornien aufbrechen!«

Das Pferd wandte den Kopf und schien sie tadelnd anzublicken.

Chris fühlte sich etwas schuldig. »Schon gut«, murmelte sie. »Ich weiß, daß du alt bist und daß du so schnell läufst, wie du kannst. Jetzt dreh den Kopf wieder um und schau vor dich, damit du nicht strauchelst und fällst.«

Von der Stadt bis zum Bauernhof der Großeltern waren es zehn Meilen.

Chris erinnerte sich an den Winter vor drei Jahren, als sie für dieselbe Strecke vier Stunden gebraucht hatten. Sie waren damals mit dem Federwagen unterwegs gewesen, und der Sandweg hatte größtenteils aus mit Schnee vermischtem Matsch bestanden. Der Buggy war schneller als der Federwagen, aber dennoch blieb es eine recht lange Strecke. Damit die Zeit schneller verging, begann Chris leise vor sich hinzusingen.

Es war eigentlich gar nicht erforderlich, daß Chris die Stute lenkte. Dixie fand auch so den Weg nach Hause, und das tat sie nur allzu gerne. Als der Buggy mit knirschenden Rädern vor dem Bauernhof vorfuhr, eilten Chris' Schwestern herbei.

»Und, fahren wir?« rief Elisabeth.

»Wer sitzt in dem Auto?« fragte Martha.

Sara wollte wissen: »Wo ist Vati?«

»Wie kommt es, daß du das Pferd lenkst?« erkundigte sich die kleine Iola. »Ich darf das nicht.«

Chris zog an den Zügeln. »Brrr, Dixie«, rief sie. Die Stute blieb stehen und blies geräuschvoll durch ihre Nüstern. Lächelnd blickte Chris auf ihre Schwestern hinunter. »Ja, wir werden nach Kalifornien gehen! Und das dort ist Vati, der da mit seinem neuen Auto kommt!«

»Jippy!« rief Elisabeth und rannte zum Bauernhaus. »Molly, wir fahren! Wir fahren!«

Die drei jüngeren Schwestern eilten freudig hinter Elisabeth her und jauchzten: »Großvater! Großmutter! Wir fahren!«

Ruby stürzte sich aus der Hintertür; das Fliegengitter schlug laut hinter ihr zu. Das Baby Joey auf ihrem Arm weinte, weil die unerwartete Aufregung und die plötzliche Hektik es erschreckt hatten. »Chris, ist das auch wirklich wahr?« fragte Ruby aufgeregt.

»Es ist wahr. Schau mal, ist Vaters neues Auto nicht wunderschön?«

Nachdem von den Großeltern bis zum Baby alle das Auto begutachtet und bewundert hatten, wurden all die Habseligkeiten eingepackt, die sie für die Nacht nicht brauchten.

Um wenigstens wieder etwas Bargeld zu haben für die lange Fahrt, die ihnen noch bevorstand, schleppte Joe Corrigan sein altes Auto zur Stadt und verkaufte es dort zum Schrottpreis.

Als es Abend geworden war, erhielten die jüngeren Kinder schon früh ihre Mahlzeit und wurden dann ins Bett geschickt. Anschließend saßen Chris und Ruby in der guten Stube und unterhielten sich leise, während die Erwachsenen in der Küche plauderten.

»Wir haben sechs ganze Tage, um nach Kalifornien zu gelangen«, sagte Ruby nachdenklich.

»Ja, wir müssen Samstag morgen da sein«, pflichtete Chris ihr bei. »Aber wir können es schaffen.«

»Es sei denn, wir bekommen unterwegs Probleme mit dem Auto.«

»Sag' so etwas nicht«, fuhr Chris sie an. »Wir werden es einfach schaffen!«

»Schön und gut, aber wir haben schon einen ganzen Tag verloren«, murmelte Ruby. »Ich möchte doch so gerne nach Kalifornien. Niemand kann sich vorstellen, wie es ist, wenn man nicht weiß, ob man einen Vater hat oder nicht.«

Chris legte kurz ihre Hand auf den Arm ihrer Cousine. »Wir werden hinkommen, und ich hoffe sehr, daß du deinen Vater findest.« Dann ließ sie ihre Augen durch das Zimmer gleiten und wechselte das Thema. »Es ist vielleicht das letzte Mal, daß ich dieses Haus sehe«, sagte sie leise.

Sie versuchte, sich alles genau einzuprägen: das Telefon an der Wand mit seiner Kurbel, seinen Schellen und dem hervorragenden Mundstück, den großen Eßtisch, auf dessen Stühlen bestickte Kissen lagen, die Tür, die nach oben führte, den rundbäuchigen Herd auf der anderen Seite des Zimmers, vor dem sich ihre Schwestern oft auf einem Teppich räkelten.

Ruby folgte ihrem Blick. »Es ist ein wunderschönes Haus, nicht wahr? Schöner als alles, was wir je in den Ozarks hatten.«

Chris nickte. »Als ich Weihnachten vor drei Jahren hier war, befand sich Vati auf Arbeitssuche in Texas. Damals lebte Mutti noch. Gemeinsam mit Großmutter hat sie genau dort rote und grüne Weihnachtsglocken aufgehängt.« Sie zeigte auf die Mitte der Zimmerdecke. »Einen Weihnachtsbaum hatten wir nicht, nur jene Glocken. Sie waren aus Papier und wurden nach Weihnachten zusammengefaltet. Damals habe ich ein Taschentuch bekommen. Ein ganz weißes Taschentuch.«

Ein solch einfaches Weihnachtsfest war für Ruby nichts Ungewöhnliches. Sie zuckte mit den Schultern, gab aber keine Antwort.

Chris fuhr fort: »Die kleinen Kinder erhielten leicht beschädigtes Spielzeug und Puppen, die Großmutter noch hatte aus der Zeit, als Vati und seine Geschwister klein waren. Anschließend bekamen wir alle harte Süßigkeiten, und jeder erhielt eine Apfelsine. Mutti sagte, daß wir uns darüber besonders freuen könnten, da es wegen der schweren Zeiten nicht einfach sei, solche zu bekommen.«

»Weihnachten hat mir niemals viel bedeutet«, erwiderte Ruby schließlich.

Doch Chris war noch in Gedanken versunken. »Joey war damals natürlich noch nicht auf der Welt, und Iola war noch ein Baby. Sie kann sich daher nicht mehr daran erinnern. Ich weiß nicht, ob eines der anderen Mädchen sich noch erinnern kann. Wir waren alle beisammen, nur Vati fehlte. Er konnte nicht nach Hause kommen.« Fröhlich fügte Chris dann hinzu: »Aber das ist nun alles Vergangenheit. Bald werden wir in Kalifornien alle beisammen sein – die ganze Familie, für immer. Vielleicht in einem großen Haus wie diesem.«

»Glaubst du, daß du dich später noch an dieses Haus erinnern kannst?« fragte Ruby.

»Es ist das einzige Haus, von dem ich mir das vorstellen kann.«

»Ich wünschte, ich hätte ein Haus, an das ich mich gerne zurückerinnern könnte.«

Chris umarmte ihre Cousine. »Es wird anders sein, wenn du deinen Vater gefunden hast. Dann werdet ihr immer zusammen sein – endlich –, und du kannst dir neue Erinnerungen schaffen.«

Ruby antwortete nicht. Beide Mädchen verfielen in ein Schweigen, das andauerte, bis die Erwachsenen die Küchenlampe ausbliesen und das Wohnzimmer betraten.

Chris' Vater nahm die letzte Lampe hoch. »Es ist Bettzeit, Mädchen«, sagte er. »Wir müssen vor Tagesanbruch aus den Federn und beim ersten Tageslicht schon unterwegs sein.«

Chris war so aufgeregt, daß sie sich nicht daran erinnern konnte, eingeschlafen zu sein. Aber sie wurde vom ersten Hahnenschrei geweckt. Sie setzte sich auf und schüttelte Ruby. »Es ist Zeit!« Sie rutschte aus dem hohen Bett auf den Boden, ergriff ihre Kleider und zog sie schnell an.

Plötzlich ließ Joeys lautes Weinen sie innehalten. »O nein! Dem Baby fehlt etwas!«

Ruby sprang nun auch aus dem Bett und zog sich hastig an. Als sie fertig waren, liefen beide Mädchen den Flur hinunter, durch das Wohnzimmer in die Küche. Ein Blick auf Molly und das weinende Baby auf ihrem Arm genügte. Die Situation war ernst.

Chris' Stiefmutter blickte zu den Mädchen auf. »Ich glaube, daß Joey Windpocken bekommt.«

»Windpocken?« rief Chris aus, während sie näherkam, um dem weinenden Baby über den Kopf zu streicheln. »Bist du sicher?«

»Nein«, sagte Molly, »aber die übrigen Kinder hatten sie vor einigen Wochen; also wäre es durchaus möglich.«

Chris schaute ihren Vater bekümmert an. »Heißt das, daß wir heute nicht fahren können?«

Er nickte ernst. »Es ist unmöglich, eine solch lange Fahrt anzutreten, bevor wir nicht wissen, was mit dem Baby ist.«

»Aber wenn es die Windpocken sind, wird es noch tagelang krank sein.«

»Das stimmt, Chris. Aber es bleibt uns nichts anderes übrig, als abzuwarten.«

Der Morgen ging langsam dahin, während jeder besorgt wartete. Ein Arzt wurde nicht gerufen. So etwas tat man nur im äußersten Notfall.

Um sich abzulenken, bot Chris freiwillig an, der Großmutter beim Füttern der roten und grauen Hennen, die frei im Hof herumliefen, zu helfen. Während sie das Korn ausstreute, hörte Chris in weiter Ferne das leise Geläut einer Kirchenglocke, und ein merkwürdiges Verlangen erfüllte sie.

Die Großmutter blickte auf. »Die Glocke wird geläutet, um die Menschen zur Sonntagsschule und zum Gottesdienst einzuladen«, sagte sie. »Sie läutet auch, wenn jemand gestorben ist. Ein Glockenschlag für jedes Jahr, das dieser Mensch gelebt hat.«

»Wie kommt es, daß wir die Glocke bis hierher hören, Großmutter?«

»Ich denke, daß der Wind aus der richtigen Richtung kommt. Gehst du eigentlich noch zu Kirche, Chris?«

Chris beobachtete ein rotes Huhn mit seinen Küken, das zufrieden gackerte und die Körner vom Boden aufpickte. »Als Mutti starb, habe ich für eine Weile damit aufgehört, aber seit kurzem, ich . . ., nun, wenn wir uns in Kalifornien eingerichtet haben, werde ich wieder regelmäßig gehen.«

»Das freut mich«, antwortete die Großmutter, während sie die letzten Körner aus der Schüssel leerte. »Bei jedem Menschen kommt irgendwann einmal der Punkt, an dem er ohne die Hilfe eines Größeren nicht auskommt.«

Gemeinsam gingen sie zur Hintertür zurück, und dann fragte Chris: »Wie kommt es, daß Vati nicht zur Kirche geht? Als Mutti noch lebte, bat sie ihn immer wieder, doch mit ihr, mit uns zu kommen, aber er wollte nicht.«

»Ich weiß es nicht genau, Chris. Als kleiner Junge ging er zur Kirche. Als Teenager besuchte er auch die Jugendstunden noch. Doch dann geschah etwas, als er aus dem Krieg nach Hause kam. Was, das weiß ich nicht genau. Ich bete weiter für ihn. Eines Tages wird er wieder gehen, da bin ich ganz sicher.«

Zum ersten Mal merkte Chris, daß ihre Großmutter tief in ihrem Herzen sehr um ihren Sohn besorgt war, und eine große Traurigkeit erfüllte sie.

Endlich ging der lange Tag zu Ende. Als Chris an jenem Abend auf der Veranda bei der Hintertür saß, um ihre Füße zu waschen, machte sie sich große Sorgen. »Hoffentlich geht es Joey morgen früh wieder besser«, sagte sie schließlich zu Ruby.

»Ja, das hoffe ich auch.« Abwesend griff Ruby nach einer Feuerfliege, die geräuschlos vorüberschwebte. »Sonst mache ich mich alleine auf den Weg. Ich muß meinen Vater finden.«

»Heute ging es Joey nicht schlechter, und ich werde darum beten, daß er morgen so gesund ist, daß er reisen kann.«

Am darauffolgenden Morgen erwachte Chris beim Krähen der Hähne. Sie setzte sich im Bett auf und lauschte gespannt. Joey weinte nicht. Da sprang sie aus ihrem Bett und lief auf nackten Füßen leise in die Küche, wo Molly bereits das Baby fütterte.

Molly lächelte müde. »Welche Krankheit Joey auch gehabt haben mag, sie ist verschwunden. Dein Vater sagt, daß wir heute nach Kalifornien aufbrechen.«

Alle machten sich an die Arbeit, und im Nu war auch das letzte Gepäckstück zusammen mit dem Lunch, den die Großmutter für sie vorbereitet hatte, in das Auto oder auf die breiten Trittbretter gepackt. Dann nahmen alle eilig voneinander Abschied.

»Auf Wiedersehen, Großmutter«, sagte Chris und küßte die alte Frau auf die Wange. »Ich liebe dich.«

»Denke daran, was ich dir über das Vertrauen zu Gott gesagt habe«, erinnerte die Großmutter sie.

Chris nickte und umarmte dann ihren Großvater. »Auf Wiedersehen«, flüsterte sie. »Ich werde schreiben, wenn wir uns eingerichtet haben.«

Zärtlich zog der Großvater an ihren langen, braunen Zöpfen. »Gottes Segen«, entgegnete er leise. Dann griff er tief in seine Tasche, holte eine kleine, abgenutzte Bibel zum Vorschein und drückte ihr diese in die Hände. »Hier«, sagte er. »Großmutter und ich möchten, daß du sie hast. Sie gehörte meinem Vater; sie ist also etwas Besonderes.« Er blinzelte.

Chris mußte schwer schlucken, bis sie am Ende ein leises »Danke schön« zustande brachte. Dann kroch sie zu Ruby, Elisabeth, Martha, Sara und Iola auf den Rücksitz.

»Auf Wiedersehn, auf Wiedersehn!« riefen alle, als das Auto losfuhr.

Die Sonne war kaum aufgegangen, als Joe Corrigan, der neben Molly, die das schlafende Baby im Arm hielt, auf dem Vordersitz saß, sich umdrehte. »Also«, sagte er, »alles steht auf Messers Schneide; es sind noch zweitausendfünfhundert Meilen bis Kalifornien, und wir haben noch fünf Tage. Wir können es schaffen, wenn wir Tag und Nacht fahren und ihr Kinder im Auto schlaft.«

Chris erwiderte nichts, aber sie fragte sich, ob ihr Vater nicht zu müde sei, um so lange Zeit hintereinander so schnell fahren zu können. »Er hat doch bestimmt kaum geschlafen, weil das kranke Baby geweint hat«, dachte sie.

Als sie über den Lincoln Highway in den US-Bundesstaat Missouri einfuhren, schaute Joe Corrigan seine Frau an und lächelte. »Das Auto läuft wunderbar«, meinte er. »Hoffentlich bleibt das so. Wir dürfen keine Zeit mehr verlieren.«

Ruby lehnte sich nach vorne. »Wie kommen wir nach Kalifornien, Onkel Joe?«

»Der Lincoln Highway verläuft quer durch das Land; daher werden wir den größten Teil der Fahrt auf dieser Straße bleiben«, erklärte er. »Sie verläuft durch Missouri, Kansas, Nebraska, Wyoming, Colorado, Utah, Nevada und dann durch Kalifornien.«

Die kleine Iola lehnte sich nun auch nach vorne. »Ist das weit?« fragte sie mit weit aufgerissenen, blauen Augen.

Ihr Vater lachte. »Recht weit. Und wenn wir unterwegs irgendwelche Schwierigkeiten haben, werden wir die Fahrt unterbrechen und uns das Geld für die Weiterreise verdienen. Wenn wir nicht genug Geld haben, dann können wir wohl genausogut nach Texas zurückkehren, anstatt nach Kalifornien weiterzufahren. Texas hat mir immer gefallen.«

Chris' Herzschlag setzte einen Augenblick lang aus. »O nein, Vati, das geht doch nicht!«

»Aber vielleicht müssen wir es dennoch, Liebes.«

»Ich weiß noch genau, wie ich dort Baumwolle pflücken mußte. Das will ich nie wieder tun.«

»Dann wollen wir hoffen, daß uns das Auto nicht im Stich läßt und wir Samstagmorgen in Kalifornien sind.« Die Stimme ihres Vaters klang zuversichtlicher als zuvor.

Der große Wagen fuhr immer weiter gegen Westen, Stunde um Stunde. Um die Mittagszeit hielten die Corrigans ein Picknick am Straßenrand; dann setzten sie die Reise fort, der Sonne hinterher, den ganzen Nachmittag.

Chris betrachtete die vielen hübschen Häuser, an denen sie vorüberfuhren. »Nein«, sagte sie sich, »keines davon sieht so aus, wie ich mir das Haus vorgestellt habe, in dem wir für immer wohnen werden.«

Bei Einbruch der Dunkelheit machte sich unter den jüngeren Kindern eine unzufriedene Stimmung breit. Die Mädchen maulten, weil im Auto so wenig Platz war und nur selten eine Pause eingelegt wurde. Das Auto fuhr weiter und weiter gegen Westen. Endlich schliefen alle übermüdet ein; nur Chris blieb wach.

Plötzlich verspürte sie ein heftiges Schleudern des Autos. Entsetzt blickte sie auf. Ihr Vater riß das Lenkrad herum und steuerte das Auto wieder auf die Straße.

Molly legte ihren Arm um seine Schulter. »Was ist geschehen, Joe?«

»Ich muß wohl eingenickt sein.«

»Joe«, flüsterte Molly dringend, »du kannst nicht Tag und Nacht fahren, ohne uns alle zu gefährden. Du bist zu müde. Ich wünschte, ich könnte fahren. Wir müssen irgendwo anhalten, damit du dich etwas ausruhen kannst.«

»Das geht nicht, Molly. Du weißt, daß der alte Gridley mir keine Arbeit mehr gibt, wenn ich nicht bis Samstagmorgen dort bin.«

Chris lehnte sich vorwärts. »Aber das ist besser als ein Unfall, Vati.«

Als Joe Corrigan nickte, sank Chris auf ihren Sitz zurück. »Wenn wir es doch nur schaffen!« dachte sie.

Probleme mit dem Auto

Den launischen Kindern in dem überfüllten Auto brachte der nächste Tag eine ermüdende, zwölfstündige Fahrt. Da Molly das Auto nicht lenken konnte, saß ihr Mann bereits kurz nach Tagesanbruch hinter dem Steuer und blieb dort bis nach dem Einbruch der Dunkelheit.

Chris und Ruby wurden gut mit allem fertig, weil jede Meile sie Kalifornien und der Verwirklichung ihrer Träume näherbrachte. Aber wenn die jüngeren Mädchen und Joey nicht schliefen, weinten sie, stritten sie sich und nörgelten herum, wie sehr Chris sich auch bemühte, sie mit Spielen, Geschichten und Liedern abzulenken.

Immer wieder fragten die vier Geschwister: »Sind wir denn noch nicht da?« Und Ruby schimpfte: »Kann man die Kleinen denn überhaupt nicht zur Ruhe bringen, bis wir in Kalifornien sind?«

Chris gab sich alle Mühe, aber sie hatte nur wenig Erfolg. Da sie annahm, daß Elisabeth und Martha bereits alt genug seien, um es verstehen zu können, erklärte sie ihnen wiederholt, wie lange die Fahrt dauern würde. »Eigentlich wollte Vati die zweitausendfünfhundert Meilen in sieben Tagen zurücklegen«, sagte sie. »Das hätte bedeutet, daß er täglich im Schnitt etwa dreihundertsechzig Meilen hätte fahren müssen. Dann aber haben wir zwei Tage verloren, weil es Probleme mit dem Auto gab und Joey krank wurde.«

Ihre Schwestern runzelten verwirrt die Stirn, und Chris seufzte tief auf. »Das bedeutet also, daß Vati seinen täglichen Durchschnitt auf fünfhundert Meilen erhöhen muß«, fuhr sie fort. »Er sagt, daß er auf diesen staubigen, löchrigen Straßen höchstens eine Durchschnittsgeschwindigkeit von fünfundvierzig Meilen erreichen kann. Es dauert daher noch einige Tage, bis wir in Kalifornien sind.«

Elisabeth und Martha schüttelten lediglich den Kopf und zuckten mit den Schultern.

Als es dunkel wurde, hielt der ermüdete Joe Corrigan bei einem Motel mit mehreren Appartements an. Ein Appartement bestand aus einem großen Zimmer mit einer Küche und kostete einen Dollar pro Nacht. Chris half ihrer Stiefmutter, auf dem mit Holz zu heizenden Ofen schnell ein Essen zuzubereiten, aber die erschöpften Kinder aßen nur wenig; sie wollten nur noch ins Bett.

Molly hielt sie jedoch zurück. »Wartet«, sagte sie, »ich werde zuerst nachsehen, ob Wanzen im Bett sind.« Chris war froh, als sich herausstellte, daß es jene flügellosen, winzigen Blutsauger, die in so vielen Häusern und Betten vorkamen, nicht gab. Ihren jüngeren Geschwistern aber war das egal. Sie fielen ins Bett und schliefen sofort ein.

Als die Familie Corrigan am nächsten Morgen aus den Betten krabbelte, waren die jüngeren Kinder immer noch müde und schlecht gelaunt. Das Frühstück war schnell zubereitet und noch schneller gegessen. Dann luden alle gemeinsam das Gepäck ins Auto, und jeder setzte sich auf seinen Platz.

Joe Corrigan rutschte hinter das Lenkrad und drückte auf den Anlasser.

Nichts geschah.

Chris' Herzschlag setzte einen Augenblick aus. »Was ist los?« fragte sie.

»Ich weiß es nicht genau«, antwortete ihr Vater. »Es scheint so etwas wie ein Kurzschluß zu sein.« Erneut versuchte er, das Auto zu starten. Diesmal sprang der Motor an.

»Pfff!« sagte Chris mit einem Seufzer. Sie lehnte sich auf dem Rücksitz zurück, während ihr Vater das Auto auf die Straße lenkte.

Bei einer Tankstation stellte Joe Corrigan den Motor ab, um zu tanken. Zwanzig Cent für eine Gallone, sah Chris. Nachdem er getankt und die Wasserschläuche aus Canvas auf der vorderen Stoßstange aufgefüllt hatte, setzte er sich wieder auf den Fahrersitz.

Erneut wollte der Wagen nicht anspringen.

Chris hatte das Gefühl, daß ihnen ernste Probleme bevorstanden, aber noch ehe sie etwas sagen konnte, erklang das Geräusch des Motors. Und schon fuhren sie erneut weiter gegen Westen.

Aber Chris konnte sich nicht entspannen.

Auch Ruby gelang das nicht. »Was ist, wenn wir anhalten und der Motor endgültig streikt?«

»Es wird schon klappen«, sagte Chris mit einer Überzeugung, die sie nicht verspürte.

Der Tag zog sich ohne weitere Schwierigkeiten dahin, so daß sich Chris allmählich besser zu fühlen begann. Sie machte Spiele mit ihren Geschwistern – etwa einen Wettbewerb, wer als erster ein Nummernschild entdeckte aus einem anderen Staat als dem, durch den sie gerade fuhren.

Mit Hilfe ihres Vaters versuchten sie eine Zeitlang, Automarken zu identifizieren. Aber manche Fabrikate waren leichter zu erkennen als andere.

Als Chris' kleine Schwestern genug von diesem Spiel hatten, wechselte Chris zu dem Spiel »An wen denke ich gerade?« Sie wollte ihre Geschwister die Namen von Präsidenten und anderen berühmten Leuten raten lassen, aber ihre Schwestern kannten nur wenige. Statt dessen versuchten die Kinder dann, einen ihrer Freunde oder Verwandten zu erraten.

Als Molly zu müde war, das Baby auf dem Schoß zu halten, und etwas Ruhe brauchte, gab sie Chris den kleinen Kerl. Chris machte es Spaß, mit dem kleinen Bruder zu spielen, aber er war so lebhaft, und das Auto war so überfüllt, daß Chris ihn oft Ruby für einen Augenblick anvertraute.

Manchmal machten die jüngeren Geschwister ein Nikkerchen. Schwerfällig lehnten sie sich dabei gegeneinander. In solchen Augenblicken holte Chris das kleine Taschenwörterbuch hervor, das ihr Freund Spud ihr gegeben hatte.

Chris und Ruby hatten den vierzehnjährigen Jungen auf ihrer Reise von Arkansas nach Oklahoma kennengelernt. Ruby und er waren überhaupt nicht miteinander ausgekommen, aber Chris mochte ihn. Spud stammte aus Irland, trug Knickerbocker und führte gerne das große Wort.

Rubys Auge fiel auf das Wörterbuch, und sie lehnte sich zu Chris hinüber. »Glaubst du, daß du Spud jemals wiedersehen wirst?« fragte sie leise.

Chris, die gerade die Aussprache eines neuen Wortes einübte, stockte und zuckte mit den Schultern. »Vielleicht.«

»Lernst du jeden Tag neue Wörter, damit du Eindruck bei ihm schinden kannst, wenn du ihn wiedersiehst?«

»Ich lerne sie für mich selbst, Ruby.«

Ihre Cousine grinste und stieß ihr leicht in die Seite. »Klar doch.«

Immer weiter fuhren die müden Reisenden gegen Westen. Die dritte Nacht verbrachten sie in einem Motel, das ziemlich heruntergekommen war. Dort gab es einen Küchenherd, der anstelle von Holz mit Kerosin geheizt wurde. Die Bekämpfung der Bettwanzen kostete Molly viel Zeit. Dann aber hatte sie das Gefühl, daß die Kinder sicher schlafengehen konnten.

Bevor sie sich schlafen legte, verkündete Chris: »Wir liegen genau im Plan. Wir können es noch bis Samstag schaffen, wenn uns das Auto keine Probleme macht. Dann kann Herr Gridley Vati nicht kündigen.«

Manchmal, wenn die anderen Kinder neben ihr im Auto schliefen, starrte Chris auf die unebene, ungepflasterte Straße und wiederholte immer wieder dasselbe leise Gebet: »Bitte, Herr, bitte!«

Manchmal schaukelte sie vor- und rückwärts und sang bei jeder Vorwärtsbewegung ihres Körpers: »Fahr. Fahr. Fahr, Auto, fahr!«

Am nächsten Morgen sprang der große Wagen ohne irgendwelche Probleme an, und die Corrigans fuhren unaufhörlich gegen Westen, stets den Lincoln Highway entlang. Den Namen jedes Staates, den sie durchfuhren, strich

Chris auf der Karte hinten in Spuds Wörterbuch durch. Bald ließen sie die Ebenen hinter sich und fuhren in die Rocky Mountains.

Nachdenklich las Chris noch einmal die Namen der Staaten, durch die sie gefahren waren, und die Namen jener Staaten, die sie noch durchqueren mußten. »Von Illinois, Missouri und Kansas nach Nebraska und jetzt durch Colorado. Dann werden wir durch einen Zipfel von Wyoming fahren, quer durch Utah und dann durch Nevada, und dann sind wir in Kalifornien. Wir werden es bis Samstag morgen schaffen – das hoffe ich wenigstens.«

Die schmalen, kurvenreichen Bergstraßen waren nicht durch ein Geländer gesichert, und Chris mußte vor Angst immer wieder schwer schlucken, wenn sie in den steilen Abgrund spähte.

Ruby schaute unentwegt aus dem Fenster; ihre Augen wurden immer größer. »Wenn wir nicht bald wieder hinunterfahren«, murmelte sie, »landen wir irgendwann in China!«

Chris war zu ängstlich, als daß sie den Humor ihrer Cousine hätte schätzen können.

Joe Corrigan blickte die Mädchen kurz über seine Schulter an. »Habt ihr das gesehen?« fragte er belustigt.

»Was?« fragten beide neugierig.

»Die letzte Kurve, um die wir gefahren sind, war so scharf, daß die Scheinwerfer unseres Autos fast mit dessen Rücklichtern zusammenstießen«, neckte er.

»O, Vati«, protestierte Chris. »Das ist überhaupt nicht lustig.«

Da Joe Corrigan wieder um eine scharfe Kurve fahren wollte, hupte er vorschriftsmäßig. »Nun«, meinte er, »vielleicht ist es wirklich nicht lustig, aber ich lache lieber, als daß ich mich ängstige. Ihr nicht auch?«

Darin stimmte Chris ihm zu, aber leise betete sie um Bewahrung, als das Auto höher und höher in das Gebirge fuhr.

Durch die vielen Zickzackstraßen und Haarnadelkurven

wurde es den Kindern bald übel. An einer recht breiten Stelle fuhr Chris' Vater daher an den Straßenrand, damit alle etwas frische Luft schöpfen konnten. Obwohl er nichts über die Startprobleme des Motors sagte, war Chris erleichtert, daß er diesen nicht ausschaltete.

An der Stelle, an der sie angehalten hatten, stand bereits ein anderes Auto, dessen Motorhaube in östliche Richtung zeigte. Auf dem Dach des alten Fahrzeugs lag eine zusammengebundene Matratze. Ungefähr ein Dutzend Kinder und eine Frau saßen im Auto, während ein magerer Mann in einem abgenutzten, verknitterten Overall und mit einer grauen Mütze den Kühler unter der geöffneten Motorhaube überprüfte.

Chris' Vater ging zu ihm. »Wohin soll's gehen, Mister?« rief er.

Der Fremde blickte auf. »Zurück nach Texas«, antwortete er. »Wir kommen aus Kalifornien.«

Als Chris die Autotür öffnete und die kühle Bergluft tief einatmete, wurde ihr etwas besser. Sie näherte sich den beiden Männern, um zu hören, worüber diese redeten. Sie konnte nicht verstehen, daß jemand das verheißene Land Kalifornien verließ.

Joe Corrigan fegte mit dem Hemdsärmel über seine Augenbrauen. »Wir sind auf dem Weg dorthin. Wie kommt es, daß es Ihnen in Kalifornien nicht gefällt?«

»Mister, wenn ich Sie wäre, würde ich auf der Stelle umkehren und dorthin zurückfahren, woher Sie gekommen sind«, antwortete der magere Mann. »Aber um Ihre Frage zu beantworten: Uns allen hat es gefallen, recht gut sogar. Aber es gibt schon zu viele Menschen, die nach Kalifornien strömen, und das paßt den Leuten dort gar nicht.«

Mit einem lauten Schlag schloß er die Motorhaube und wischte seine Hände an seinem Overall ab. »Wir wurden als ›Okies‹ (Wanderarbeiter aus Oklahoma) und ›Arkies‹ (Wanderarbeiter aus Arkansas) beschimpft. Den Leuten war es egal, daß wir aus Texas kamen. Für sie waren wir

Okies und Arkies und genausowenig willkommen wie ein toller Hund bei einem Picknick der Sonntagsschule.«

Chris runzelte die Stirn. »Diese Schimpfworte hören sich aber nicht so schlimm an.«

»O, es sind nicht die Schimpfworte an sich, sondern der Haß, der sich hinter ihnen verbirgt. Damit hat man uns verjagt. Verstehst du?«

Der Mann zog seine schmutzige, graue Mütze ab und zeigte ihnen eine häßliche Beule auf seinem Kopf. »Die stammt von dem Griff einer Spitzhacke«, sagte er. »Es war das dritte Mal, daß jemand auf mich einschlug, weil ich mich um eine Arbeitsstelle bemühte; da habe ich den Hinweis verstanden. Wir gehen wieder dorthin, wo die Leute freundlich sind.«

Chris tat einen Schritt vorwärts. »Das sagen Sie nur, um uns zu ängstigen, damit wir nicht weiterfahren«, meinte sie herausfordernd.

Der magere Mann blickte sie mit traurigen, braunen Augen an und schüttelte den Kopf. »Ich wünschte, es wäre so, kleines Mädchen, aber das ist bestimmt nicht der Fall. Wie ich schon sagte, wenn ich dein Vati wäre, würde ich mein Auto wenden, bevor jemand ihm auf den Kopf schlägt und vielleicht auch euch Kinder verletzt.«

Chris war erleichtert, als ihr Vater die Kinder zum Auto zurückschickte und weiter gegen Westen fuhr.

Nachdem sie einige Minuten schweigend gefahren waren, sagte Joe Corrigan schließlich: »Ich weiß, daß manche Leute, die schon lange in Kalifornien leben, die Tausende von Menschen nicht mögen, die jetzt auf der Suche nach Arbeit ins Land kommen«, sagte er nachdenklich. »Mein Boß, Herr Gridley, ist einer von ihnen. Sein Sohn Don gehört auch dazu. Don haßt jeden, der nicht wie er in Lone River geboren ist. Aber Herr Gridley hat mir einen Job gegeben.«

Ruby stieß Chris leicht in die Seite. »Er hat die Arbeitsstelle«, flüsterte sie, »aber nur, wenn wir Kalifornien rechtzeitig erreichen.«

»Und das wird uns gelingen«, antwortete Chris gequält. »Das Auto läuft wunderbar.«

»Warum hat dein Vati dann den Motor nicht abgeschaltet, als wir eine Pause machten?«

Chris beugte sich nach vorne. »Vati, wird der Motor wieder anspringen, wenn du ihn abstellst?«

»Ich gehe kein Risiko ein, Liebes. Wenn wir die Berge hinter uns haben, werde ich eine Werkstatt aufsuchen. Vielleicht kann der Anlasser dort repariert werden. Bis dahin werde ich den Motor nicht abstellen.«

Aber als sie die Wasatch-Gebirgskette der Rocky Mountains hinunterfuhren in Richtung Salt Lake City, wurde Joe Corrigan merklich angespannt. »Das Auto läßt sich so schwer lenken, als hätte es zu wenig Luft in einem der Reifen«, verkündete er mit einem Seufzer.

Für Chris war das kein Grund zur Beunruhigung. Sie wußte, daß das Auto zwei neue Reservereifen hatte.

Als ihr Vater eine ausreichend breite Stelle gefunden hatte, fuhr er von der Bergstraße, um die Reifen zu überprüfen. Schon nach wenigen Augenblicken ging er zu der Beifahrerseite, um mit seiner Frau zu sprechen. »Es ist der linke Hinterreifen, Molly. Du wirst aussteigen müssen, damit ich ihn aufpumpen kann. Auch die anderen können aussteigen, um die Beine zu strecken, aber bleibt in der Nähe.«

Chris war viel zu gespannt auf Kalifornien, um wie die anderen Kinder und Molly die Landschaft zu betrachten. Sie beachtete die dunkelgrünen Bäume, die sich gegen den blaßblauen Himmel abhoben, kaum, sondern schaute aufmerksam ihrem Vater zu, als dieser den Vordersitz entfernte.

»Was machst du?« fragte sie.

»Ich will an den Kompressor herankommen, siehst du?« erwiderte er und zeigte auf das Gerät. »So setze ich ihn in Betrieb.« Ein leises Summen ertönte, als der Motor des Kompressors sich in Gang setzte. »Dann nehme ich diesen kurzen, silberfarbenen Griff neben der Handbremse und lasse den Kompressor arbeiten. Jetzt pumpe ich mit diesem langen, roten Gummischlauch den leeren Reifen auf.«

Gespannt schaute Chris zu. Ihre Erfahrung mit leeren Autoreifen beschränkte sich auf solche Reifen, die mit einer Handpumpe aufgeblasen werden konnten. Mit dem roten Gummischlauch des Kompressors konnte man alle vier Reifen erreichen.

Als Joe Corrigan fertig war, räumte er den Schlauch weg und befestigte den Vordersitz wieder an seinem Platz. »Der Reifen wird halten, bis wir eine Tankstelle finden, wo ich ihn reparieren lassen kann«, sagte er. »Alle Mann zurück ins Auto. Es geht weiter.«

Sobald Joe Corrigan die Wasatch-Gebirgskette der Rocky Mountains hinter sich gelassen hatte, fuhr er die erste Werkstatt an, die er auf der Straße in Richtung Salt Lake City sah. Chris bemerkte, daß hinter der Garage ein Motel stand. Gemeinsam mit Ruby verließ sie das Auto und stellte sich zu ihrem Vater, während dieser mit dem Automechaniker über den Reifen und den Anlasser sprach.

Der Mechaniker wischte sich die Hände an einem roten Lappen ab und blickte zum Auto. »Der Reifen ist kein Problem, aber mit dem Anlasser sieht es anders aus. Dieses Automodell wird nicht mehr hergestellt, und daher habe ich keine Ersatzteile. Ich werde es bestellen müssen.«

Mutlosigkeit erfüllte Chris' Herz.

Joe Corrigan seufzte laut. »Wie lange wird es dauern?«

»Vielleicht einen Monat.«

»Einen Monat?!« rief Chris aus.

Der Mann zuckte mit den Schultern. »Sie können mit Ihrer Familie in meinem Motel wohnen, bis das Ersatzteil da ist.«

Chris stöhnte laut vor Entsetzen, und Ruby schrie: »Jetzt werden wir niemals rechtzeitig in Kalifornien sein!«

Trick Siebzehn

Chris wurde es ganz elend zumute, als sie beobachtete, wie ihr Vater sich die Worte des Mechanikers durch den Kopf gehen ließ.

»Einen Monat dauert es, bis das Ersatzteil da sein kann, sagen Sie, Mister?« fragte er.

»So ungefähr. Ja. Aber Ihre Familie wird es in meinem modernen Motel bequem haben. Es ist erstklassig, aber die Preise sind vernünftig.«

Joe Corrigan nickte. »Ich werde darüber nachdenken, während Sie den Reifen reparieren und Benzin nachfüllen.«

Als sich der Mechaniker entfernte, glaubte Chris, einen siegessicheren Ausdruck auf seinem Gesicht zu sehen. Sie wandte sich besorgt an ihren Vater. »Was werden wir jetzt tun?«

Ihr Vater runzelte die Stirn, als denke er tief nach. Er gab keine Antwort. Statt dessen rief er hinter dem Autoschlosser her: »Haben Sie ein Stück Kupferdraht, etwa sechzig Zentimeter lang?«

»Sicher. Dort hinten an der Wand. Bedienen Sie sich.«

»Wieviel kostet es?«

»Nichts.«

»Vielen Dank«, antwortete Joe Corrigan. Chris und Ruby liefen hinter ihm her, als er sich ein Stück von dem glänzenden Kupferdraht nahm und dann zum Auto zurückging. Chris zog ihren Vater am Ärmel. »Was machst du da?« fragte sie.

Ihr Vater lächelte und blinzelte ihr zu. »Paß auf, ich werde dir Trick Siebzehn zeigen.«

Diesen Ausdruck verwendete er immer, wenn er etwas nicht sagen wollte. Chris schaute zu, wie er die Motorhaube öffnete, sich hineinbeugte und den alten Draht vom Anlasser entfernte.

»Vati!« schrie Chris entsetzt auf. »Was hast du denn jetzt gemacht?«

»Das wirst du gleich sehen«, erwiderte dieser. Seine Stimme unter der Motorhaube klang gedämpft. »Warum helft ihr Mädchen Molly nicht, auf die Kleinen aufzupassen?«

Chris und Ruby gehorchten.

Bald hatte der Mechaniker den Reifen geflickt und rollte ihn zu Joe Corrigan zurück. »Und was sagen Sie, Mister? Wollen Sie in meinem Motel bleiben, bis das Ersatzteil da ist?«

»Bitte«, antwortete Joe Corrigan. Er schloß die Motorhaube und griff in seine Tasche. »Wieviel bekommen Sie für den Reifen und das Benzin?«

Chris behielt ihren Vater scharf im Auge, als er den Automechaniker bezahlte.

»Nun kommt, Leute«, rief Joe Corrigan dann. »Ins Auto.«

»Joe«, wandte Molly ein, »das hat doch keinen Sinn.«

Mit unbewegtem Gesicht jedoch ging Joe Corrigan um das Auto herum zum Fahrersitz. »Steigt ein, wenn ihr mit mir nach Kalifornien wollt.«

Verwirrt drängten sich Chris und die anderen in das große Auto. Dann lehnte sich Chris nach vorn, um ihrem Vater zuzuschauen, als dieser zu einem Schalter auf dem Armaturenbrett griff.

»Was machst du?« fragte sie, denn sie wußte, daß er den Anlasser nicht berührt hatte.

Er drehte sich halb um und grinste ihr zu. »Sssst! Ich öffne die Auspuffklappe.«

»Die was?« fragte Chris.

»Dieses Auto hat zwei Auspufftöpfe«, erklärte ihr Vater, »und gewöhnlich machen sie den Motor nahezu völlig geräuschlos. Aber es gibt auch einen Schalter, mit dem man die Auspufftöpfe umgehen kann. Dann geht das Geräusch direkt von dem Motor in den Auspuff. Dann kann man es meilenweit hören.«

Erneut blinzelte Joe Corrigan seiner Tochter zu, und Chris' Erregung wurde größer. Der Vater zog an dem Schalter der Auspuffklappe und stellte dann seinen Fuß auf das Gaspedal.

Brmmmm! Das Auto füllte sich mit Leben.

Abrupt drehte sich der Mechaniker um. »Mister, wie um alles in der Welt haben Sie das gemacht?« fragte er erstaunt.

Joe Corrigan lächelte. »Geschäftsgeheimnis. Ich bin selbst auch so etwas wie ein Schlosser.«

»Nun, dann sind Sie ein ganz guter!« rief der Mann aus. Er schüttelte verdattert den Kopf, während er den Corrigans nachschaute, die in ihrem Auto die Straße hinaufdonnerten. Um den Lärm zu übertönen, erklärte Chris' Vater mit lauter Stimme, was er getan hatte. »Dieses Auto hat zwei Schalter für die Lichter – einen für die Scheinwerfer und einen zweiten für die Rücklichter. Ich habe den Starter mit den Rücklichtern verbunden. Sie werden jetzt die ganze Zeit brennen, Tag und Nacht, aber das macht nichts. Wir werden uns niemals wieder Sorgen machen brauchen, ob der Wagen anspringt oder nicht.«

Ruby jauchzte. »Dann werden wir es also schaffen?«

»Die Chancen stehen gut«, entgegnete Chris' Vater, und er begann, vor sich hinzupfeifen.

Chris drängte es, vor Freude zu singen. So stimmte sie mit ihren Geschwistern immer wieder fröhliche Lieder an, während sie durch Salt Lake City und durch die Wüste fuhren. Plötzlich brach sie mitten in einem Lied ab und fragte ihren Vater erschrocken: »Was ist das?« Sie hielt den Kopf schief, um richtig hören zu können.

»So hört es sich an, wenn ein Auto über eine Zementstraße fährt«, erklärte dieser lachend. »Außerhalb von Salt Lake City gibt es eine siebzehn Meilen lange Autostraße aus Zement – die einzige im ganzen Land.«

»Das ist wunderbar!« rief Chris aus. »Und das Auto hoppelt überhaupt nicht.«

»Genieße es, solange es möglich ist«, antwortete ihr

Vater. »Bald ist es vorbei, und wir werden über eine der schlechtesten Strecken im ganzen Westen fahren.«

Er hatte recht. Die siebzehn Meilen lange Autostraße war bald zu Ende, und das Auto rüttelte und schüttelte sich, als würde es über ein Waschbrett fahren. Es rappelte so sehr, daß man den Eindruck hatte, es könne jeden Augenblick auseinanderfallen.

Durch die Wüste fuhren sie während der Nacht, weil es tagsüber dazu zu heiß gewesen wäre. Die wenigen Fahrzeuge, die es gab, fuhren ebenfalls in der Nacht. Rüttelnd und schüttelnd und mit tanzenden Scheinwerfern versuchten sie, auf der unebenen Straße vorwärtszukommen.

Als Chris bemerkte, wie ihr Vater einmal schneller, einmal langsamer fuhr, fragte sie nach dem Grund.

»Ich versuche herauszufinden, welche Geschwindigkeit für diese unebene Straße die beste ist«, erwiderte er. »Und ich glaube, daß ich es jetzt weiß – fünfundvierzig Meilen pro Stunde.«

Die übrigen Autos krochen mit einer Geschwindigkeit von fünf oder zehn Meilen pro Stunde vorwärts. Und in dem klaren Licht des Vollmondes konnte Chris die überraschten Gesichter der Menschen erkennen, wenn das Auto der Corrigans so schnell an ihnen vorüberfuhr.

Als die Geschwister und Ruby auf dem Rücksitz eingeschlafen waren, schob sich Chris etwas nach vorne, um ihrem Vater näher zu sein. »Wie kommt es, daß die Straße so uneben ist?« fragte sie.

»Der Wind und das Wetter entfernen den weichen Sand, vermute ich, so daß nur der härteste Teil der Straße übrigbleibt«, antwortete Joe Corrigan. »Dort, wo der Sand weggeweht wurde, sind dadurch Furchen oder Rinnen entstanden. Es ist, wie wenn du über das Waschbrett deiner Stiefmutter fährst, nur ist es hier schlimmer, weil diese Rinnen so viel ausgeprägter sind. Aus diesem Grunde nennt man solche Straßen auch wohl Waschbrettstraßen.«

Zufriedengestellt lehnte sich Chris eine Weile auf ihrem Sitz zurück und schaute aus dem Fenster.

In der Wüste gab es keine Städte, so daß Joe Corrigan gelegentlich anhielt, damit die Kinder sich kurze Zeit die Füße vertreten konnten. Er ging immer vor ihnen her mit einer Taschenlampe, um Schlangen rechtzeitig auszumachen, besonders die lebensgefährlichen Klapperschlangen.

»Sie sind klein, aber giftig«, erklärte er seinen Töchtern. »Sie graben sich in den Sand ein, so daß nur ihre Augen herausschauen. Dadurch ist es fast unmöglich, sie zu bemerken.«

Chris' Angst vor Schlangen war nicht so groß wie die vor Koyoten. Deren trauriges Bellen und Gejaule in der Nacht ließen ihre Haare zu Berge stehen.

Als die Corrigans zu einer kleinen Häuseransammlung in der Wüste gelangten, stellten sie fest, daß das Benzin dort achtzig Cents pro Gallone kostete und das Trinkwasser zehn Cent pro Glas. Alles war teurer, weil es von weither herbeigeschafft werden mußte.

Nachdem sie einen Halt eingelegt hatten, um etwas zu schlafen, fuhren sie durch die Stadt Reno; dann durchquerten sie den Rest der Wüste. Freitag abend ließen sie Nevada hinter sich.

Schließlich verließ Chris' Vater den Lincoln Highway, auf dem er schon seit Illinois gefahren war, und lenkte das Fahrzeug auf den Highway 40 nach Lake Tahoe. Nur in Kalifornien besaßen die Straßen eine Nummer; außerdem waren sie gepflastert. Chris schlief, als das Auto an der kalifornischen Grenze vor einem Gebäude des landwirtschaftlichen Kontrolldienstes anhielt.

»Alle Mann aussteigen«, sagte Joe Corrigan.

Die kleinen Kinder und Joey schimpften und maulten. Sie hatten schlechte Laune, weil sie geweckt worden waren, aber Molly und die älteren Mädchen versuchten, sie zu beruhigen.

Uniformierte Beamte nahmen jeden einzelnen Gegenstand aus dem Auto, um ihn auf Ungeziefer oder Krankheitserreger zu untersuchen, damit diese nicht in das Land eingeschleust wurden, in dem der Ackerbau eine so bedeutende Rolle spielte.

Sobald die Beamten ihre Arbeit beendet hatten, verstaute Joe Corrigan mit Hilfe der Mädchen das Gepäck wieder im Wagen. Dann stiegen alle ein, und die Kleinen legten sich erneut zur Ruhe.

Chris war jetzt jedoch hellwach. Sie war viel zu aufgeregt, um noch schlafen zu können. Sie lehnte sich nach vorn. »Vati, der Mond ist noch nicht aufgegangen, aber das da vor uns sieht aus wie Berge.«

»Es sind Berge, Liebes. Die Berge der kalifornischen Sierra Nevada. Im Vergleich dazu sehen unsere Berge daheim wie Hügel aus, nicht wahr? In wenigen Minuten werden wir sie erreicht haben. Wenn wir hindurchgefahren sind, werden wir in das Tal bei Sacramento fahren.«

»Wie weit ist es dann noch bis Lone River?«

»Wir werden noch vor Tagesanbruch dort sein. Du brauchst dich also nicht zu sorgen. Ich werde meine Arbeitsstelle noch haben und das Haus, das der Boß mir versprochen hat.«

Als sie die Berge erreicht hatten, hielt Joe Corrigan neben einem natürlichen Wasserfall an. Er war nicht sehr hoch – vielleicht gute sechs Meter –, aber das Wasser, das herunterfiel, war herrlich erfrischend. Oben in den über zweitausend Meter hohen Bergen sei dieses Wasser noch vor wenigen Tagen Schnee gewesen, erklärte Chris' Vater.

Nach der langen Fahrt durch die Wüste freuten sich alle, den Schmutz von ihren Gesichtern und Händen waschen zu können. Die Kinder lachten und spritzten sich gegenseitig naß.

Chris trank das kalte, erfrischende Wasser aus der hohlen Hand. Sie trank, bis sie das Gefühl hatte, daß ihr Magen nichts mehr aufnehmen konnte. »Ich glaube, daß ich platze«, sagte sie, »aber es hat so gut geschmeckt! Ich werde mein ganzes weiteres Leben daran denken.«

»Ich auch«, erwiderte Ruby, während sie sich die Hände an ihrem Kleid abtrocknete. Sie spähte durch die Nacht in das Tal. In diesen Minuten ging der Mond über den Bergen auf, die sie bald hinter sich gelassen haben würden. »Glaubst du, daß ich meinen Vater dort unten finden werde?«

Chris nickte. »Ich hoffe es.«

Schon bald stiegen alle wieder ins Auto ein; die Köpfe wurden gezählt, und dann machten sich die Corrigans auf den Weg ins Tal. Die jüngeren Kinder und Ruby schliefen, aber Chris starrte hinaus in die Nacht, und sie dachte: »Wann werden wir das Haus, in dem wir für immer leben werden, sehen? Schon bald?«

Als sie die mächtigen Sierras hinter sich gelassen hatten, fuhr das Auto durch die Landeshauptstadt Sacramento und dann in Richtung Stockton. Erstaunt stellte Chris fest, daß die Straßen überall gepflastert waren. Abgesehen von der siebzehn Meilen langen Strecke außerhalb von Salt Lake City hatten die Wege nur aus Sand und Kies bestanden. »Kalifornien ist wirklich das verheißene Land!« dachte Chris.

Zu dieser Meinung kam sie endgültig, als ihr Vater in Stockton anhielt, um zu tanken. Sie hätte jauchzen können, als sie hörte, daß es einen Benzinkrieg gab. Das Benzin kostete nur sechs Cent pro Gallone.

Mit einem vollen Tank brachen die Corrigans auf nach Süden und fuhren in das große San Joaquin-Tal.

In dem dunklen Auto warf Joe Corrigan Chris über seine Schulter einen Blick zu. »Wir haben es beinahe geschafft, Chris.« Er sprach leise, aber die Erregung in seiner Stimme war unverkennbar.

Im Westen ging der Mond gerade unter, als das Auto in östlicher Richtung abbog und den Sierras entgegenfuhr. Bei den Außenvierteln von Lone River, der letzten Stadt im Tal, minderte Chris' Vater das Tempo. Unmittelbar an der östlichen Stadtgrenze begannen die Bergrücken der Sierras.

Als er eine Ansammlung von Baracken für Wanderarbeiter entdeckte, hielt Chris' Vater an und verhandelte mit dem Besitzer. Aber der murrende, alte Mann mit einem langen, grauen Bart bestand darauf, daß sie einen ganzen Dollar für die Nacht bezahlten, auch wenn diese schon fast vorüber war. Nachdem Chris' Vater den Betrag aus seinem fast leeren Portemonnaie beglichen hatte, erhielt er von dem Besitzer den Schlüssel.

Die erschöpfte Familie lud das Gepäck aus, und Ruby und Chris halfen, die weinenden jüngeren Kinder in die Baracke zu bringen. Molly war zu müde, um die Betten zu kontrollieren. Sie ließ alle Kinder sich hinlegen, wo immer sie wollten.

Als sie alle untergebracht waren, sagte Joe Corrigan seiner Frau, daß er sich auf den Weg machen wolle, um sicherzustellen, daß er seine Stelle bekäme. »Ich werde den ganzen Tag arbeiten und etwa gegen Sonnenuntergang zurück sein«, versprach er.

Chris ging mit ihm zum Auto. »Wir haben es geschafft, nicht wahr, Vati?«

»Ja, wir haben es geschafft.« Er nahm die Spitzen ihrer Zöpfe und wand sie um seinen Finger. »Versuche etwas zu schlafen. Hier. Nimm dieses Geld und kaufe ein für das Frühstück und das Mittagessen. Das ist fast alles, was wir noch an Geld haben. Sei also sorgfältig.«

»Das werde ich«, versprach sie.

»Und hilf Molly mit den Kindern, bitte.«

»Wird gemacht.« Chris küßte ihren Vater auf die Wange.

Nachdem das Auto die ruhige, von großen Maulbeerbäumen und holländischen Ulmen gesäumte Straße hinuntergefahren war, betete Chris schweigend und kehrte dann in die Baracke zurück.

Ohne sich auszuziehen, stieg sie zu Ruby ins Bett, aber sie konnte nicht einschlafen. Während sie den ruhigen Atemzügen ihrer Cousine lauschte, hoffte sie, daß Ruby ihren Vater würde finden können. Vor allem aber hoffte Chris, daß der gemeine Boß ihres Vaters die Arbeitsstelle und das Haus wirklich für sie reserviert hatte. Nach einer Weile versank sie schließlich in einen unruhigen Schlaf.

Plötzlich war sie hellwach und setzte sich auf. Die Sonne

lugte durch die Rollos der Fenster auf der Ostseite herein. Es war also immer noch Morgen. Jeder schlief, nur Molly war auf. Chris rieb sich die Augen; dann sah sie, wie Molly mit dem schlafenden Baby auf dem Arm zur Tür eilte. Als Molly in ihrem Nachtkleid über den kahlen Fußboden der Baracke ging, bemerkte Chris, daß ihr Haar immer noch unordentlich war vom Schlafen.

Im selben Augenblick hörte Chris das Klopfen an der Tür. Sie glitt aus dem Bett, lief leise auf nackten Füßen herbei und stellte sich neben ihre Stiefmutter.

Vorsichtig öffnete Molly die Tür. »Joe! Was ist passiert?!«

Unter seinen Bartstoppeln war Joe Corrigans Gesicht grau. Die Müdigkeit in seinen Augen wurde noch betont durch seine hängenden Schultern und den traurigen Ausdruck auf seinem Gesicht. »Kommt heraus, damit wir die anderen nicht wecken«, sagte er.

Als Chris und Molly ihm folgten, spürte Chris den kühlen Morgenwind auf ihren Wangen. Dann erfüllte plötzlich eine eisige Kälte ihren ganzen Körper.

»Er hat mich gefeuert.« Joe Corrigans Stimme war beherrscht, hatte aber einen zornigen Unterton.

»O, Vati, nein!«

»Gridley sagte, daß ich gestern abend hätte hier sein sollen.«

»Das ist nicht wahr!« protestierte Molly. »Du hattest Zeit bis Sonnenaufgang am Samstag, und das hast du geschafft.«

»Ich weiß, aber dieser scheußlich dickköpfige Mann wollte nicht hören. Wir hatten eine Auseinandersetzung, und am Ende haben wir uns böse angeschrien.«

Chris schluckte schwer; ihre Hoffnung war zunichte.

»O, Joe«, flüsterte Molly, »wir brauchten die Stelle doch so sehr. Und das Haus. Was ist mit dem Haus?«

»Auch das ist weg.«

»O, Vati«, sagte Chris leise. »Und du hast dir so viel Mühe gegeben.«

Joe Corrigan rieb sein Gesicht mit den Händen und

seufzte schwer. »Das Gespräch mit dem alten Mann war schon schlimm genug, aber das mit seinem Sohn Don war noch schlimmer. Das ist der gemeinste vierzehnjährige Bursche, der mir je begegnet ist. Er drohte mir damit, mich und meine gesamte Familie aus dem Land jagen zu lassen.«

»Aber weshalb denn?« rief Molly.

»Weil ich versucht habe, mit ihnen zu diskutieren, vermute ich. Ich versuchte, die Arbeitsstelle zu behalten, die mir versprochen worden war. Ich sagte ihnen, wie ich Tag und Nacht gefahren sei, um rechtzeitig zurück zu sein.«

Chris' Zorn wuchs. »Den Leuten möchte ich einmal die Meinung sagen!« platzte sie heraus.

»Nein, Chris, das wirst du nicht tun. Der alte Mann hat das Gewissen einer Klapperschlange. Und sein Sohn ist von derselben Art.«

Molly lehnte sich an die Brust ihres Mannes; das schlafende Baby merkte von allem nichts. »Was werden wir jetzt machen, Joe?«

Chris konnte kaum ihre Tränen zurückhalten. »Ja, Vati«, wiederholte sie leise, »was werden wir jetzt tun?«

Schwierigkeiten

Fassungslos stand Chris an jenem Samstagmorgen Ende Juni neben ihren zutiefst erschütterten Eltern. Während sie ihren Blick über die heruntergekommenen Baracken gleiten ließ, wühlte sie mit ihrem nackten Fuß im Staub.

»Dies ist also das verheißene Land«, dachte sie bitter. »Millionen arbeitslose Amerikaner, und Vati sagt, daß diejenigen, die Arbeit haben, im Schnitt nur ungefähr siebzehn Dollar in der Woche verdienen.« Sie schluckte schwer. »Und jetzt hat mein Vati keine Arbeit, kein Haus und kein Geld. Das Zuhause, wo wir immer bleiben wollten, ist für uns verloren. Warum, Gott? Vati hat sich doch so viel Mühe gegeben. Er hätte es verdient gehabt, jene Arbeitsstelle zu bekommen.«

Einen Augenblick lang hatte Chris dasselbe Gefühl wie damals, als ihre Mutter gestorben war. Gott war ungerecht. Er hatte Chris' Gebete ganz gewiß nicht erhört; das stand fest.

Dann dachte sie daran, daß sie vor kurzem eine andere Einstellung zu Gott bekommen hatte, und daß ihre Großmutter ihr einen ermutigenden Bibelvers gesagt hatte über das Vertrauen zu Gott.

Chris seufzte schwer. In den zwölf Jahren ihres Lebens war es ihr immer gelungen, das, was sie sich vorgenommen hatte, auch in die Tat umzusetzen. In der dunklen Zeit nach dem Tod ihrer Mutter hatte Chris ihren Geschwistern versprochen, daß sie ein Zuhause bekommen würden, in dem sie dann für immer bleiben würden. Sie müßten dann niemals wieder umziehen.

Chris war sich sicher gewesen, daß dieses Zuhause in Kalifornien liegen würde. Der plötzliche Verlust der Arbeitsstelle und des Miethauses waren ein Rückschlag für sie. Aber es hatte keinen Sinn, sich lange darüber zu grämen. Sie mußte einen Ausweg finden.

»Was werden wir jetzt machen?« fragte sie ihren Vater erneut.

Joe Corrigan drückte Molly und das Baby fester an seine Brust und schaute mit einem schwachen Lächeln auf seine Tochter hinunter. Langsam streckte er seinen anderen Arm zu ihr hin. »Wir sind eine Familie«, sagte er stockend. »Wir werden zusammen damit fertig werden.« Er drückte sie fest an sich.

»Aber wir sind doch am Ende, Joe«, flüsterte seine Frau. »Wir brauchen Essen und Unterkunft. Wir können hier nicht bleiben. Wir haben kein Geld mehr.«

Er küßte sie leicht auf die Stirn. »Ich werde versuchen, für Essen zu arbeiten – vielleicht kann ich in einem Lebensmittelgeschäft den Boden fegen oder etwas anderes tun. Ich werde natürlich zusehen, daß ich einen festen Job bekomme, und ich werde versuchen, eine anständige Unterkunft für uns zu finden. Ich weiß, daß das Geld nicht einmal mehr für eine weitere Übernachtung hier reicht.«

Chris zwang sich zu einem Lächeln. »Ich werde Molly mit den Kindern helfen, während du danach suchst. Ich weiß, daß du etwas finden wirst, Vati.«

Plötzlich verzog sich Joe Corrigans Gesicht, und große Tränen füllten seine Augen. Seit dem Tode ihrer Mutter kurz nach Joeys Geburt hatte sie ihn nicht mehr weinen gesehen. »Danke – « Er war unfähig, den angefangenen Satz zu Ende zu führen und wandte sich abrupt ab. Schnell ging er zum Auto, startete es und fuhr rasch davon.

Molly und Chris kehrten schweigend in die Baracke zurück, wo nur Ruby inzwischen aufgewacht war.

Sie stand in ihrer aus Mehlsäcken gefertigten Unterwäsche neben dem Bett, und sie las die Enttäuschung in den Augen der Hereinkommenden. Sie wollte sprechen, aber Molly legte warnend den Finger auf ihre Lippen und deutete den beiden Mädchen, nach draußen zu gehen.

Da schlüpfte Ruby in ihre Kleidung, und die beiden

Mädchen eilten hinaus auf die Veranda vor der Baracke. Nachdem Chris die Situation erklärt hatte, ballte Ruby ihre Fäuste. »Das macht mich so wütend, daß ich den Gridleys etwas antun könnte!«

Chris blickte zu den übrigen Baracken auf dem Grundstück; alles machte einen sehr ärmlichen Eindruck. Die Bauten waren sehr heruntergekommen und verlangten dringend nach einer Renovierung. Die wenigen alten Autos, die unter den Bäumen standen, verdienten den Namen »Auto« eigentlich schon gar nicht mehr. Drei kleine Jungen, lediglich mit zerknitterten, kurzen Hosen bekleidet, schaukelten auf einem alten Reifen, der an einem ausgefransten Seil am Ast eines Baumes hing. Die Kinder waren schmutzig und spielten leise; offenbar hatten sie keinen Spaß an ihrem Treiben.

»Es hat keinen Sinn, sich die Haare auszuraufen«, antwortete Chris. »Vati wird eine Lösung finden. Das ist ihm bisher immer gelungen.«

»Ja, aber manchmal reist er dafür durch die halbe USA!«

Chris zuckte zusammen bei diesem Hinweis auf die Neigung ihres Vaters, seine Familie alleine zu lassen, um irgendwo anders nach Arbeit zu suchen, wenn es am alten Ort nicht mehr weiterging. Bevor Chris antworten konnte, öffnete Molly die Tür der Baracke.

»Chris, das Baby braucht Milch, und die Kinder müssen etwas zu essen haben, wenn sie aufwachen. Könnt ihr beiden euch nicht auf die Suche nach einem Geschäft machen?«

Chris nickte und holte die Münzen zum Vorschein, die ihr Vater ihr gegeben hatte. Weil sie vermutete, daß der größte Teil der Stadt zu ihrer Linken lag, schlug sie den Weg in diese Richtung ein. »Komm, Ruby«, forderte sie ihre Cousine auf. Und diese gesellte sich zu ihr.

An der Ecke des zweiten Häuserblocks fanden sie ein kleines Geschäft, vor dem eine einzige Benzinpumpe stand. Rechts daneben pumpte ein Junge, der nur etwas älter aussah als die Mädchen, den Hinterreifen seines Fahrrads auf.

»Grüß dich«, sagte Ruby, als sie mit Chris an dem Jungen vorüberging. Chris nickte und lächelte ihm zu. In den Ozarks war es etwas ganz Selbstverständliches, freundlich zu anderen zu sein.

Der Junge blickte auf. Er war groß und hatte sandfarbiges, lockiges Haar und schmutzige Hände, die an harte Arbeit gewöhnt waren. Er ließ den Schlauch der Luftpumpe sinken, als er sich mit finsterer Miene aufrichtete. »Grüß dich?« wiederholte er spöttisch Rubys Gruß, wobei er das letzte Wort übertrieben betonte. »Was für eine Sprache soll das denn sein?«

Chris spürte, daß es besser war, nichts darauf zu erwidern, sondern einfach das Geschäft zu betreten.

Aber Ruby explodierte. »Na, du bist ja wirklich die Freundlichkeit in Person«, erwiderte sie sarkastisch. »Genauso wie es sich für einen guterzogenen Menschen im Umgang mit seinen Mitmenschen gehört. Ein knurrender Hund ist ja überhaupt nichts dagegen!«

Der große Junge reckte seinen Hals. Zornig blitzte es in seinen kalten, blauen Augen auf, als er Ruby anschaute. »Willst du damit sagen, daß ich nicht gut erzogen bin?«

»Ich habe nicht gesagt, was du bist, aber jeder zieht sich den Schuh an, der ihm paßt!«

Chris griff Ruby am Arm und zog sie mit. »Komm jetzt«, zischte sie. »Wir wollen Milch holen.«

Es erschien ein schiefes Lächeln auf dem tiefgebräunten Gesicht des Jungen. »Aha, ihr beide seid Okies oder Arkies, frisch aus dem Hinterwald importiert.«

Ruby blieb stocksteif stehen; kampfbereit erhob sie ihre Fäuste. »Ja, wir kommen von den Ozarks, und wir sind mächtig stolz darauf! Suchst du deswegen Streit? Den kannst du haben!«

Das Gesicht des Jungen verfinsterte sich noch mehr. Dann gelang ihm ein schwaches Lächeln. »Ich prügele mich nicht mit Mädchen, auch dann nicht, wenn sie Hinterwäldler sind.«

Drohend tat Ruby einen Schritt vorwärts auf den Jungen zu. »Hinterwäldler?« stieß sie hervor. »Wovon sprichst du eigentlich? Von etwas Schlimmem und Demütigenden?«

Der Junge warf den Kopf zurück und lachte. »Wer kann denn bloß so dumm sein, daß er nicht einmal weiß, was ein Hinterwäldler ist?«

»Nimm das zurück!« schrie Ruby.

Chris griff ihre Cousine bei der Hand und zog heftig daran. »Bitte, Ruby. Laß' uns hineingehen.«

Der Junge nahm sein Fahrrad und schwang sein Bein über die Stange, um sich auf den Sattel zu setzen. »Das ist ein guter Rat, Hinterwäldlerin Ruby.«

Ruby riß sich los und rannte hinter dem Jungen her.

Dieser radelte jedoch schnell davon und rief ihnen über seine Schulter zu: »Bleibt mir ja aus dem Weg, sonst vergesse ich, daß ich mich nicht mit Mädchen schlage!«

Ruby rannte hinter dem Jungen her, schimpfte und schüttelte ihre Fäuste, aber er lachte nur.

Chris ging zu ihrer Cousine, ergriff sie am Arm und führte sie in das kleine Geschäft.

Eine müde blickende, alte Frau mit einer Schute und einem langen, abgetragenen Baumwollkleid kam aus dem hinteren Raum, als sich die Ladenklingel beim Öffnen der Tür in Bewegung setzte.

»Guten Morgen, Mädchen«, sagte sie ohne ein Lächeln. Ihre Gesichtszüge zeugten von Resignation; die Mutlosigkeit stand in jeder Linie zu lesen. »Was soll es sein?«

Chris antwortete rasch. Sie wollte möglichst schnell einkaufen, was sie brauchten, und dann eilig in die Baracke zurückkehren, bevor es weitere Auseinandersetzungen gab. »Einen Laib helles Brot für zwanzig Cent und eine Flasche Milch.«

Während die Frau sich umdrehte, um das Gewünschte herbeizuholen, schimpfte Ruby leise vor sich hin über den Jungen auf dem Rad.

Chris blickte um sich. Außer dem kleinen Kühlschrank schien alles im Geschäft selbstgefertigt zu sein. Sogar die Bretter, auf denen das Brot, die Dosen und die anderen Waren lagen, waren von Hand gemacht.

Schon bald stellte die Frau die Flasche mit Milch auf die mit Linoleum bedeckte Theke. Daneben legte sie einen Laib Brot und ein kleines Päckchen Bologneser Wurst in braunem Papier. »Das macht dreißig Cent«, sagte sie.

Chris zählte die Münzen ab und legte sie in die ausgestreckte Hand der Frau. »Danke schön«, sagte sie, während sie die Einkäufe mit einem Lächeln in Empfang nahm.

Als die Mädchen zur Tür gehen wollten, blieb Ruby stehen und griff nach einem Gegenstand, der neben der Kasse hing. »Ist das eine Karte von der Umgebung?« fragte sie.

Die Frau ließ die Münzen in die bronzefarbene Kasse fallen. »Wie bitte? O, ja, so ungefähr, es ist eine Karte von Kalifornien. Lone River steht auch darauf. Das heißt, wenn man genau hinschaut.«

Ruby faltete die Karte auf. »Ist Grizzly Gulch ebenfalls darauf verzeichnet?«

»Von dem Ort habe ich schon einmal gehört, glaube ich«, antwortete die Frau. »Wenn mich nicht alles täuscht, ist das eine Geisterstadt. Nicht weit von hier. Oben im Mother-Lode-Gebiet.« Neugierig blickte sie auf. »Möchtest du die Karte haben? Du kannst sie behalten.«

»Vielen Dank«, antwortete Ruby, während sie die Karte auf der Theke ausbreitete. »Können Sie mir zeigen, wo dieses Mother-Lode in etwa liegt?«

Die Frau zog eine Brille unter der Theke hervor und setzte sie auf. Weil der linke Bügel fehlte, hing die Brille etwas schief. Die alte Frau beugte sich über die Karte, und bald zeigte sie auf eine Stelle. »Hier ist es. Mit einem guten Auto muß man vielleicht eine Stunde fahren.«

Ruby nahm den flachen Bleistift, der auf der Theke lag – einen Bleistift, wie ihn ein Zimmermann verwendet –, und markierte die Stelle. Dann aber zerrte Chris ihre Cousine im wahrsten Sinne des Wortes aus dem Geschäft in die Morgensonne.

»Chris«, sagte Ruby, während sie mit der einen Hand die zusammengefaltete Karte auf die geöffnete Handfläche der andern schlug, »ich werde zu dieser Geisterstadt fahren und nach meinem Vater suchen!«

»Wie willst du das machen?«

»Das weiß ich noch nicht, aber ich werde es tun. Dafür kannst du deinen letzten Dollar verwetten.«

Kaum war Chris zurück in der Baracke, wo sie die Einkäufe ihrer Stiefmutter übergab, als ihr Vater die Tür aufstieß. »Alles einpacken«, rief er. »Ich habe einen Platz gefunden, wo wir eine Weile bleiben können.«

Chris' Hoffnung wuchs, fiel dann aber schnell in sich zusammen, als ihr Vater erklärte: »Es ist nur ein Grundstück an einem Flußbett, aber es kostet nichts. Ich habe mit einem Mann gesprochen, der dort bereits mit seiner Familie zeltet.«

Wenige Minuten später war das Auto mit den Corrigans unterwegs. Als sie durch Lone River fuhren, bewegten Chris sehr zwiespältige Gefühle. Eingehend musterte sie die Häuser der Stadt. »Diese Häuser sind alle recht alt, nicht wahr, Vati?« fragte sie in dem Versuch, die Angst vor der Zukunft zu vertreiben.

»Ja, das will ich meinen«, antwortete dieser. »Einige dieser quadratischen, zweistöckigen Holzhäuser wurden vermutlich vor 1900 gebaut. Aber die meisten Gebäude sind nur ganz einfache Bauwerke. Sie sind nicht einmal dreiundneunzig Quadratmeter groß. Ich habe gehört, daß man weniger als eintausend Dollar benötigt, um ein solches Haus zu bauen.«

»Und wie ist es mit jenen?« Chris zeigte auf eine Gruppe von großen, eleganten Häusern mit Blick auf den Fluß. Ihr Vater lachte. »Die haben sicher eine Größe von zweihundertachtzig bis vierhundertsechzig Quadratmetern. Und sie sind nicht billig.«

Chris hörte seine Antwort kaum. »Eines dieser Häuser«,

dachte sie im Stillen, könnte das Haus sein, in dem wir unser bleibendes Zuhause finden.« Sie lehnte sich zurück, als ihr Vater aus der Stadt fuhr und auf einer rostigen Eisenbrücke den Fluß überquerte. Kaum zwei Meilen weiter ging das flache Tal in trockene, braune Gebirgsausläufer über. Diese wiederum wurden zu richtigen Bergen, zur majestätischen Sierra Nevada, deren Gipfel sich etwa dreitausend Meter über den Meeresspiegel erhoben.

Chris verspürte ihre Enttäuschung erneut, als ihr Vater die gepflasterte Straße verließ und in einen holprigen Feldweg einbog, in dessen Mitte Gras wuchs. Das Öl und Fett von der Unterseite der darauf fahrenden Autos hatten eine solche Schmutzschicht auf den Grashalmen hinterlassen, daß diese kümmerlich und häßlich aussahen, aber sich dennoch ans Leben klammerten. Endlich hielt das Auto neben einer Gruppe von Weidenbäumen und zwei knorrigen Pappeln an.

Entsetzt rutschte Chris auf ihrem Sitz nach vorne. »Das ist doch kein Fluß, Vati? Das sieht mehr aus wie das trockene Bett eines Bachs.«

»Zu dieser Jahreszeit ist es trocken, weil es hier von etwa Mai bis November gewöhnlich nicht regnet«, erwiderte ihr Vater. Er winkte einem großen, mageren Mann in einem verschlissenen, blauen Overall zu, der aus einem vor Schmutz grauen Zelt kam. »Dieser Platz ist trocken, und er kostet nichts. Das Trinkwasser muß ich freilich herbeischaffen. Aber wichtig ist eben, daß es hier nichts kostet, Chris. Ich werde uns möglichst bald ein Zelt besorgen, wie es die Hocketts – das sind die Leute, die dort auf der anderen Bachseite zelten – haben.«

Darauf lud Joe Corrigan das Gepäck aus und sagte seiner Familie, was sie bis zu seiner Rückkehr tun solle; dann fuhr er davon, um nach Arbeit und einem Zelt zu suchen.

Mit dem Baby auf ihrem Arm drehte sich Molly langsam um und nahm den trostlosen Ort in Augenschein. Chris hatte den Mann im Overall und seine Familie heimlich beobachtet. Die Hocketts standen vor dem Eingang ihres

Zeltes und starrten die Neuankömmlinge offen an. Chris zählte eine Frau und neun Jungen und Mädchen, die alle ebenso mager waren wie ihr Vater. Das älteste Mädchen schien etwa so alt zu sein wie sie selbst.

Dann wandte sie ihre Augen ab und folgte Mollys Blick. Der trockene Bach lag in einer schmalen, etwa vierzehn Meter breiten Schlucht. So weit Chris sehen konnte, wuchs überall eine Art Korn. Es stand kurz vor der Reife, und seine Farbe wechselte vom Grün zum frühsommerlichen Braun. Ein heißer, trockener Wind blies ihr über das Gesicht.

Die zehnjährige Elisabeth rannte zu ihrer Stiefmutter und stampfte auf. »Ich hasse diesen Ort!« verkündete sie.

»Ich auch!« wiederholte Martha.

Sara seufzte: »Chris, ich finde nicht, daß dies nach einem Haus aussieht, in dem wir für immer wohnen können.«

Die kleine Iola zog an Mollys Rock. »Laß' uns wieder in die Ozarks zurückgehen!« rief sie.

Chris hockte sich neben ihre Schwestern, um sie davon zu überzeugen, daß alles gut werden würde, aber sie wurde dabei von einem Rufen unterbrochen.

»Hallo!« Der Gruß kam von dem Zelt auf der anderen Seite des trockenen Bachbettes. »Ich bin Twyla. Twyla Hockett«, sagte das Mädchen. Sie war in Chris' Alter und hatte braunes, strähniges Haar. »Ich wohne in dem Zelt dort.« Sie zeigte darauf.

Chris erhob sich. »O, hallo. Ich bin Chris Corrigan. Das sind meine Stiefmutter Molly, meine Cousine Ruby Konning und meine jüngeren Geschwister Elisabeth, Martha, Sara und Iola. Das Baby heißt Joey.«

»Es freut mich, dich kennenzulernen«, erwiderte Twyla, während sie das Bachbett überquerte. »Meine Eltern werden bald auf einen Sprung vorbeikommen, aber Mutti sagt, daß es nicht höflich ist, neue Nachbarn zu besuchen, ohne Salz und Brot mitzubringen. Im Augenblick haben wir kaum Lebensmittel.«

Während Chris zu erraten suchte, woher das Mädchen stammte, schaute sie nach oben, weil über den Rand der

Schlucht der Kopf eines Pferdes erschienen war. Der Reiter stand in den Steigbügeln und bedeckte seine Augen mit den Händen. »He, ihr Okies!« rief er. »Was tut ihr auf meinem Land?«

In diesem Augenblick trat der magere Mann im Overall aus dem Zelt, und Chris wußte sofort, daß er Twylas Vater war.

Ruby kam zu Chris hinüber. »Ist der Junge auf dem Pferd nicht der freche Knabe, den wir bei dem kleinen Geschäft in der Stadt gesehen haben?« flüsterte sie.

Als der Reiter näherkam und von seinem Pferd hinunterstieg, nickte Chris. »Ja, das ist er.«

Der Junge nahm seinen verschwitzten Cowboyhut vom Kopf und zeigte damit auf jeden einzelnen. »Verlaßt dieses Gebiet! Wir erlauben es keinem Okie oder Arkie, das Land hier, auf dem unser Vieh weidet, zu verschmutzen.«

Ruby tat zwei schnelle Schritte vorwärts und schaute den Jungen an. »Jetzt hör mir mal gut zu, Jüngelchen. Was bildest du dir eigentlich ein, wer du bist, daß du einfach hier so ankommst und anständige Leute herumkommandierst?«

Der Junge stand neben seinem Pferd; die Zügel hielt er in der Hand. Er betrachtete Ruby. Langsam begann er zu lächeln. »Dich kenne ich. Du bist die Hinterwäldlerin Ruby.«

»Du sollst mich nicht so nennen. Nimm das zurück, und zwar sofort!«

»Wer sollte mich dazu zwingen?«

Chris wollte Rubys Hand greifen, aber es war zu spät. Schnell wie der Kopf einer Schlange schlug Ruby zu. Der Cowboyhut flog dem Jungen vom Kopf, und Ruby ergriff seine sandfarbenen Haare.

»Aua!« schrie der Junge. »Laß' mich los!«

»Erst wenn du dich entschuldigt hast!«

Der Junge versuchte auszuholen, aber seine Arme waren zu kurz, denn Ruby hielt ihn auf Armeslänge von sich. Wer bis dahin den Zorn und die Körperkraft des Mädchens noch nicht erkannt hatte, war jetzt von ihnen überzeugt.

Der Junge schrie auf. »Du läßt mich jetzt gehen, oder mein Vater wird euch alle ins Gefängnis bringen!« drohte er.

»So, so«, sagte Ruby mit einem Lächeln, das keineswegs gutmütig war. »Du solltest dich lieber dafür entschuldigen, daß du uns beschimpft hast, sonst reiße ich dir den Kopf ab.«

Erneut versuchte Chris, Ruby zu bewegen, von dem Jungen abzulassen. »Ruby, mach' alles nicht noch schlimmer.«

Aber Ruby beachtete ihre Cousine nicht. »Wird's bald, oder soll ich dir jedes Haar einzeln ausreißen?« fragte sie den Jungen. Dann setzte sie sich langsam in Bewegung, während sie das Haar des Jungen immer noch eisern festhielt.

Der Junge ließ die Zügel des Pferdes fallen und folgte Ruby notgedrungen; den Kopf hielt er leicht gebeugt, um den Schmerz ihres Griffes zu mildern.

Wieder wollte Chris Ruby sagen, daß sie den Jungen gehen lassen solle. Plötzlich rannte Twyla herbei und flüsterte ihr ins Ohr: »Das dort ist Don Gridley, den sie wie ein junges Hündchen herumführt. Hast du schon einmal von den Gridleys gehört?«

Chris nickte und blickte das Mädchen mit ängstlichen Augen an. »Gehört ihm dieses Land wirklich? Bist du da sicher?«

»Ganz sicher!«

Chris rannte auf Ruby zu und flüsterte ihr die schreckliche Nachricht ins Ohr.

Ruby blickte ihre Cousine an und meinte: »Der Sohn vom Boß?«

Chris nickte; ihr Mund war trocken.

Ruby schwieg einen Augenblick, dann ließ sie die Haare des Jungen los. »Weil du wohl noch Arbeit zu erledigen hast, und bevor dein Vater dir den Marsch bläst, lasse ich dich gehen«, sagte sie mit spöttischem Selbstvertrauen. »Aber belästige mich und meine Freunde niemals wieder, verstanden?«

Der Junge in Cowboystiefeln und Blue Jeans richtete sich auf. Er kochte vor Zorn, als er Ruby anblickte. Er schien etwas sagen zu wollen, aber dann drehte er sich um und rannte zu seinem Pferd, nahm die Zügel und sprang in den Sattel.

»Es wäre gut, wenn ihr alle möglichst bald von diesem Land hier verschwunden seid«, rief er böse, »oder ihr werdet große Schwierigkeiten bekommen!« Wild riß er den Kopf des Pferdes herum und galoppierte davon; die Absätze seines Stiefels trommelten gegen die Flanken des Wallachs.

Chris beobachtete, wie er davonritt. Dann wandte sie sich Ruby zu und sagte: »Was haben wir da bloß angerichtet?«

Eine neue Freundin

Nach der Aufregung am Morgen zog sich der restliche Tag endlos in die Länge. Chris und Ruby halfen Molly, unter den spärlichen Schatten der Weiden und Pappeln provisorische Betten aus alten Decken herzurichten, damit das Baby und Iola schlafen konnten. Dann saßen die beiden Mädchen neben den schlafenden Kindern und verjagten abwechselnd mit einem alten Trockentuch die Insekten.

Etwas später gesellten sich Elisabeth und Martha zu ihnen. »Mir gefällt es hier nicht«, beklagte sich Martha bei Chris. »Es ist so heiß. Und die Moskitos und die Fliegen sind auch so schlimm.«

»Du hast uns ein Haus versprochen, in dem wir für immer wohnen können«, erinnerte Elisabeth Chris. »Dies hier ist schlimmer als die Hütten der Erntearbeiter, in denen wir früher einmal gewohnt haben.«

Chris nahm ihre beiden Schwestern in den Arm. »Es wird schon alles gut, ihr werdet es sehen.«

»Wann?« fragte die stets praktische Elisabeth.

»Ssscht!« warnte Ruby. »Da kommen die neuen Nachbarn. Möchtest du, daß sie hören, wie du klagst?«

Die Mädchen antworteten nicht. Chris und Ruby standen auf, um die Hocketts zu begrüßen. Die ganze Familie hatte sich eingestellt: Vater und Mutter Hockett, und hinter Twyla folgten deren sämtliche Geschwister. Alle Kinder hatten sehr dünne Arme und Beine, und ihr Bauch wölbte sich vor.

Molly runzelte die Stirn und ging ihnen entgegen. Leise flüsterte sie dabei vor sich hin: »Sie hungern ja, die armen Dinger.«

Ruby, die neben Molly ging, fragte: »Woher weißt du das?«

»Wenn der Bauch sich so vorwölbt, wie es bei ihren

mageren Körpern der Fall ist, deutet das auf Unterernährung hin«, antwortete Molly leise.

Chris wollte Spuds Wörterbuch hervorholen, um das Wort »Unterernährung« nachzuschlagen, aber da waren sie bereits mit den Hocketts zusammengetroffen.

»Guten Tag«, sagte Frau Hockett, die eine große, verschlissene Schute aus Baumwolle trug. »Wir sind die Hocketts. Ich heiße Zelda. Das ist mein Mann Bate, und das hier sind unsere Kinder.«

Sie zeigte auf die Kinder. »Burl ist fünfzehn Jahre alt. Twyla ist dreizehn, Ferris ist gerade elf geworden und Charley gerade zehn. Alvira dort ist acht, Matty ist sechs, Abner ist vier und Inez ist zweieinhalb Jahre alt. Und das Baby – es heißt Kallie – ist elf Monate.«

Chris konnte sich nur Twylas Namen merken, aber sie zählte neun Kinder – fünf Mädchen und vier Jungen.

»Guten Tag, Frau Hockett, Herr Hockett«, erwiderte Molly den Gruß mit einem Kopfnicken. »Dies hier sind meine Stieftochter Chris und ihre Cousine Ruby. Das dort ist Elisabeth, und hier haben wir Martha. Die anderen Kinder schlafen. Mein Mann ist auf der Suche nach Arbeit.«

Jetzt sprach Bate Hockett zum ersten Mal. »Ich hoffe von Herzen, daß er dabei mehr Glück hat als ich.« Seine Stimme klang leise und traurig.

Zelda Hockett reichte Molly ein kleines Päckchen. »Bate und ich wollen Sie als Nachbarn willkommen heißen. Hier sind etwas Salz und ein wenig selbstgebackenes Brot. Salz, damit unsere Freundschaft lange bestehen bleibt, und Brot für den Erhalt des Lebens, wissen Sie.«

Chris wußte nicht, was Zelda Hockett damit meinte, aber ihre Stiefmutter schien es zu verstehen.

»Ganz herzlichen Dank«, erwiderte Molly, während sie die Geschenke der Gastfreundschaft in Empfang nahm. »Kommen Sie doch in den Schatten und setzen Sie sich ein Weilchen zu uns.«

»Sehr gerne«, antwortete Zelda Hockett.

Bate Hockett beteiligte sich kaum an dem Gespräch, und

Chris hatte den Eindruck, daß er so viel Pech gehabt hatte, daß ihm nicht nach Reden oder Besuchemachen zumute war. Zugleich aber wurde ihr klar, daß es die Tradition verlangt haben mußte, daß die Hocketts die neue Familie dennoch mit einem aus Speisen bestehenden Geschenk begrüßt hatten.

Als sich die Hocketts im Schatten der Pappeln niederließen, lächelte Molly Zelda Hockett zu. »Wir sind erst heute angekommen, und daher muß ich zu meiner Schande sagen, daß ich zum Backen noch keine Zeit hatte. Aber wenn Sie mir das verzeihen, wird Chris Ihnen etwas Brot und Bologneser Wurst anbieten; wir haben es hier in einem kleinen Geschäft gekauft.«

»Mann o Mann«, riefen die jüngeren Hockett-Kinder. »Brot mit Bologneser Wurst!«

Ihre Eltern warfen ihnen einen warnenden Blick zu. Molly tat, als sehe sie ihn nicht. Sie winkte Chris, das wenige Essen herbeizuholen, das die Mädchen an jenem Morgen in Lone River erstanden hatten. Chris fragte sich, was sie jetzt nur zu Mittag essen sollten, aber sie merkte, daß Molly ernsthaft vorhatte, die wenigen Nahrungsmittel mit den Hocketts zu teilen.

Als Chris mit dem Brot und der geschnittenen Wurst zurückkam, nahm Molly ihr beides ab und lächelte dabei ihrer Stieftochter freundlich zu. »Chris, wenn unser Besuch gegessen hat, wollt ihr älteren Mädchen dann nicht mit den Kindern unserer neuen Nachbarn in dem Feld dort Verstecken spielen oder etwas anderes?«

»Das machen wir«, antwortete Chris und setzte sich zu Twyla. Die beiden Mädchen lächelten sich an.

Nachdem die Kinder das Brot und die Wurst heruntergeschlungen hatten, spielte Ruby mit ihnen Verstecken. Chris und Twyla unterhielten sich schon so angeregt, daß sie sich nicht beteiligten. Statt dessen spazierten sie am trockenen Bachbett entlang und erzählten einander von sich selbst.

Auf irgendeine besondere, unerklärliche Weise wurden Chris und Twyla sofort Freundinnen.

Als Twyla die Hand ausstreckte, um einen Zweig von einer Weide zu brechen, sah Chris, daß die Hände ihrer neuen Freundin sehr abgearbeitet waren. »Hast du Baumwolle gepflückt?« fragte sie.

»Ja, stimmt, das habe ich!« rief Twyla. Sie steckte den Weidenzweig in den Mund und hielt ihre Hände hoch, die Handflächen nach oben. »Wie sonst, glaubst du, komme ich zu solch kaputten Händen?«

»Ich habe auch Baumwolle gepflückt«, antwortete Chris und streckte ihre Hände ebenfalls aus. »In Texas.«

»Ich auch.« Vorsichtig rieb Twyla ihre geschundenen Hände. »Ich bekam dreißig Cent für einen Hundert-Pfund-Sack. Handschuhe und Knieschutz gab es nicht.« Sie hob ihr langes, blaues Baumwollkleid hoch, um Chris die schlimmen Narben auf ihren Knien zu zeigen.

Chris grinste und tat das gleiche. »Schwer zu sagen, wessen Knie am schlimmsten aussehen, nicht wahr?«

Twyla schüttelte den Kopf. »Das Abziehen der Ballen ohne Handschuhe war das Schlimmste«, sagte sie. »Ich glaube, daß meine Hände niemals wieder ganz verheilen. Schau mal.«

»Bei mir sieht es auch nicht besser aus.« Chris zeigte ihre Handflächen. »Deswegen will ich auch unbedingt zur Schule gehen, damit ich niemals wieder Baumwolle pflücken muß.«

»Zur Schule?« fragte Twyla sehnsüchtig. »Wir sind fast nie zur Schule gegangen, weil wir so viel herumziehen, und Paps braucht uns Kinder, um bei der Arbeit mit dem Obst und so zu helfen.«

»Obst?«

»Beim Obstpflücken – Aprikosen und Pfirsiche und so weiter. Die werden hier im Tal am meisten gezüchtet.« Gedankenvoll schwieg sie einen Augenblick. »Nun, es gibt auch Vieh und etwas Getreide auf den Ausläufern des Gebirges. Aber wir pflücken nur Obst. Vermutlich nennen uns die Einheimischen deswegen ›Obst-Tramps‹.« Mit traurigen grauen Augen blickte Twyla Chris an und fragte:

»In welcher Klasse bist du?«

»In der achten.«

»Wie alt bist du?«

»Zwölf.«

»Ich bin dreizehn, aber erst in der fünften, das heißt, wenn ich überhaupt mal wieder zur Schule gehen kann.«

Bald kam das Gespräch auf Don Gridleys Aufforderung, das Land zu verlassen. Chris runzelte besorgt die Stirn. »Was kann er tun, wenn wir nicht weggehen?«

Twyla zuckte mit den Schultern. »Daran mag ich gar nicht denken. Er wird uns wohl anzeigen, vermute ich, aber vielleicht tut er auch Schlimmeres. Mein Paps hat einmal für ihn gearbeitet, aber Don hat gelogen und brachte Paps in Schwierigkeiten. Er behauptete, daß Paps ein Weizenfeld angezündet hätte. Mein Paps glaubt, daß Don das selbst und absichtlich getan hat, um meinem Paps nachher die Schuld in die Schuhe schieben zu können. Don ist richtig gemein!«

Chris hob einen kleinen Stein aus dem trockenen Bachbett hoch, warf ihn in die Luft und fing ihn wieder auf. Sie hatte sich bereits ihre eigene Meinung über Don Gridley gebildet, aber sie fragte: »Wieso?«

»Wir sind hier seit Ostern, daher haben wir genug von ihm gesehen, um zu wissen, daß er etwas merkwürdig ist. Mein Paps sagt, daß er nicht richtig im Kopf ist; es heißt, daß er ein Pyromane sein soll.«

Chris wollte schon fragen, was dieses Wort bedeutete, beschloß dann aber, abzuwarten, bis sie es im Lager in Spuds Wörterbuch nachschlagen konnte.

»Don haßt alle armen Leute förmlich«, fuhr Twyla fort. »Er sagt, daß wir alle dorthin zurückgeschickt werden sollten, woher wir gekommen sind, oder daß man uns ausräuchern solle.«

»Ausräuchern?«

»Ja, wahrscheinlich meint er damit, daß unser Zelt angezündet werden soll oder so. Gott weiß, daß wir sonst nicht viel haben, aus dem wir ausgeräuchert werden könnten.«

»Vielleicht hat er nur ein großes Mundwerk«, meinte Chris.

»Vielleicht, aber ich bin mir da nicht sicher. Ich wünschte, deine Cousine hätte ihn nicht so verärgert und ihn an den Haaren herumgezerrt.«

Dann sprachen die Mädchen von angenehmeren Dingen, und als sie zum Lager zurückkehrten, war zwischen ihnen bereits eine tiefe Freundschaft entstanden.

An jenem Abend half Chris ihrer Stiefmutter, die letzte Dose mit grünen Bohnen für das Abendessen zuzubereiten. Aber es war gar nicht so einfach, mit einem Topf zu hantieren, der zwischen zwei flachen Steinen über einem kleinen, rauchigen Feuer wackelte. Wo Chris auch stand, der Rauch blies ihr ständig ins Gesicht. Ihr tränten die Augen, und sie hustete viel, aber endlich war das Essen doch fertig.

Auf Mollys Aufforderung hin setzten sich die Kinder in sicherem Abstand vom Feuer in einen Kreis. »Kinder«, begann Molly dann, »ich weiß, daß euer Vater nicht viel vom Tischgebet hält, aber – «

»Aber unsere Mutter betet immer«, unterbrach Martha sie, um dann nach kurzem Schweigen mit gebeugtem Kopf hinzuzufügen: »Ich meine, sie tat es.«

Die übrigen Geschwister nickten.

»Dann werdet ihr meinen Vorschlag verstehen«, fuhr Molly fort. »Wir wollen nun den Kopf beugen, und ich werde beten.«

Chris war so überrascht, daß sie fast vergaß, den Kopf zu beugen, als Molly ein einfaches Gebet sprach. »Herr«, begann Molly, »wir sind dir sehr, sehr dankbar, daß wir sicher in Kalifornien angekommen sind. Wir danken dir, daß wir etwas zu essen haben und daß wir sogar etwas mit unseren neuen Nachbarn teilen konnten.«

Chris spürte, wie sich die kleine Iola neben ihr unruhig bewegte, und sie streichelte ihr das Bein.

»Wir beginnen hier ein neues Leben«, fuhr Molly fort, »und wir wären dir sehr dankbar, wenn du uns helfen würdest, damit wir in Frieden leben können und ein Auskommen haben. Hilf Joe, eine Stelle zu finden – und hilf auch Herrn Hockett. Wir bitten dich im Namen Jesu. Amen.«

Chris fühlte sich merkwürdig berührt von dem einfachen Gebet ihrer Stiefmutter. Vielleicht war sie nicht die einzige, die damit begonnen hatte, Gott wieder zu vertrauen.

Als Molly eine knappe Stunde nach dem Essen gerade die Petroleumlampe anzünden wollte, kam ihr Mann mit dem Auto zurück. Ein langer Stock und eine Rolle blauer Zeltleinwand ragten vorn und hinten über das Dach.

»Schaut!« rief Chris, und sie legte den Spüllappen weg, mit dem sie das Geschirr abwusch. »Er hat ein Zelt! Wir werden nicht unter dem bloßen Himmel schlafen müssen.«

Chris rannte vor ihren Schwestern her und kam als erste beim Auto an. Sie sprang auf das Trittbrett und steckte ihren Kopf durch das Autofenster, um ihrem Vater einen Kuß auf die Wange zu geben.

»Vati, das ist wunderbar. Ich habe noch nie ein blaues Zelt gesehen. Hast du eine Stelle bekommen?«

»Nein, keine Stelle.« Joe Corrigans Stimme klang leise und traurig. »Ich habe eines der Reserveräder gegen das Zelt getauscht.« Chris blinzelte und zuckte zurück, als der heiße Atem ihres Vaters ihr Gesicht berührte. »Vati! Du hast Alkohol getrunken!«

»Sssst! Molly und die Kinder werden dich hören.«

»Als Mutti starb, hast du versprochen, keinen Alkohol mehr zu trinken!« empörte sich Chris.

»Hilf mir, das Zelt vom Auto zu nehmen und es aufzustellen!« erwiderte ihr Vater kurz.

Durch die unerwartete Härte in der Stimme ihres Vaters legte sich Chris' Zorn. »Das können wir nicht! Wir müssen bei Sonnenaufgang von diesem Land verschwunden sein«, sagte sie und berichtete kurz von Dons Warnung.

Böse und ohnmächtig begann ihr Vater zu schimpfen, dann nickte er. »Ich wußte nicht, daß auch dieses Land den Gridleys gehört«, meinte er. »Wir werden also kein

Zelt errichten. Das würde zuviel Aufmerksamkeit auf sich ziehen. Wir werden also unter dem freien Himmel schlafen.«

Chris fühlte sich sehr unglücklich. Alles ging schief, aber am schlimmsten war für sie die Tatsache, daß ihr Vater getrunken hatte. Er trank nur Alkohol, wenn er sich keinen anderen Ausweg mehr wußte.

Leise half Chris Molly, die Kinder für die Nacht fertigzumachen, und sie fragte sich, wie es mit ihnen allen weitergehen sollte. Als die Kleinen im Bett waren, setzte sie sich auf den Boden neben die Petroleumlampe. Diese stand auf einem aufrecht gestellten Kasten, aber ihr gelbes Licht reichte nicht aus, um dabei zu lesen. Dennoch holte Chris die Bibel hervor, die ihr der Großvater gegeben hatte, und sie begann mit angestrengten Augen zu lesen. Sie hatte sich vorgenommen, jeden Abend in der Bibel zu lesen, aber diesen Vorsatz in die Tat umzusetzen, war bei den gegebenen Umständen nicht immer leicht. Nachdem sie ein Kapitel aus dem Neuen Testament gelesen hatte, legte sie die Bibel weg und nahm Spuds Wörterbuch.

Sie öffnete das abgenutzte Buch und suchte die Wörter auf, die sie an jenem Tag gehört hatte.

Unterernährung: Mangel an wichtiger Nahrung. Das ergab einen Sinn.

Pyromane: Jemand, der triebhaft Dinge anzündet. Jetzt mußte sie das Wort *Trieb* nachschlagen.

Trieb: ein starker, unwiderstehlicher Drang.

Chris seufzte. Dann zwang sie sich, nicht mehr an die Hocketts und Don Gridley zu denken, sondern an Spud: »Ich wünschte, ich könnte Spud irgendwann wiedersehen.«

Inzwischen breitete Molly einige weitere alte Woll- und Steppdecken und Mäntel auf dem Boden aus, um damit Betten zu richten. Kurz darauf wurde die Lampe ausgeblasen, und Chris blickte auf zu den schimmernden Sternen an dem schwarzen Himmel über ihr.

In der Stille der Nacht war Mollys Flüstern zu hören. »Warum, Joe?« fragte sie. Aber er gab ihr keine Antwort.

Chris wußte, daß ihr Vater den Alkoholgeruch nicht vor Molly hatte verbergen können.

Bald schiefen alle außer Chris. In ihr brannte der Zorn – gegen Don Gridley und seinen Vater wegen all dem Schrecklichen, das den Corrigans, besonders aber Chris' Vater geschehen war.

»Ich wünschte, die Gridleys wüßten, wie das ist«, dachte sie, »wenn man weder Essen noch Geld noch Arbeit oder ein Haus hat, in dem man leben kann!« Aber sofort schämte sie sich. Sie blickte in die Dunkelheit. »Es tut mir leid, Gott«, flüsterte sie. »Ich habe es nicht so gemeint. Ich wünsche niemandem dieses Leben.«

Aber in gewisser Weise war das eben doch der Fall. Und das machte ihr so zu schaffen, daß sie lange Zeit nicht einschlafen konnte.

Am nächsten Morgen beeilten sich die Corrigans und die Hocketts, das Land vor dem Auftauchen von Don Gridley zu verlassen. Die beiden Väter hatten keine Angst vor dem Sohn des Bosses, aber sie wußten, daß Herr Gridley der reichste Mann im Land war und daß er seinen Sohn dadurch unterstützen könnte, daß er die beiden Männer wegen unerlaubten Handelns ins Gefängnis brachte.

Chris schaute zu, wie die Hocketts Matratzen und Zelt auf ihr Auto luden. Dann wandte sie sich an ihren Vater und fragte: »Wohin gehen wir jetzt, Vati?«

»Ich weiß es noch nicht. Wir werden suchen müssen.«

Wieder fühlte sich Chris sehr heimatlos, als sie sich von Twyla verabschiedete. Dann stiegen beide Familien in ihre Autos. Bate Hockett fuhr als erster los; die Matratzen tanzten auf dem Autodach auf und nieder und brachten das Auto beinahe zum Umkippen.

Chris seufzte und winkte Twyla zu. »Ob ich sie je wiedersehen werde?« fragte sie sich.

Auf der Suche in einer Geisterstadt

Während Chris noch darüber nachdachte, ob sie ihre neue Freundin Twyla wohl jemals wiedersehen würde, streckte Bate Hockett die Hand aus dem Fenster seines alten Autos und deutete Joe Corrigan, anzuhalten.

Chris lehnte sich vorwärts, als ihr Vater neben das Auto der Hocketts fuhr. Twylas Vater hob die Hand. »Joe, mir ist da gerade ein Ort eingefallen, den ich sah, als ich einmal fischen war!« rief er. »Das wäre ein guter Platz zum Zelten. Kommen Sie doch mit uns.«

Chris' Vater nickte zustimmend und ließ Bate Hockett vorfahren. Die Autos verließen die gepflasterte Hauptstraße, die von dem Vorgebirge nach Lone River führte. Wenige Minuten später fuhr Bate Hockett in eine große Ebene voller Sand und Felsen. Von dieser Ebene, die sich bis zum Fluß erstreckte, hatte die nahegelegene Stadt Lone River (Einsamer Fluß) ihren Namen erhalten.

»Was macht er denn jetzt?« fragte Ruby besorgt, als Bate Hockett sein altes Auto langsam in den flachen Fluß lenkte.

Chris lehnte sich aus dem Fenster und warf einen Blick auf den wenig Wasser führenden, dreißig Meter breiten Fluß, auf dessen Boden große Steine lagen.

»Er muß schon so flach sein, daß man ihn überqueren kann«, sagte Chris' Vater, während er hinter den Hocketts ins Wasser fuhr. »Aufgepaßt, wir werden dasselbe tun.«

Die kleine Iola hüpfte aufgeregt auf dem Sitz hin und her. »Paß auf, Vati!« rief sie. »Das Auto wird ertrinken und wir auch!«

Joe Corrigan lachte. »Mach' dir keine Sorgen, Schätzchen. Wir werden nicht ertrinken«, beteuerte er.

Chris' Schwestern und Ruby steckten ihre Köpfe aus dem Auto, um zu sehen, wie tief das Wasser tatsächlich war. Es reichte nicht einmal an die Radnaben heran und floß unter den breiten Trittbrettern hindurch.

Chris blickte auf, als das Auto der Hocketts plötzlich schwankte und durch das Gewicht der Matratzen auf seinem Dach umzukippen drohte. Dann aber richtete es sich wieder auf und kroch am anderen Ufer aus dem Fluß.

Kurz darauf parkte Chris' Vater seinen Wagen neben dem der Hocketts im Schatten einer alten, sechzig Meter langen Brücke, die auf eisernen Trägern ruhte.

Chris lächelte Twyla zu. »Da sehen wir uns ja schon wieder.«

»Ja, und ich hoffe, daß dieser schreckliche Don Gridley uns hier in Ruhe läßt.«

Ihre Väter stiegen aus, um miteinander zu überlegen, wo jeder sein Zelt aufschlagen sollte.

Twylas Vater kratzte sich am Kopf. »Im Zelt ist nicht für alle meine Kinder Platz; also müssen einige von ihnen draußen schlafen. Wir haben alle eine Matratze, aber Sie haben keine. Ich werde Ihnen daher helfen, Zweige von den Weiden und den Pappeln zu schneiden. Sie sind biegsam, und daher kann man aus ihnen leidlich gute Matratzen herstellen. Mit einigen alten Decken oder Mänteln werden sie zu einem recht ordentlichen Bett für Ihre Familie.«

»Vielen Dank«, antwortete Chris' Vater.

Als die Männer mit dem Ausladen des Gepäcks begannen, blickte Chris' Stiefmutter nervös zum Fluß. »Joe«, flüsterte sie. »Wir werden hier doch nicht bleiben?«

»Doch, für eine Weile schon.«

»Aber der Fluß ist so nahe. Die Kinder sind so klein, und sie können alle nicht schwimmen.«

»Das Wasser ist nicht tief, Molly.«

»Aber vielleicht gibt es dort tiefe Löcher oder plötzliche Untiefen, Joe.«

»Es wird nur für kurze Zeit sein. Du mußt nur etwas mehr auf die Kinder achtgeben, Molly, bis ich uns eine bessere Unterkunft besorgt habe.«

Chris kam näher. »Ruby und ich werden helfen«, bot sie an. »Wir werden aufpassen, daß nichts passiert.«

An Mollys Gesicht konnte man ihre Zweifel ablesen. »Ich bin sicher, daß ihr sehr vorsichtig sein werdet, aber so ein Fluß ist manchmal sehr tückisch.«

Chris musterte das Gebiet. Der Fluß strömte schnell durch die Senke einer schmalen Schlucht mit steilen Wänden. Dort, wo sie jetzt zelteten, war er nicht tief, und es machte Spaß, das dahinfließende Wasser zu beobachten und ihm zuzuhören. Doch einhundert Meter stromabwärts wurde das Wasser schnell, dunkel und tief. Auf beiden Ufern standen raschelnde Pappeln wie Wächter aufgestellt. Zwischen ihnen beugten sich kleinere Weiden über das Wasser.

Chris sog die Luft tief ein. »Was ist das für ein eigenartiger Geruch?«

Bate Hockett ging zu seinem Wagen, um Zubehör für das Zelt zu holen. »Eukalyptusbäume«, erwiderte er. »Frühere Kolonisten haben sie dort drüben gepflanzt. Man kann sie von hier zwar nicht sehen, wohl aber riechen. Sie haben aber auch einen recht starken Geruch.«

Ruby rümpfte die Nase. »Ja, das stimmt wirklich«, pflichtete sie ihm bei.

Bate Hockett zeigte auf den Fluß. »Stromabwärts, jenseits der Stelle, an der wir den Fluß überquert haben, befinden sich einige tiefe Löcher. Es leben dort eine ganze Menge Katzen und einige Karpfen. Das gibt ein gutes Essen.«

»Bah!« rief Iola aus. »Wer will denn Katzen essen?«

Twyla lächelte. »Mein Paps meint Katzenfische.«

Bate Hockett fuhr fort: »Im Winter gibt es an diesen seichten Stellen so viele Salme, daß man fast über sie hinweggehen kann.«

»O!« rief Chris. »Davon habe ich gelesen. Salme sind große Fische, die im Meer leben. Aber wie kommen sie bis hierher in diesen Fluß?«

Twylas Vater lehnte sich gegen sein Auto. »Sie schwimmen vom Stillen Ozean in die Bucht von San Francisco«, erklärte er. »Dann folgen sie dem San Joaquin stromaufwärts bis an die Stelle, wo der Lone River in den Fluß einmündet.«

Twyla schob sich nahe an Chris heran. »Er fängt die Salme mit einem Speer, damit wir sie essen können«, flüsterte sie. »Manchmal sind sie so lang, wie du groß bist.«

Joe Corrigan kehrte zu seinem Auto zurück. »Ich werde euch Kinder im nächsten Winter hierher zurückbringen, damit ihr es selbst sehen könnt«, versprach er.

Chris hielt den Atem an. Sollte das etwa bedeuten, daß ihr Vater nicht wegfahren wollte, wie er es bisher immer getan hatte, wenn er am Ort keine Arbeit fand? Sie wagte es nicht, danach zu fragen, aber sie hoffte sehr, daß die Familie diesmal wirklich zusammenbleiben würde. Chris war davon überzeugt, daß sie irgendwann das Haus finden würden, in dem sie dann für immer bleiben konnten.

Kaum eine Stunde später hatten beide Familien ihr Zelt etwa dreißig Meter voneinander entfernt im Schatten der Brücke aufgeschlagen. Einige wenige Autos und Pferdegespanne fuhren holpernd darüber. Ansonsten war es ein ruhiger und friedlicher Ort; nur der Fluß, der über die Steine dahinströmte, war zu hören.

Als sie die Zweige für die Matratzen geschnitten und aus Flußsteinen eine Feuerstelle errichtet hatten, begaben sich die beiden Männer auf Arbeitssuche.

Nachdem Molly die wenigen Besitztümer der Familie an den besten Plätzen im Zelt aufgestellt hatte, gingen Chris und Ruby hinaus, um sich mit Twyla zu unterhalten. Molly und Zelda Hockett hatten sich bereiterklärt, auf die übrigen Kinder aufzupassen, so daß die drei älteren Mädchen spazierengehen konnten.

Chris, Ruby und Twyla gingen stromabwärts, vorbei an der Stelle, an der die Autos den Fluß durchquert hatten. Chris und Twyla unterhielten sich miteinander und lachten viel, so als hätten sie sich schon ihr ganzes Leben lang gekannt. Ruby beteiligte sich eine Weile an den Gesprächen, wurde dann aber schweigsam und begann, in die Luft zu starren. Schließlich setzte sie sich so dicht ans Wasser, daß ihre Füße es beinahe berührten.

Besorgt blickte Twyla Chris an und fragte: »Habe ich etwas Falsches gesagt?«

»Aber nein«, schüttelte Chris den Kopf. »Ruby denkt nur nach. Weißt du, sie hat vor kurzem herausgefunden, daß ihr Vater vielleicht in Kalifornien lebt. Sie hat ihn noch nie gesehen, und ihre Mutter ist tot. Daher hofft Ruby, ihren Vater hier zu finden.«

»Das tut mir aber leid für sie«, erwiderte Twyla mitleidig. »Ich bin so froh, daß ich einen Paps habe, auch wenn es für ihn wahnsinnig schwer ist, eine Arbeitsstelle zu bekommen und zu behalten.«

»Wie lange ist er denn schon ohne Arbeit?«

»Das kann ich nicht genau sagen. Schon lange.« Twyla senkte ihre Stimme und blickte um sich. »Natürlich kann Paps nichts dafür. Er hat einen kaputten Rücken und kann kaum einen ganzen Tag arbeiten, ohne daß er furchtbare Schmerzen hat.«

Die beiden Mädchen spazierten weiter und erzählten einander ihre Geheimnisse, wie das nur gute Freundinnen tun.

Chris seufzte. »Ich hoffe doch so, daß mein Vati bald Arbeit findet. Sonst fürchte ich, daß er uns nach Oregon oder Texas oder woandershin bringt und uns dort zurückläßt, während er nach Arbeit sucht. Das hat er schon oft gemacht.«

»Mein Paps hat das noch nie getan«, meinte Twyla nachdenklich, »aber er arbeitet überhaupt nicht mehr viel. Aber wie ich schon sagte, das ist eigentlich nicht seine Schuld.«

Langsam gingen die Mädchen weiter, bis sie an einen Stacheldrahtzaun kamen. Auf einer von Hand geschriebenen Tafel stand »Zugang verboten!«

»Wir sollten lieber zurückgehen«, sagte Chris. »Ich sehe, daß Ruby sich schon auf den Rückweg gemacht hat.«

Im Lager begann Ruby, mit den jüngeren Kindern zu spielen.

Twyla blieb stehen und blickte ihre neue Freundin an. »Weißt du was?« sagte sie. »Bis jetzt war das Leben so fürchterlich. Aber jetzt ist es wunderschön, jemanden wie dich zu haben, mit dem man reden kann. Ich habe das Gefühl, als wären wir seit eh und je Busenfreundinnen.«

»Das Gefühl habe ich auch«, pflichtete Chris ihr bei.

Am frühen Nachmittag kehrte Chris' Vater zurück. Einen Augenblick lang hatte Chris Angst, in seine Nähe zu kommen, weil sie fürchtete, daß sein Atem wieder nach Alkohol riechen könnte. Aber als er breit lächelnd aus dem Auto stieg, wußte Chris, daß er gute Nachrichten mitbrachte.

»Ich habe Aussicht auf eine Stelle!« verkündigte er laut, während er seine jüngeren Töchter alle zugleich in die Arme schloß.

Als seine Angehörigen sich froh um ihn scharten, schaute Joe Corrigan Ruby mit unbewegtem Gesicht an. »Möglicherweise bekomme ich Arbeit in einem Ort mit Namen ... Grizzly Gulch!«

Ruby rief ganz aufgeregt: »Meinst du etwa den Ort, wo mein Vater vielleicht arbeitet?«

»Ja, den meine ich. Aber erwarte jetzt nicht zu viel, doch wenn du mitfahren willst ...«

»Wann fahren wir los?« unterbrach ihn Ruby.

Die Hocketts, die die frohen Rufe der Corrigans gehört hatten, kamen herüber, um sich nach dem Grund zu erkundigen. Nachdem die Corrigans die Sache erklärt hatten, boten Zelda Hockett und Twyla an, Molly bei der Beaufsichtigung der Kinder zu helfen, so daß Chris mit ihrem Vater und Ruby mitfahren konnte.

Wenige Minuten später waren sie in östlicher Richtung unterwegs. Joe Corrigan ließ Lone River hinter sich und fuhr in die Gebirgsausläufer des Mother-Lode-Gebietes. Ruby war viel zu aufgeregt, um sprechen zu können, aber Chris plauderte unentwegt.

»Der Ort liegt etwa dort, wo James Marshall 1848 Gold

entdeckt hat und damit den berühmten Gold Rush von 1849 auslöste«, sagte sie. »Ich habe in den Ozarks davon gelesen, aber ich hätte nie gedacht, daß ich die Gegend selbst einmal sehen würde.«

Grizzly Gulch wurde seinem Ruf, eine Geisterstadt zu sein, voll und ganz gerecht. Die große Wirtschaftskrise hatte hier mit aller Macht zugeschlagen. »Der Goldpreis ist auf etwa dreißig Dollar pro Unze gefallen«, erklärte Joe Corrigan. »Fast alle Einwohner sind von hier fortgezogen.« Und so war es auch: Die Straßen lagen größtenteils verlassen da. Überall in den Stiegen, an brüchigen Stellen in den Bürgersteigen und bei jedem leeren Gebäude wuchsen übelriechende Bäume, sogenannte chinesische Himmelsbäume.

Chris schaute sich zweifelnd um. »Es sieht nicht danach aus, daß es hier viel Arbeit gibt, Vati.«

»Ich muß halt jeden Stein umkehren«, antwortete dieser und lenkte den Wagen in den Schatten eines großblättrigen Trompetenbaums. »Nun, hier also soll ich mich bewerben.«

Eine kleine Klingel über der Tür schellte, als die drei ein winziges Cafe betraten. Eine alte Frau, die eine geblümte Schürze trug, fegte mit einem abgenutzten Besen Sägespäne, die nach Tannen rochen, auf die Seite.

Joe Corrigan räusperte sich. »Frau Titus?«

»Sie ist nicht da. Ich bin ihre Mutter. Was kann ich für Sie tun?«

»Mir wurde gesagt, daß es hier vielleicht eine Stelle für mich gebe . . . äh . . . als Tellerwäscher.«

»Mein Herr, in dieser Stadt gibt es für einen erwachsenen Mann überhaupt keine Arbeitsstelle. Nicht einmal als Tellerwäscher.«

Chris schluckte ihre Enttäuschung herunter, als sie die Unsicherheit ihres Vaters bemerkte. Sie sah, wie die Hoffnung aus seinen Augen verschwand. Er war in seiner Art ein stolzer Mann, und sie hätte nie gedacht, daß er das Waschen von Tellern überhaupt in Erwägung ziehen würde.

Ruby tat einen Schritt vorwärts. »Kennen Sie einen Mann mit Namen Konning?«

Das durchfurchte Gesicht der alten Frau wurde einen Augenblick lang etwas weicher. »Konning, der Schweigsame?« fragte sie.

Ruby ergriff die alte Frau bei der Hand, die den Besen festhielt. »Wo ist er?« fragte sie erregt.

»Laß meinen Besen los!« erwiderte die alte Frau böse, während sie Rubys Hände abschüttelte. Sie warf dem Mädchen einen mißtrauischen Blick zu. »Was willst du denn von ihm?«

»Er ist . . . er ist mein . . . Vater.«

Schon wollte die alte Frau etwas erwidern, doch dann zog ein Lächeln über ihr Gesicht. Schließlich warf sie ihren Kopf zurück und lachte laut heraus. »Ich weiß nicht, wer du wirklich bist, Kleines, aber ein Kind des Schweigsamen bist du nicht. Nein, ganz sicher nicht!«

Die große Enttäuschung verdunkelte Rubys Blick.

Chris mischte sich ein. »Wie können Sie so etwas sagen?« fragte sie.

Die wässrigen blauen Augen der Frau richteten sich auf Chris mit einer Schärfe, die sie zu durchbohren schien. »Weil der Schweigsame hier jahrelang gearbeitet hat, bis er dann weiterzog. Ich habe ihn oft sagen hören, daß er keine Angehörigen mehr habe.«

Ruby begab sich langsam zum Ausgang, drehte sich dann aber plötzlich um. »Hat er jemals etwas davon gesagt, daß er verheiratet sei?«

»Nun, jetzt, wo du es sagst, ja. Ich glaube, seine Frau starb, als sie beide noch jung waren. Aber er hatte keine Kinder.«

»Vielleicht«, fuhr Ruby fort, »wußte er nicht, daß er eine Tochter hatte. Vielleicht hörte er nur, daß seine Frau starb, aber niemand sagte ihm, daß sie kurz vor ihrem Tod ein kleines Mädchen bekommen hatte.«

Nachdenklich verengten sich die Augen der Frau. »Weißt du was«, sagte sie und stellte den Besen gegen die rote Backsteinmauer. »Warum setzen wir uns nicht alle hin und überlegen uns die Sache gemeinsam? Vielleicht kann ich dir ja doch helfen, den Schweigsamen zu finden.«

Eine Stunde später erklärte sich Joe Corrigan zögernd damit einverstanden, Ruby im Cafe zurückzulassen, wo sie etwa eine Woche lang gegen Unterkunft und Verpflegung arbeiten sollte, um in dieser Zeit nach ihrem Vater zu suchen.

Heimlich fragte sich Chris, ob ihr Vater etwas erleichtert darüber war, daß er jetzt einen Esser weniger hatte. Es fiel ihr nicht leicht, sich von ihrer Cousine zu verabschieden. »Ich hoffe so, daß du ihn findest, Ruby«, sagte sie, während sie schwer schluckte.

»Ihr verabschiedet euch doch nicht für immer voneinander«, beruhigte ihr Vater die Mädchen. »Bald haben wir dich ja schon wieder bei uns, Ruby.«

Als sie durch das Tal nach Hause fuhren, sprach Chris das aus, wovor sie am meisten Angst hatte: »Vati, wenn du hier keine Arbeit findest, läßt du uns dann allein, um woanders zu suchen, wie du das früher auch gemacht hast?«

»Vielleicht ist dieser Ort nicht der richtige für uns, Chris. Ich meine, mit dem alten Gridley, der mich gefeuert hat, und mit der Zeltunterkunft am Fluß, wo eines der Kinder ertrinken könnte. Wenn ich hier nicht bald etwas Anständiges finde, werde ich mich vielleicht in Oregon umschauen. Ich habe gehört, daß man dort in der Holzindustrie Leute braucht.«

Jetzt hatte Chris noch mehr Angst. »Würdest du uns dann mit dir nehmen?« keuchte sie.

»Es wäre besser, wenn ihr hier bliebet. Ich würde dich und den Rest der Familie holen lassen, sobald ich eine Arbeit gefunden habe.«

Heiße Tränen der Enttäuschung sprangen Chris in die Augen. Hastig blinzelte sie sie weg: In Kalifornien ging alles schief. Dabei war sie sich doch so sicher gewesen, daß hier alles anders, besser sein würde.

Als sie durch eine kleine Stadt fuhren, blickte Joe Corrigan suchend um sich. »Sag mir Bescheid, wenn du einen Schnapsladen siehst, Chris«, sagte er.

Empört schaute diese ihn an. »Aber Vati!«

»Predige mich nicht an, Chris.«

»O, Vati! Bitte, tue es nicht!«

Böse schlug Joe Corrigan die Hand auf das Lenkrad, und Chris sank auf ihren Sitz zurück. Sie verstand die Enttäuschung ihres Vaters, aber nicht seine gelegentliche Schwäche, die ihn dazu verleitete, Alkohol zu trinken.

»Ich wünschte, ich könnte jetzt mit Ruby sprechen«, dachte sie, ». . . oder mit Spud.« Dieser letzte Gedanke überraschte sie, und sie verbannte ihn schnell aus ihrem Gedächtnis.

Schweigend legten Chris und ihr Vater den Rest der Fahrt zurück. Als sie das Lager erreichten, konnte sich Chris wenigstens über eines freuen: Ihr Vater hatte unterwegs doch keinen Alkohol getrunken.

»Danke, lieber Gott«, betete Chris leise. »Aber es muß bald etwas geschehen, sonst wird Vati nichts davon abhalten können. Wir brauchen bald Hoffnung . . . bevor es zu spät ist!«

Der Streit bei der Laubkirche

Als Chris am darauffolgenden Sonntag bei Tagesanbruch aufwachte, sah sie über sich das blaue Zeltdach. Der alte Stoff roch nach Staub. Aber in diesen Geruch mischte sich der süße, klare Duft der Pappeln und der Weiden; auch enthielt er eine Spur des durchdringenden Aromas der Eukalyptusbäume, die etwas weiter entfernt standen. Der Fluß hatte einen ganz eigenen Geruch. Aber Chris konnte sich nicht entscheiden, ob sie ihn wohl mochte oder nicht.

Sie setzte sich aufrecht auf ihrem Lager aus alten Steppdecken, die über biegsame Weiden- und Pappelzweige ausgebreitet worden waren. Von dem bleibenden Zuhause, von dem sie geglaubt hatte, daß es in Kalifornien für sie bereitstünde, war das Lager am Fluß noch weit entfernt und dabei nicht einmal sicher. Der Fluß war für die Kinder der Corrigans und der Hocketts eine dauernde Gefahr.

»Wir müssen unbedingt ein eigenes Zuhause haben«, dachte Chris, und sie schwang ihre Beine über die Bettkante. Ihr Lager befand sich auf der Rückseite des Zeltes, nahe der rechten Wand. Wenn Ruby zurückkam, würde sie es mit ihr teilen müssen. Elisabeth und Martha schliefen zu Chris' Füßen. Die beiden jüngeren Schwestern hatten ihren Platz an der linken Zeltwand, während sich das Bett von Chris' Vater und ihrer Stiefmutter nahe des Zelteinganges befand. Die Eltern waren bereits aufgestanden, und Chris konnte hören, wie Molly das Baby fütterte.

Jeder Zentimeter im Zelt war ausgenutzt, um Töpfen, Pfannen, Eßgeschirr, Kleidung und persönlichen Gegenständen einen Platz zu geben. Jedes noch so kleine Fleckchen wurde dafür benötigt, so daß der Gang aus festgetretener Erde, der von der Zeltöffnung zu den Betten führte, nur schmal war.

Ein Stück Zelttuch bedeckte die Öffnung mitten in der

Vorderseite des Zeltes. Es besaß kein Fenster, und daher war das Tuch am Abend vorher auf die Seite geschlagen worden, damit während der Nacht wenigstens etwas Frischluft in das stickige Zelt eindringen konnte. Zusätzlich hatte Joe Corrigan aus diesem Grund unter die beiden Seitenwände des Zeltes Kästen geschoben und diese damit etwas angehoben.

Chris zog ihre Kleidung an, aber nicht ihre Schuhe. Von April bis September ging sie meistens barfuß. Vorsichtig tastete sie sich zum Zelteingang. Sie bemühte sich, leise zu sein, damit sie ihre Geschwister nicht aufweckte. Draußen hockte Joe Corrigan auf dem Boden; er zündete gerade in dem Kreis aus Steinen, der als Feuerstelle diente, ein Feuer an.

Chris richtete sich auf. Ihr Haar, das sie noch nicht geflochten hatte, fiel lose über ihre Schultern. Besorgt beobachtete sie ihren Vater. Er sah müde aus, als hätte er nicht gut geschlafen. Sie ging zu ihm und klopfte ihm ermutigend auf den Rücken. »Vati, du wirst eine Arbeitsstelle finden«, sagte sie. »Ich weiß das ganz sicher.«

»Danke.« Er stand auf und legte seinen Arm um ihre schmalen Schultern; zärtlich streichelte er ihr ungekämmtes Haar. »Sobald ich Arbeit finde, werden wir ein Haus suchen und von hier wegziehen.« Er blickte zu dem anderen Zelt. »Schau, da ist deine neue Freundin. Sie winkt dir, daß du kommen sollst. Geh nur, aber bleib nicht zu lange.«

Fröhlich lächelnd begrüßten sich die beiden Mädchen, und Twyla fragte: »Wollen wir einen Spaziergang machen?«

»Ja, gerne. Aber wir müssen in der Nähe bleiben, damit ich beim Zubereiten des Frühstücks oder beim Ankleiden der Kinder helfen kann, wenn sie aufwachen.«

»Möchtest du meinen Vater einmal bei der Arbeit an seinen Angelleinen sehen?«

»Was sind Angelleinen?«

Twyla erklärte es, während die Mädchen über das

sandige Flußufer stromabwärts gingen. »Anstatt mit einer Rute zu fischen, wie die meisten Menschen, hat Paps gestern abend eine ganze Reihe von Angelhaken an einer Leine befestigt und mit Ködern versehen. Das eine Ende der Leine hat er an die Pappel dort vor uns gebunden. Siehst du es?«

Chris nickte.

»Dann ist Paps durch das untiefe Wasser gewatet mit den übrigen Haken und der Leine«, fuhr Twyla fort. »Das andere Ende hat er an die Weide dort drüben gebunden. Siehst du sie?«

»Ja.«

»Dann hat er die mit Ködern versehenen Fischhaken am Rande der Stromschnellen ins Wasser gelassen. Der Strom führte die Haken über den Rand in ein großes Loch. Schau, dort bei dem großen, alten Baumstumpf. Dort gibt es eine Vertiefung, die quer über den halben Fluß verläuft. Auf dem Grund des Flusses gibt es sehr viele große Katzenfische. Manchmal bringt Paps einen ganzen Jutesack voll mit nach Hause.«

Die Mädchen näherten sich der Stelle, wo Bate Hockett gerade in das Wasser stieg und stromabwärts vor den Wasserschnellen durch das hüftentiefe Wasser watete. Nachdem er auf der gegenüberliegenden Flußseite angekommen war, zog er langsam die Haken an Land.

»Siehst du? Er verwendet Brotteig, den er in winzige Stückchen Stoff gewickelt hat, damit er nicht vom Haken fällt«, erklärte Twyla. Auf diese Weise ist es für die Fische auch schwerer, den Köder vom Haken abzufressen. Aber du kannst sehen, daß es ihnen doch gelungen ist, sie von den ersten beiden Haken zu entfernen. Vielleicht hat Paps beim nächsten Haken mehr Glück.«

Und so war es. Die Mädchen stießen fröhliche Rufe aus, als Bate Hockett einen großen, zappelnden Katzenfisch aus dem Wasser zog. Der dunkel glänzende Rücken des Tieres bildete einen farblichen Gegensatz zu seiner weißlichen Unterseite.

»Etwa zwei Pfund, schätze ich!« rief Bate Hockett den Mädchen zu.

Twyla stieß Chris in die Seite. »Jetzt schau einmal, wie er den Fisch vorsichtig vom Haken nimmt. Die Hand hat er vor die Rückenflosse gelegt, damit der Fisch ihn damit nicht verletzen kann. Siehst du? Und jetzt befördert Paps den Fisch in den Jutesack, den er um seine Hüfte gebunden hat. Wenn er alle Haken kontrolliert hat, werden wir genügend Fische haben, um euch einige abgeben zu können. Mögt ihr Katzenfische?«

Chris machte sich nicht viel aus Katzenfischen, aber sie wollte ihre neue Freundin nicht beleidigen. »Wenn sie richtig zubereitet sind«, antwortete sie deshalb.

»Meine Mutti bäckt den besten Katzenfisch weit und breit«, meinte Twyla stolz. »Wart' es nur einmal ab. Aber nun komm, laß uns weitergehen.«

Nach einigen Minuten kamen sie erneut zu dem Stacheldrahtzaun mit dem Schild: »Zugang verboten!« Chris' Augen folgten dem Zaum vom Fluß an, und weiter unten bemerkte sie ein zweites handgeschriebenes Schild, das sie noch nicht eher gesehen hatte. »Zugang verboten! Die Gridley-Ranch wird Übertreter mit aller Härte des Gesetzes verfolgen!«

Chris wandte sich an Twyla. »Ist das derselbe Gridley, der unsere Väter hinausgeworfen hat?«

»Das ist er bestimmt. Er ist der reichste Mann im Land und der gemeinste. Das heißt, wenn man seinen Sohn Don nicht zählt. Der ist noch gemeiner als ein Sack voller Wildkatzen.«

Chris blickte nervös um sich. Auf der anderen Seite des Zaunes näherte sich ein einsamer Reiter; er war etwa eine Viertelmeile vom Fluß entfernt.

»Ist das Don?« fragte Chris.

»Er ist zu weit weg, um das mit Sicherheit sagen zu können«, erwiderte Twyla.

»Nun, es wird wohl besser sein, wenn wir nicht hierbleiben, um das herauszufinden. Wir haben bereits genügend Schwierigkeiten, auch ohne ihm zu begegnen«, meinte Chris.

Als die Mädchen ins Lager zurückkehrten, hatten ihre Väter die Fische geschuppt. Beide Feuerstellen waren mit Steinen erhöht worden, so daß unter den großen Bratpfannen die Flammen heiß loderten.

»Mhmmm!« rief Chris aus. »Das riecht gut. Ich hätte nie gedacht, daß ich den Duft von Katzenfisch zum Frühstück mögen würde.«

»Warte, bis du wirklich hungrig bist«, erwiderte Twyla mit einem leichten Lächeln. »Dann wirst du auch noch ihre Schuppen essen wollen.«

In diesem Augenblick streckte Molly ihren Kopf aus dem Zelt. »Chris«, rief sie, »die Mädchen sind auf. Nimm sie bitte mit zum Fluß und hilf ihnen beim Waschen. Und sei bitte vorsichtig. Das Wasser strömt so schnell.«

»Ich glaube, daß ich mich jetzt auch um meine Geschwister kümmern werde«, beschloß Twyla.

Beim Fluß saß Chris auf einem großen Stein und flocht ihr Haar, während ihre Schwestern sich säuberten. Keine von ihnen hatte eine Zahnbürste. Auch die Kinder der Hocketts besaßen derartiges nicht. Während die Hocketts Salz auf ihre Zeigefinger taten, um sich die Zähne zu putzen, verwendeten die Kinder der Corrigans dazu Backpulver.

Als sie fertig waren, rannten alle Kinder zu den Zelten zurück. Lachend jagten sie hintereinander her. Chris folgte langsamer und band währenddessen ein weißes Band um das Ende ihrer Zöpfe.

Die beiden Familien trennten sich und nahmen an provisorischen Tischen aus Brettern, die über große Steine gelegt waren, ihr Frühstück ein.

Obwohl Chris zuerst nur zögernd zugriff, stellte sie bald fest, daß gebratener Katzenfisch herrlich schmeckte, selbst beim Frühstück. Später, als sie in dem Wasser, das sie auf dem offenen Feuer zum Kochen gebracht hatte, das Geschirr spülte, bemerkte sie, wie in der Ferne etwas aufblitzte. Sie schaute zu dem Zaun mit dem Verbotsschild hinüber. Die Schnalle eines Jungengürtels warf das Sonnenlicht zurück.

»Er ist es!« flüsterte sie.

Elisabeth, die mit dem Abtrocknen beschäftigt war, schaute Chris verständnislos an. »Was hast du gesagt?«

Chris wollte ihre Schwester nicht erschrecken, aber sie wußte, daß Don Gridley sie vom Rücken seines Pferdes aus beobachtete. Chris zuckte mit den Schultern. »Ach, nichts. So, wenn du das hier abgetrocknet hast, sind wir fertig.«

Nachdem Chris das Spülwasser weggeschüttet hatte, ging sie zu den jüngeren Kindern, um auf sie aufzupassen. Dann aber beschloß Molly, mit ihrem Mann und Twylas Mutter in die Stadt zu fahren, damit Zelda Hockett ihr zeigen konnte, wo sich die verschiedenen Läden befanden. Die jüngeren Kinder wollte sie mit sich nehmen. Bate Hockett blieb im Lager, weil er noch einige Angelleinen richten wollte.

Als das Auto der Corrigans den Fluß überquert hatte, überlegten Chris und Twyla, was sie tun könnten.

Plötzlich reckte Chris ihren Hals. »Ssst! Hörst du das Singen auch? Es scheint weit entfernt zu sein.«

»Es klingt wie Kirchengesang«, meinte Twyla.

»Kirchengesang? Ist es denn Sonntag?«

»Ich glaube schon.« Twyla begann, ihre Hand im Takt der Musik zu bewegen. »Schön, nicht wahr?« Leise sang sie mit: »Wenn nach der Erde Leid, Arbeit und Pein ich in die goldenen Gassen zieh' ein, wird nur das Schau'n meines Heilands allein Grund meiner Freude und Anbetung sein.«

Plötzlich tauchten in Chris' Innern schöne Erinnerungen auf. Sie dachte daran, wie sie mit ihrer Mutter in der Kirche daheim den Gottesdienst besucht und jenes Lied jeden Sonntag gesungen hatte. Auch dachte sie daran, daß sie sich erst vor kurzer Zeit neu dazu entschlossen hatte, Gott ganz zu vertrauen. »Laß' uns hingehen.«

Twyla blickte an ihrer zerschlissenen und zerknitterten

Kleidung herunter. »Wir sind nicht für die Kirche gekleidet«, wandte sie ein.

»Wir brauchen ja nicht hineinzugehen. Wir können draußen dem Singen zuhören.«

Rasch zogen die Mädchen ihr einziges Paar Schuhe an, damit sie über die heißen Felsen des Flußbettes laufen konnten. Dann folgten sie dem Gesang vom Fluß bis zu einem Felsenvorsprung über dem Wasser. Etwa ein Dutzend schmutzig-weißer Zelte und Hütten aus Teerpappe bildeten dort ein kleines, provisorisches Dorf, in dem Wanderarbeiter lebten. Am Rande der Siedlung befand sich ein kleiner, offener Bau. Ein etwa sechzig Zentimeter hohes Kreuz aus gebeiztem Holz stand in der Mitte des flachen Daches.

»Eine Laubkirche«, rief Chris aus. »Ich habe schon lange keine mehr gesehen.«

»Hier gibt es viele davon«, antwortete Twyla. »Meistens werden sie von den Wanderarbeitern der Obstplantagen gebaut. Die Leute aus Oklahoma, Arkansas, Texas, Missouri und so weiter fühlen sich in den hiesigen Kirchen nicht besonders wohl. Darum bauen sie sich eine eigene Kirche aus Laub.«

Als die Mädchen näherkamen, sah Chris, daß etwa im Abstand von jeweils sechs Metern vier ungefähr zweieinhalb Meter lange Pfosten in den Boden gerammt worden waren, die man mit einem Gerüst versehen hatte. Von einer nahegelegenen Pfirsich-, Mandel- und Aprikosenbaumpflanzung hatten die Leute Zweige geholt und sie als Dach quer über die Oberseite des Gerüstes gelegt. Die heiße Sonne hatte die Blätter getrocknet, so daß sie leicht im Morgenwind raschelten. Nur das Holzkreuz stand fest. Im Schatten dieses Daches sangen etwa zwei Dutzend Männer und Frauen in sauberen Overalls und frischgebügelten Baumwollkleidern nach Herzenslust. Ein junger Mann, dessen glattes schwarzes Haar ihm bis über die Augen fiel, spielte auf einer schäbigen Gitarre und gab den Takt an.

Die Mädchen blieben auf der Rückseite der Laubkirche

stehen, und Chris beugte sich zu Twyla hinüber. »Das gibt innerlich ein warmes und gutes Gefühl, nicht wahr?« flüsterte sie.

Twyla nickte. »Ja, das stimmt.«

Chris betrachtete die provisorischen Bänke – sie bestanden aus viereinhalb Meter langen Pappelstämmen, von denen der Bast entfernt und zwei Seiten mit einer Axt geglättet worden waren. Die eine flache Seite lag in dem Staub, der von den vorübergehenden Füßen aufgewirbelt wurde. Die andere flache Seite diente als Sitzgelegenheit.

Chris hörte schweigend auf die Lieder, in denen Gott gelobt und seine Verheißungen verkündet wurden. Die Gottesdienstbesucher sangen bei jedem Lied fröhlicher, lauter und schneller, und sie begannen, in die Hände zu klatschen. Dann sprang eine ältere Frau auf, bewegte ihre hochgehobenen Hände hin und her und begann mit geschlossenen Augen und nach oben gewandtem Gesicht zu tanzen.

Plötzlich lachte jemand hinter Chris laut auf.

Erschrocken drehte sie sich um. Sie war so sehr in die fröhliche Musik und das Händeklatschen vertieft gewesen, daß sie nicht bemerkt hatte, daß sich jemand genähert hatte.

Don Gridley und drei andere Jungen seines Alters hatten sich zu Pferd eingefunden und waren abgestiegen. Alle außer Don hatten die Zügel fallenlassen, so daß die Pferde mit hängenden Köpfen dastanden. Von Dons Begleitern war der eine schwer gebaut, der andere hatte rote Haare und der dritte eine krumme Nase, als wäre sie gebrochen und nicht wieder richtig verheilt. Alle vier trugen Cowboyhüte, Blue Jeans und saubere Arbeitshemden.

»Seht an, seht an«, sagte Don spöttisch, als die Gottesdienstbesucher schwiegen und nach hinten schauten. "Was haben wir denn hier? Einen Haufen Okies und Arkies, die die Ruhe stören.«

Der Gitarrenspieler, der sein Instrument auf den Knien hielt, hob seinen Kopf und sprach in seinem langsamen Dialekt: »Dies hier ist ein Gotteshaus, wenn auch nur für kurze Zeit; daher ist jeder willkommen. Kommt herein und setzt euch, ihr Jungen.«

Don lehnte sich vorwärts und hielt die Hand an sein Ohr. »Ich höre zwar jemanden sprechen, aber ich kann kein Wort verstehen«, spottete er. Er wandte sich an seine drei Begleiter. »Hat einer von euch diese Fremdsprache erkannt?«

Der rothaarige Bursche, der rechts neben Don stand, machte ein ernstes Gesicht. »Ich glaube, diese Leute versuchen, englisch zu sprechen, aber das kann wohl nicht sein, denn diese Sprache verstehen wir, aber ihre Worte verstehen wir nicht!«

Chris bewegte sich unruhig; sie wußte nicht, was sie tun sollte.

Ihre Bewegungen machten Don auf sie aufmerksam, und er lächelte freudlos. »He, dich kenne ich. Du bist eines der Mädchen aus den Ozarks.« Dann blickte er Twyla an. »Aber du bist nicht die blonde Hinterwäldlerin, die mir fast das Haar ausgerissen hat.« Er schaute Chris wieder an. »Wo ist sie? Mit ihr habe ich noch ein Hühnchen zu rupfen.«

Chris bemühte sich, mit fester Stimme zu antworten. »Ruby ist nicht mehr da.«

»Ruby!« rief Don aus, während er sich zu seinen Freunden umwandte. »Jetzt weiß ich es wieder. Die Hinterwäldlerin Ruby. Frisch aus den Ozarks importiert. Nun, mit ihr werde ich später fertigwerden. Aber jetzt, du – wie heißt du?«

»Chr . . . Chris Corrigan. Sie heißt Twyla Hockett.«

»Nun, Chris, du und Twyla, ihr habt genau zehn Sekunden, um in die Ozarks zurückzukehren. Meine Freunde und ich haben geschworen, unseren Bezirk sauberzuhalten, und wir werden damit beginnen, euch Okies und Arkies alle daraus zu verjagen.«

Rebellisch biß sich Chris auf die Lippen. Sie schluckte schwer, dann schüttelte sie den Kopf.

Don ließ die Zügel seines Pferdes los, griff in seine engen

Blue Jeans und holte ein kleines Döschen mit Streichhölzern zum Vorschein. »Vielleicht sollten wir aber zuerst diesen Schandfleck niederbrennen.«

Sofort verließen die Gottesdienstbesucher den Schatten, den die trockenen Äste und Blätter spendeten.

Chris war erstaunt über ihre eigene Stimme. Ruhig und fest sagte sie: »Das wirst du nicht tun!«

Don, der gerade die Streichhölzer aus dem Döschen zog, hielt inne. »Was sagtest du?«

Twyla zog Chris am Arm. »Laß uns gehen, solange es noch Zeit dazu ist!«

Chris tat, als höre sie es nicht. »Ich sagte«, antwortete sie mit ausdrucksloser Stimme, während sie Don herausfordernd anblickte, »daß du die Laubkirche nicht niederbrennen wirst.«

»Und wer sollte mich daran hindern?« entgegnete Don hohnlachend, während er mit dem schmutzigen Nagel seines Daumens ein Streichholz anzündete.

Chris zögerte. Sie wußte nicht, was sie tun sollte. In solchen Augenblicken verwünschte sie ihre impulsive Art. In plötzlicher Panik blickte sie um sich. Ihre Augen blieben an den vier Pferden haften.

Ohne zu überlegen riß sie dem dicken Jungen den Cowboyhut vom Kopf. Er versuchte, sie daran zu hindern, aber er war nicht schnell genug.

Während sie den Hut an der Krempe am Rand festhielt, rannte Chris auf die Pferde zu. »Hüa!« schrie sie und schwenkte den Hut hin und her. Dann schlug sie damit auf Dons Pferd, was ein lautes, knallendes Geräusch verursachte.

Wiehernd gallopierten die vier Pferde quer durch das offene Land zum Fluß.

»Du blöde Gans!« rief der dicke Junge und entriß Chris den Hut. »Schau, was du getan hast!«

»Halt den Mund und fang sie ein!« schrie der rothaarige Junge und rannte mit seinen Kameraden hinter den Pferden her. Diese gallopierten jedoch immer weiter; ihre Köpfe hielten sie seitwärts, damit sie nicht auf die herunterhängenden Zügel traten.

Don Gridley rührte sich nicht, seine Augen bohrten sich in die von Chris. »Du hast es gewagt, mir noch einmal in die Quere zu kommen. Na warte, das werde ich dir heimzahlen.« Er wandte sich um und stürmte hinter seinen Freunden her.

Chris spürte, wie eine Hand ihren Arm leicht berührte. Sie drehte sich um und sah, daß der Gitarrenspieler auf sie hinunterblickte.

»Kleines Fräulein, wir sind stolz, deine Bekanntschaft zu machen«, sagte er. »Und die deiner Freundin.«

Chris versuchte zu lächeln, konnte es aber nicht. Sie war davon überzeugt, daß Don Gridley ihr das Leben jetzt erst recht schwermachen würde. Die Frage war nun, wann und wie.

Nachricht von Spud

Auf dem Heimweg zu den Zelten begann Twyla zu lachen. »Du hast ihnen wirklich eine Lektion erteilt, Chris!«

Aber Chris war es nicht zum Lachen zumute. »Mir ist nichts anderes eingefallen. Ich habe auch nicht darüber nachgedacht. Ich habe es einfach getan. Das ist mir schon öfter passiert. Und immer bin ich dadurch in Schwierigkeiten geraten. Dieses Mal wird es wohl genauso sein.«

Twyla wurde ernst. Jetzt war auch sie besorgt. »Meinst du, daß er wirklich versuchen wird, es dir heimzuzahlen?«

»Ganz bestimmt. Er macht mir Angst. Ich hoffe nur, daß er meinen Angehörigen nichts zuleide tut.«

»Paps sagt, daß die Gridleys allmächtig sind. Als Herr Gridley ihn hinauswarf, war das nicht Paps' Schuld. Es war Dons Schuld. Aber Herr Gridley hat gesagt, daß er dafür sorgen würde, daß mein Paps in diesem Bezirk niemals eine Stelle bekäme. Er hat sogar damit gedroht, Paps aus dem Bezirk zu verjagen. Bis jetzt sind wir noch hier, aber niemand will Paps einstellen. Er hat schon fast völlig den Mut verloren.«

Chris ging vor Twyla her, als sie zum sandigen Flußufer hinunterliefen. »Kann er nicht woanders nach Arbeit suchen?« fragte sie über ihre Schulter.

»Wir haben kein Geld für Benzin und können deshalb nicht durch das Land fahren.« Twyla rutschte das Ufer hinunter und stand jetzt neben Chris. »Unsere Lage wird immer verzweifelter.«

Etwas hielt Chris davon ab, zu fragen, was genau Twyla damit meinte. Statt dessen brachte sie das Gespräch wieder auf die Gridleys. »Niemals wieder lasse ich mich so herablassend behandeln, wie Don Gridley und seine Freunde das tun!« erklärte sie.

Mit ihrem Fuß trat Twyla gegen einen Flußstein. »Für uns arme Leute gibt es wohl keinen Ausweg.«

Chris drehte sich um und griff ihre Freundin fest bei den Schultern. »Doch, es gibt einen Ausweg!« rief sie aus. »Erst mußt du dir darüber klar werden, was du willst. Natürlich mußt du auch sicher sein, daß es dann auch Gottes Wille für dich ist, aber dann mußt du dich daranmachen, das gesteckte Ziel zu erreichen, und niemals davon abzulassen.«

Twyla befreite sich langsam aus Chris' kräftigem Griff. »Vielleicht gibt es für dich einen Ausweg, Chris, aber nicht für mich.«

»Doch, auch für dich gibt es einen. Lasse dich ausbilden. Das ist es, was ich vorhabe. Wir werden ein eigenes Zuhause haben, mitten in diesem Bezirk. Ein Zuhause, wo wir immer bleiben werden!« Träumerisch blickte sie zum Himmel. »Ein Freund von mir, Spud – ich habe dir schon von ihm erzählt –, er gab mir ein Wörterbuch, und daraus lerne ich, auch wenn ich nicht zur Schule gehe.«

»Meine Geschwister und ich werden wohl niemals wieder zur Schule können«, erwiderte Twyla traurig. »Wir haben keine Schulkleidung, und wir werden auch dann keine passende Kleidung haben, wenn Paps Arbeit bekommt und uns ernähren und kleiden kann.«

»Du hast noch Zeit«, sagte Chris ermutigend. »Die Schule beginnt erst in zwei Monaten.«

»Für uns Hocketts ist die Zeit abgelaufen, glaube ich.« Twyla wandte sich ab und ging zu ihrem Zelt. Sie tat Chris leid, aber sie wußte nicht, wie sie ihr hätte helfen können. Als sie sich dem blauen Zelt näherte, kehrte ihr Vater mit Molly, Zelda Hockett und den Kindern ebenfalls zurück.

Molly preßte die Lippen fest aufeinander, und Chris wußte sofort, daß etwas nicht in Ordnung war. Als sie auf der Fahrerseite auf das Schutzblech sprang, roch sie den Atem ihres Vaters. Ängstlich warf sie einen Blick auf seine Augen und wußte Bescheid. Er hatte nicht nur getrunken, er war betrunken.

»Keine Arbeit«, sagte er mit schwerer Stimme zu Chris.

»Kein Geld. Kein Zuhause. Nichts als diese entsetzliche Wirtschaftskrise!«

Chris wußte nicht, was sie antworten sollte. Sie schaute zu ihrer Stiefmutter hinüber, die mit dem Baby ausstieg. Molly blickte unentwegt zu Boden. Sie schämte sich eindeutig vor Zelda Hockett und den Kindern.

Mit leicht taumelnden Schritten ging Joe Corrigan zu dem anderen Zelt hinüber, um von Bate Hockett eine Angelleine und Köder zu leihen. Chris war besorgt, weil ihr Vater in diesem Zustand zum Fluß gehen wollte. Sie rief hinter ihm her, aber er schien sie nicht zu hören.

Daraufhin half Chris, die jüngeren Kinder, die etwas schlafen sollten, ins Bett zu bringen. Dann saß sie mit ihrer Stiefmutter vor dem Zelt und blickte über den Fluß. Die Sonne war hinter den höchsten Pappeln verschwunden, so daß diese etwas Schatten warfen.

Molly stopfte Socken für die Mädchen. Ohne aufzublikken sagte sie: »Chris, wenn dein Vater nicht bald Arbeit findet, weiß ich nicht, was mit ihm oder uns werden soll.«

Chris begann, die Socken ihrer Größe nach zu ordnen und sie neben ihren Füßen aufzustapeln. »Er wird es schaffen«, sagte sie, und sie versuchte, Zuversicht zu verbreiten.

»O, ich glaube schon, daß er uns ernähren wird – er wird Fische fangen, wie er das jetzt auch versucht. Aber was ist mit der Schulkleidung? Ihr Mädchen braucht alle anständige Kleidung. Ich möchte nicht, daß meine Kinder wie Landstreicher herumlaufen. Aber ich kann nicht arbeiten gehen, weil ich das Baby versorgen muß.«

»Ich könnte eine Stelle annehmen und aushelfen«, bot Chris an. Molly blickte überrascht auf. »Du? Sei nicht beleidigt, Chris, aber es gibt nicht einmal Arbeitsstellen für tüchtige Männer. Glaubst du wirklich, jemand würde ein zwölfjähriges Mädchen einstellen?«

»Ruby hat eine Stelle in Grizzly Gulch bekommen.«

»Ja, aber sie arbeitet nur für Unterkunft und Verpflegung. Sie bekommt kein Geld. Und es ist lediglich für eine kurze Zeit, nur solange, wie sie nach ihrem Vater sucht.«

Einen Augenblick lang kamen Chris die Ereignisse jenes Morgens in den Sinn, und langsam kehrte das gute Gefühl zurück, das sie beim Hören der Kirchenlieder empfunden hatte. Plötzlich erinnerte sie sich daran, wie ihre Großeltern sie ermutigt hatten, sich auf Gott zu verlassen. In ihrer jetzigen Situation war das zwar schwer, aber es war das einzige, das sie tun konnte.

»Gott wird uns helfen«, sagte sie, »aber ich muß meinen Teil dazu beitragen, Molly. Morgen werde ich versuchen, eine Stelle zu finden.«

Der Tag war gerade angebrochen, als Chris am nächsten Morgen erwachte. Sie mußte daran denken, daß kaum zwei Wochen vergangen waren, seit sie Illinois verlassen hatten. Nichts war so gelaufen, wie sie es erwartet hatte, aber sie wollte sich dadurch nicht entmutigen lassen. Sie versuchte, nicht über Don Gridleys Drohungen nachzudenken.

Joe Corrigan war bereits mit dem Wagen weggefahren, als Chris aus dem Zelt kroch, in dem die Geschwister noch schliefen.

Molly goß Kaffee in eine angeschlagene Tasse ohne Griff. »Dein Vater schämt sich für sein gestriges Verhalten«, erzählte sie Chris, ohne aufzublicken. »Er ist ein guter Mann, aber er hat eine schrecklich schwere Last zu tragen. Urteile nicht zu streng über ihn.« Sie stellte die Kaffeekanne wieder aufs Feuer.

»Das mache ich«, antwortete Chris aufrichtig. Sie ging zu einer weißen Schüssel, die auf einer umgekehrten Kiste stand, und wusch ihr Gesicht mit kaltem Wasser. Prustend sagte sie: »Nachdem ich gestern abend gebetet hatte, habe ich nachgedacht. Ich werde meiner Oma daheim in den Ozarks einen Brief schicken, und deinem Bruder in Oklahoma auch. Das heißt, wenn du zwei Drei-Cent-Briefmarken hast.«

»Ich glaube, die habe ich. Was willst du denn schreiben?«

»Ich habe mich Oma gegenüber einmal falsch verhalten, und das muß ich in Ordnung bringen. Und Onkel Cecil –

nun, er war so gut zu mir, als Ruby und ich auf der Ranch waren, wo er arbeitet, daß ich ihm einfach danken möchte.«

Molly nahm einen großen Schluck Kaffee. »Beide werden sich bestimmt freuen, von dir zu hören.«

»Ich wünschte, ich wüßte, wie ich mit Spud in Kontakt kommen könnte«, sagte Chris sehnsüchtig. »Er ist mein Freund, du weißt schon, der Junge, dem wir begegneten und der seinem Vater in New York davongelaufen war.«

Molly nickte.

»Wie gerne würde ich ihn wiedersehen. Vielleicht kann ich ihn dazu überreden, seinen Angehörigen zu schreiben. Sie müssen sich doch große Sorgen um ihn machen, nachdem er nun schon mehr als zwei Jahre von daheim fort ist.«

Molly füllte nochmals ihre Tasse und lächelte. »Chris, ich bin sehr stolz auf dich.«

Chris wußte nicht, was sie dazu sagen sollte, und daher wechselte sie das Thema. »Ich glaube, daß ich die Briefe jetzt schreiben werde, bevor die Kleinen aufwachen.«

»Die Briefmarken und das Schreibpapier findest du in der Kiste, die unmittelbar hinter der Zeltöffnung auf der rechten Seite steht.«

»Danke«, erwiderte Chris und eilte davon, beides zu suchen.

Der Morgen war schon halb vergangen, als die jüngeren Geschwister gegessen und sich angezogen hatten. Molly paßte auf sie auf. Jetzt flocht Chris sich das Haar, nahm ihre Briefe und machte sich mit Twyla auf den Weg in die sechs Kilometer entfernte Stadt.

Twyla war ungewöhnlich still, als sie die gepflasterte Landstraße entlanggingen.

»Ist alles in Ordnung?« fragte Chris besorgt.

Twyla begann zu schluchzen und klammerte sich an ihre Freundin. »O, Chris!« weinte sie. »Ich habe gestern abend zufällig gehört, was meine Eltern miteinander besprachen, als sie meinten, daß wir alle eingeschlafen seien. Sie sprachen davon, daß sie . . . daß sie uns Kinder weggeben müssen!«

»Daß sie *was?«*

»Daß sie uns an Fremde oder an was weiß ich wen weggeben müssen, damit diese Leute für uns sorgen, weil sie das selbst nicht mehr können und weil sie nicht wollen, daß wir vor Hunger sterben.«

»Das ist doch nicht dein Ernst, Twyla!«

»Doch! Das haben sie gesagt. Sie haben mit allen offiziellen Stellen gesprochen, die Menschen wie uns helfen. Aber die sagen, daß wir keine Hilfe vom Staat bekommen können, weil wir noch nicht lange genug hier gelebt haben. Der Staat sagt, daß wir keine Einwohner sind, und die Bundesregierung hilft uns auch nicht.«

Chris schüttelte den Kopf. »Man gibt doch seine Kinder nicht weg«, protestierte sie, »nicht einmal in der schweren Zeit, die wir jetzt erleben! Das mußt du falsch verstanden haben.«

»Nein, das habe ich nicht«, schniefte Twyla. »Außerdem habe ich schon vor einigen Jahren davon gehört. Das stimmt wirklich. Nur hätte ich nie gedacht, daß uns das passieren könnte.«

»Irgendwie wird sich alles finden, Twyla. Hör jetzt auf zu weinen. Sonst siehst du fürchterlich aus, wenn wir in die Stadt kommen.«

Als die Mädchen das Postamt mit seinen vergitterten Fenstern betraten, sahen sie dort eine lange Reihe Kästen stehen, aus denen das Gepiepse von kleinen Küken klang.

»Hör mal!« sagte Chris. »Wie können sie Küken züchten in einem Postamt?«

Twyla gelang ein schwaches Lächeln. »Die gehören doch nicht dem Postamt, du Dummkopf. Die Küken wurden jemandem per Post zugeschickt.«

»Meinst du wirklich?«

»Mein Wort darauf. Die Küken kommen in flachen Kästen, die ungefähr neunzig mal neunzig Zentimeter groß sind. Es sind Löcher darin, damit sie atmen können. Ich habe sie hier schon oft gesehen.«

Chris ging zu dem Schalter und streckte sich, um zu

sehen, ob sie dahinter auch Küken erspähen konnte. Aber dort gab es keine.

Der große, stämmige Postbeamte mit dem silberfarbenen Brillengestell blickte auf. Er sortierte gerade die Post. »Ihr kommt gleich dran, Mädchen.«

»Es eilt nicht«, erwiderte Chris. Sie wandte sich an Twyla. »Wenn wir das Haus bekommen, in dem wir für immer wohnen können, werden wir auch einen Hof haben – das heißt, wenn es nicht in der Stadt steht –, und dann werden wir Hühner züchten und einen Garten anlegen. Ich werde auch ein Haustier bekommen.«

»Wir hatten niemals ein Haustier. Wir hatten kein Geld für das Futter.«

»Das hatten wir bisher auch nicht«, meinte Chris. »Aber eines Tages werden wir einen Hund oder eine Katze oder etwas anderes haben. Wenn es ein Hund ist, wird er den Garten und die Hühner beschützen. O, eine Hühnerfarm!« rief sie aus. Sie war selbst ganz erstaunt über die Idee, die ihr da gekommen war. »Wir werden Eier verkaufen. Bei dem Laden, an dem wir gerade eben vorbeikamen, sah ich ein Schild, auf dem stand ›Wir kaufen Eier‹!«

Der Postbeamte kam jetzt zum Schalter und blickte über den Rand seiner Brille zu Chris. »Du bist wohl noch nicht lange in Kalifornien«, meinte er.

»Wieso, nein, ja, das stimmt. Woher wissen Sie das?« fragte Chris.

»Hier sprechen wir nicht von einer Farm, sondern von einer Ranch«, erwiderte der Beamte freundlich.

»Wirklich? Was ist der Unterschied?«

»Es ist wohl vor allem nur ein anderes Wort. Aber jetzt, was kann ich für euch Mädchen tun?«

»Ich möchte diese Briefe aufgeben. Es sind schon Briefmarken darauf.«

Der Postbeamte streckte seine dicke Hand aus und nahm die Briefe an sich. Er warf einen Blick auf die Umschläge. »Du hast vergessen, deinen Namen und den Absender darauf zu schreiben«, sagte er.

»Ich kann meinen Namen darauf schreiben, aber wir haben noch keine Adresse.«

»Schreibe dann ›allgemeine Auslieferung‹ unter deinen Namen. Diese Stadt ist so klein, daß wir dich schon finden werden, wenn es Post für dich gibt.« Er schob ihr einen Schreibstift zu.

Eilig schrieb Chris das Fehlende in die obere linke Ecke des Umschlages und gab dann die Briefe zurück.

Der Beamte schaute auf den Namen. »Corrigan?« fragte er. »Ich glaube, daß ich Post für dich habe.« Er wandte sich zur Seite und griff in ein Sortierfach.

»Für uns?« fragte Chris erstaunt.

»Ja. Hier ist es.« Der Postbeamte las die Adresse vor: »Fräulein Chris Corrigan, allgemeine Auslieferung, Lone River, Kalifornien.« Schon hielt er ihr den Brief hin und fragte mit einem neckenden Lächeln: »Wer ist denn Spud?«

Froh überrascht riß Chris den Brief an sich und rannte damit nach draußen. Twyla holte ihre Freundin ein, als diese gerade den Brief öffnete und ihn eilig überflog. Dann stieß Chris einen frohen Jauchzer aus.

»Spud kommt!« rief sie aus. »Er schreibt, daß er wahrscheinlich etwa gleichzeitig mit diesem Brief hier eintreffen wird. Wir sollen beim Postamt Ausschau nach ihm halten. Komm, das muß ich Molly erzählen.«

Im Eilschritt kehrten Chris und Twyla zum Lager bei der Brücke zurück. Chris war so aufgeregt, daß sie unentwegt von Spud sprach. Sie erzählte Twyla alles, was sie über ihn wußte. Twyla wurde von Chris' Begeisterung angesteckt, und so kam es, daß keines der beiden Mädchen mehr an die schreckliche Möglichkeit dachte, daß Twylas Eltern ihre Kinder würden weggeben müssen, damit diese überleben konnten.

Stolpernd eilten Chris und Twyla den steilen, staubigen Pfad an der Ecke der rostigen Brücke hinunter. Als sie unten ankamen und auf die Zelte zurannten, liefen ihnen die jüngeren Geschwister laut rufend entgegen.

Elisabeth, die schneller als die anderen war, fiel keuchend gegen Chris' Knie. »Rate einmal, was passiert ist, Chris!«

»Was denn?«

»Vati hat eine Stelle!«

»Eine Stelle?« Fast hätte Chris Spuds Brief fallengelassen. Die übrigen Geschwister mischten sich nun auch ein und bestätigten die Nachricht.

Elisabeths Augen strahlten. »Er hat auch einen Ort gefunden, wo wir wohnen können.«

»Ein Haus?« Chris griff Elisabeth und Martha bei der Hand und machte mit ihnen einen Freudentanz. »Ein Zuhause! Ein Zuhause!«

Plötzlich blieb Elisabeth stehen und schüttelte den Kopf. »Es ist kein Haus«, sagte sie leise. »Es ist eine Scheune!«

Die Drohungen eines Reiters

Chris blinzelte überrascht. Sie beugte sich vor und blickte ihrer Schwester tief in die Augen. »Eine Scheune?«

»Du kannst Vati selbst fragen«, entgegnete Elisabeth herausfordernd und wollte sich umdrehen. Dann aber wandte sie sich Chris abrupt wieder zu. »Du hast uns ein Haus versprochen, in dem wir für immer wohnen können, und keine Scheune!« sagte sie anklagend.

Chris wich zurück, als hätte sie einen Schlag ins Gesicht erhalten. »Nun hör ›mal!« rief sie aus. »Ich wünsche mir ebensosehr wie ihr ein richtiges Haus. Und wir werden auch eines bekommen. Wir müssen nur daran glauben und auf dieses Ziel hinarbeiten.«

Diese Antwort befriedigte die Geschwister keinesfalls.

Martha wühlte mit ihrem nackten Fuß im Staub. »Eine Scheune ist für Tiere, nicht für Menschen«, murmelte sie.

Einen Augenblick lang wußte Chris nicht, was sie dazu sagen sollte. Hilfesuchend blickte sie Twyla an.

Twyla zog die kleinen Mädchen an sich. »Eine Scheune ist gar nicht so schlecht«, sagte sie sehnsüchtig. »Es gibt hier genügend Leute, die in einem Hühnerstall leben müssen. In der Tat würde ich ein Hühnerhaus oder eine Scheune diesem alten Zelt dort bei weitem vorziehen.« Und dabei zeigte sie auf die Unterkunft ihrer Familie bei der Brücke.

Es gelang Chris zu lächeln. »So ist es. Eine Scheune ist auch besser als unser Zelt. Kommt. Wir wollen mit Vati sprechen.« Sie ergriff Iolas und Sarahs Hand und machte sich auf den Weg. »Macht Vati nicht traurig, indem ihr euch beklagt«, warnte sie. »Seid richtig stolz, daß er eine Unterkunft gefunden hat.«

Twyla begab sich zu ihrem Zelt, während Chris mit ihren vier Schwestern zu dem ihren ging. Joe Corrigan stand vor der Zeltöffnung und sprach mit Molly.

Erleichterung erfüllte Chris' Herz, als sie sah, wie die Augen ihres Vaters strahlten und wie er lächelte. Sie rannte zu ihm und umarmte ihn stürmisch. »Was hast du denn für eine Stelle bekommen, Vati?«

»O, ich werde etwas Sattelarbeit machen für die Brüder Wood.«

»Was heißt ›Sattelarbeit‹?«

»Ich werde als Cowboy arbeiten«, antwortete ihr Vater lachend. »Wie Mollys Bruder, dein Onkel Cecil in Oklahoma. Ich muß das Vieh zusammentreiben und aufpassen, daß kein Tier davonläuft. Ich werde in dem Vorgebirge, etwa zehn Meilen östlich von hier, arbeiten.«

»Auf einem Pferd?« fragte die kleine Iola mit großen Augen.

»Auf einem großen Pferd!« bestätigte ihr Vater. »Und der Boß sagt, daß er in der Nähe der Stadt ein Scheunenhaus hat. Dort können wir wohnen, bis wir ein richtiges Haus gefunden haben.«

»Ein Scheunenhaus?« erkundigte sich Chris.

»So nannte Herr Wood es. Früher lebte er mit seiner Familie einmal in dem dazu gehörenden Haupthaus, das jedoch niedergebrannt ist. Als sie dann das Haus bauten, in dem sie jetzt wohnen, richteten sie die Scheune so her, daß sie bis zur Fertigstellung des Neubaus darin wohnen konnten. Seit dem Umzug in das neue Haus haben dann und wann Saisonarbeiter in der Scheune geschlafen, weil die Ranch keine Arbeiterbaracke hat. Wenn die Scheune für all jene Leute gut genug war, wird sie auch für uns ausreichen, bis wir etwas Besseres gefunden haben.«

»Wann können wir dorthin umziehen?« fragte Chris, während sie aufgeregt an Spuds Brief herumfingerte. Sie wollte so gerne erzählen, daß Spud kam, aber die Nachricht, daß ihr Vater eine Arbeitsstelle und eine Unterkunft gefunden hatte, war jetzt wichtiger.

»Das wird noch eine Weile dauern«, sagte er und setzte sich auf seine Fersen. Chris hatte diese Sitzweise oft gesehen bei Männern, die viel im Freien arbeiteten, wo es keine

Steine oder Baumstümpfe gab, auf die sie sich hätten setzen können. »Die Scheune muß noch renoviert werden.«

»Wie sieht sie denn aus?« fragte Chris, während sie sich vor ihrem Vater in den Sand fallen ließ und den langen Rock ihres Kleides um ihre Beine wickelte.

»O, sie hat einen Holzboden und dort Glasfenster, wo es früher nur offene Löcher gab, wie das bei den meisten Scheunen der Fall ist. Das Wichtigste ist wohl, daß wir ein besseres Dach über dem Kopf haben als in diesem Zelt. Zu der Scheune gehört ein guter Hektar Land. Dort könnt ihr Kinder spielen. Das Grundstück ist von einem Zaun umgeben, und überall wächst Ladino-Klee, ein schnellwachsender Klee, den die Bauern als Heu verwenden oder auf dem sie ihr Vieh grasen lassen. Vielleicht können wir eine Milchkuh halten und einen Garten anlegen.«

Verlegen lächelte Iola ihren Vater an. »Könnten wir auch ein Haustier haben?«

Joe Corrigan hob sie hoch und setzte sie auf seine Knie. »Das glaube ich schon, aber es muß ein Tier sein, das sich selbst ernähren kann. Wir haben nämlich kaum genügend Nahrung für uns selbst, geschweige denn für einen Hund oder so.«

»Wir sollten uns eine Katze anschaffen!« rief die stets praktische Elisabeth aus. »Die könnte Mäuse und Beutelratten fangen.«

»Mäuse?« fragte Martha erschaudernd. »Gibt es etwa Mäuse in der Scheune?«

»Das ist durchaus möglich«, erwiderte ihr Vater gleichmütig. »Es scheint, daß es heutzutage überall Mäuse gibt. Aber mir sind Mäuse immer noch lieber als Ratten.«

»Ratten?« schrie Martha jetzt auf. »Haben wir die denn dort auch?«

»Das will ich nicht hoffen«, entgegnete ihr Vater. »Aber wie es auch sein mag, wir werden damit zufrieden sein müssen, bis wir uns ein richtiges Haus erlauben können.«

Molly legte einige Zweige auf das offene Feuer, auf dem

sie das Mittagessen zubereiten wollte. »Erzähle ihnen von dem Hühnerstall, Joe.«

»O, ja. Das habe ich fast vergessen. Kinder, wir können auch einige Hühner halten, damit wir Eier und Fleisch haben.«

»Und Küken?« rief Chris. »O, Vati, können wir dann unsere eigenen Hühner züchten? Heute im Postamt gab es einige. Und ich weiß jetzt, daß man sie per Post bestellen kann.« Schnell erzählte sie alles, was sie im Postamt über die Küken gehört hatte.

Als sie fertig war, hob ihr Vater Iola behutsam von seinem Knie und richtete sich dann auf. »Wir werden noch darüber sprechen, wenn wir uns gemeinsam die Scheune angeschaut haben.«

»Wann? Wann?« riefen die Mädchen wie aus einem Munde.

»Ich weiß es noch nicht. Aber laßt uns jetzt essen. Heute nachmittag beginne ich mit meiner neuen Arbeit.«

Die Kinder erhielten jedes eine kalte gekochte Kartoffel. Molly hatte sie am Vortag über dem offenen Feuer zubereitet. Sie hatte auch versucht, einige Bohnen zu kochen, aber es war ihr nicht gelungen, das Feuer lange genug auf Temperatur zu halten. Daher waren die Bohnen nicht gar geworden. Aber nun erhitzte Molly den Gemüsesud und goß ihn als Soße über die Kartoffeln.

Nachdem die Mahlzeit beendet und Joe Corrigan zu seiner neuen Arbeitsstelle aufgebrochen war, erzählte Chris ihrer Stiefmutter von Spuds Brief.

»Er hat bei deinem Bruder in Oklahoma gearbeitet«, sagte sie. »Spud nennt ihn jetzt sogar Onkel Cecil, und er schreibt, daß er nach Kalifornien kommen will, sobald er seinen ersten Lohn erhalten hat.«

Molly mußte lächeln, als Chris eifrig weitererzählte.

»Spud schreibt, daß er zum Postamt gehen wird, um zu fragen, wo wir wohnen. Dort sollen wir nach ihm Ausschau halten. Aber es wird schwierig sein, zur Stadt zu gehen, wenn Vati draußen bei den Bergen arbeitet.«

»Wir werden schon einen Weg finden, um nach ihm Ausschau zu halten«, versprach Molly.

Iola warf den Kopf zurück und blickte Chris aufmerksam an. »Ist Spud dein Schatz?« fragte sie mit ihrem dünnen Stimmchen.

Molly lachte. »Deine Schwester ist noch nicht alt genug, um einen Schatz zu haben, Iola. Spud ist nur ein netter, junger Mann, den sie in den Ozarks kennengelernt hat und der jetzt nach Kalifornien kommt, um uns zu besuchen.«

Als Chris das Geschirr spülte, mußte sie über Mollys Worte nachdenken. Vielleicht war sie wirklich zu jung, einen festen Freund zu haben. Tatsache aber war, daß sie sich sehr darauf freute, Spud wiederzusehen.

Martha war an der Reihe, das Geschirr abzutrocknen. Und da sie lieber spielte, tat sie ihre Arbeit schweigend und halbherzig und gab Chris dadurch viel Zeit zum Nachdenken. Molly hatte Sarah und Iola zum Mittagsschlaf ins Bett gelegt, während Elisabeth die Hockett-Mädchen in deren Zelt besuchte.

Sorgfältig spülte Chris jeden Teller und stellte ihn umgekehrt auf eine Kiste, in der sich früher einmal Pfirsiche befunden hatten. Plötzlich spiegelte irgend etwas das Sonnenlicht unmittelbar in Chris' Augen. Sie blickte auf und bedeckte ihre Augen, um sehen zu können, woher das Licht kam.

»Es ist Don Gridley«, sagte sie zu ihrer Schwester. »Er beobachtet uns wieder.«

»Ich wünschte, daß Ruby hier wäre«, sagte Martha. »Sie würde ihn verjagen.«

»Ich denke, daß er uns beobachtet, weil er nach ihr Ausschau hält. Er will es ihr heimzahlen, daß sie ihn am Haar herumgezerrt hat.«

»Ich weiß es noch«, krümmte sich Martha vor Lachen. »Ich wollte, sie täte es noch einmal!«

»Ich wünschte, daß sie es überhaupt nicht getan hätte«, erwiderte Chris ernst. »Das hat Don wütend gemacht. Und ich habe die Lage nicht besser gemacht, indem ich sein Pferd und die seiner drei Freunde davongejagt habe.«

Jetzt lachte Martha nicht mehr. »Wie hast du denn das geschafft?«

Chris erzählte ihr kurz, was sich bei der Laubkirche ereignet hatte. Als sie fertig war, sah sie, daß Don immer noch auf der anderen Seite des Zaunes auf seinem Pferd saß und das Zeltlager beobachtete.

Martha schaute ebenfalls zu ihm hinüber. »Mit dem Herumspionieren macht er mich nervös«, schimpfte sie.

»Mich auch.« Chris gab ihrer Schwester den letzten Teller und trocknete sich die Hände an ihrer Schürze ab. »Ich werde einmal mit ihm reden.«

»Er könnte dir etwas tun!«

»Das glaube ich nicht. Er befindet sich auf der anderen Seite des Zaunes, da dürfte nichts passieren.«

»Trotzdem, ich werde mitkommen, um auf dich aufzupassen.«

»In Ordnung, aber du bleibst im Hintergrund, es sei denn, er klettert über den Zaun. Dann mußt du Molly schnell Bescheid sagen.«

Chris ging am Flußufer entlang, vorbei an der seichten Stelle und an dem tiefen Loch, wo Bate Hockett seine Angelleinen auslegte, bis sie zu dem Stacheldrahtzaun kam, der am Wasser endete.

Don Gridley saß lässig auf seinem Pferd und schaute zu, wie Chris näherkam. »Bleibe im Windschatten!« rief er ihr zu.

Chris wurde zornig bei diesem indirekten Hinweis darauf, daß sie stinken würde. Sie wusch sich jeden Tag von Kopf bis Fuß mit einem Schwamm. Ihre verstorbene Mutter hatte immer gesagt: »Wir sind zwar nicht reich, aber wir sind sauber.« Molly war derselben Ansicht, und daher waren die Corrigan-Kinder niemals schmutzig.

»Warum lungerst du hier herum und bespitzelst uns?« fragte Chris. Es fiel ihr schwer, sich zu beherrschen.

»Ich habe dir schon gesagt, ich mag keine Okies, Arkies, Hinterwäldler und sonstigen Leute wie euch. Ihr seid nicht von hier, und ihr gehört nicht hierher.«

Chris erinnerte sich an ein Wort, das sie sich an jenem Morgen beim Lesen von Spuds Wörterbuch gemerkt hatte. »Du bist ein Fanatiker«, erwiderte sie nachdrücklich.

Don rutschte im Sattel hin und her und runzelte die Stirn. »Was bedeutet das Wort?«

»Ein Fanatiker ist ein Mensch, der sehr intolerant ist in bezug auf alles, was ihm fremd ist.«

»Wie ihr, meinst du?«

»Ja, wie wir. Wir kommen zwar aus den Ozarks. Aber wir sind genau so Menschen wie du oder jeder andere auch!« Chris sprach nachdrücklicher, als sie es vorgehabt hatte. Sie mäßigte ihren Ton. »Aber ein Fanatiker kann auch gegen eine Religion oder eine Rasse sein, wie du gegen die Leute in der Laubkirche bist.«

»Von der Kirche halte ich überhaupt nichts!« entgegnete Don jetzt wütend. »Und von diesem Abschaum von armen, weißen Leuten, zu dem auch ihr gehört und der sich seit einiger Zeit wie eine Flut über unseren Bezirk ergießt, halte ich schon gar nichts.«

»Stammt deine Familie denn nicht auch von einem ganz anderen Ort?« fragte Chris herausfordernd.

»Meine Vorfahren kamen mit dem Goldrush hierher«, antwortete der Junge stolz. Er lehnte sich über den Sattelknauf und meinte höhnisch lächelnd: »Wie auch immer, ich hasse es, daß ihr Wanderarbeiter euch hier in unserem Land breitmachen wollt.«

»Als deine Vorfahren mit dem Goldrush nach hier kamen, kamen sie also auch anderswo her«, entgegnete Chris sachlich. »Sie sind hier geblieben und haben das Land aufgebaut. Und nun versucht meine Familie, dasselbe zu tun.«

»Das ist nicht dasselbe!« explodierte Don. »Schau dich an. Du gehst barfuß und trägst ein altes, geflicktes Kleid. Und in deinem Alter trägst du immer noch Zöpfe!«

Chris hatte nicht vorgehabt, eine Auseinandersetzung mit dem Jungen zu beginnen. Sie zuckte mit den Schultern. »Wahrscheinlich waren deine Vorfahren ebenfalls arm wie Kirchenmäuse, als sie 1849 hier eintrafen.«

»Mein Vater sagt, daß ihr Okies nicht den Willen habt, etwas anzupacken. Ihr seid also nicht so wie wir.« Vorwärtsgebeugt blickte er mit bösen Augen auf Chris hinunter. »Ich möchte euch alle für immer davonjagen!«

Chris war unbehaglich zumute, als sich der Junge so über den Sattelknauf vorwärtslehnte und ihr mit einer bösen Grimasse seine Zähne zeigte. »Wer hat *dir* denn nur etwas zuleide getan?« fragte sie. »Und überhaupt, was habe *ich* dir denn getan?«

»Das weißt du ganz genau. Du hast unsere Pferde verjagt. Und diese Freundin von dir, diese Hinterwäldlerin, hat mich an meinem Haar herumgezerrt. Wenn sie nicht ein Mädchen wäre, hätte ich ihr eine tüchtige Abreibung gegeben.«

Chris erinnerte Don daran, daß er Ruby zwar gerne seine Fäuste hätte spüren lassen, daß aber seine Arme zu kurz gewesen waren und daß Ruby ihn mit ihrem kräftigen Griff auf Armeslänge von sich gehalten hatte.

Da meinte Don mit zusammengebissenen Zähnen: »Ich hätte große Lust, über den Zaun zu kommen und dich in den Fluß zu werfen.«

Chris zwang sich, keine Furcht zu zeigen. Sie versuchte, ruhig zu sprechen. »Mein Vater hat einen Ort gefunden, wo wir wohnen werden. Wir ziehen weg. Du wirst uns wahrscheinlich nicht wiedersehen.«

»Ah, das ist gut.« Don beruhigte sich ein wenig und lehnte sich im Sattel zurück, seine linke Hand ruhte auf dem Rumpf des Pferdes. »Hoffentlich geht ihr in die Ozarks zurück?«

»Nein, wir ziehen in ein Haus, das den Wood-Brüdern gehört.«

»Aber das Haus ist doch vor einiger Zeit abgebrannt.«

»Die Scheune nicht.«

Einen Augenblick lang runzelte der Junge die Stirn,

schüttelte dann seinen Kopf. »Das hätte ich wissen können. Hinterwäldler, die in einer Scheune wohnen.«

»Es ist ein Scheunenhaus! Und überhaupt, das ist besser als unser Zelt.«

»Da hast du recht«, nickte er und schwieg einige Augenblicke. »Sag mal, wie wäre es denn, wenn ich dir mit meinen Freunden, deren Pferde du mit dem meinen verjagt hast, einen Willkommensgruß bereiten würde?«

Chris schluckte schwer. Es tat ihr sofort leid, daß sie Don von dem Scheunenhaus erzählt hatte. Sie wußte nicht, was er vorhatte, und nun machte sie sich große Sorgen.

Plötzlich hörte Chris einen Aufschrei hinter sich und ein lautes Platschen. Abrupt drehte sie sich um, und sie sah, wie im tiefen Teil des Flusses das Wasser hoch aufspritzte. Eine Sekunde lang glaubte sie, es sei ein großer Fisch gewesen.

Dann erinnerte sie sich an ihre Schwester. Hektisch suchten ihre Augen das Ufer ab. Es war kein Lebenszeichen von Martha zu erkennen!

Sofort wandte sich Chris wieder dem Fluß zu. Das Wasser hatte sich inzwischen wieder beruhigt. Es waren nur noch wenige große Luftblasen und einige kleine Äste und gebrochene Zweige zu sehen. Alles bewegte sich in schnellem Tempo stromabwärts.

»Martha!« schrie Chris, während sie am Ufer entlang rannte, den Luftblasen hinterher.

Der gefährliche Fluß

Chris stürmte über das Ufer, ihre erschrockenen Augen waren auf die Luftblasen und den Unrat gerichtet, die auf der Oberfläche des schnell dahinströmenden, dunklen Wassers trieben.

Verzweifelt betend riß Chris ihren Blick von dem Fluß los und spähte panikartig über das Ufer in der Hoffnung, ihre kleine Schwester doch noch zu erblicken. Statt dessen sah sie, wie ihre Angehörigen und alle Hocketts aus den Zelten in der Nähe der Brücke herbeieilten. Chris' entsetzter Schrei hatte sie aufgeschreckt.

Es gab also gar keinen Zweifel: Martha war in den Fluß gefallen. Der einzige Hinweis auf ihren Verbleib waren die inzwischen beinahe verschwundenen Luftblasen auf der Wasseroberfläche und die Zweige und trockenen Äste, die schnell stromabwärts geführt wurden.

Chris hatte nie schwimmen gelernt. Sie hatte schon hier und da in einem kleinen Bach herumgeplanscht, aber richtig schwimmen konnte sie eben nicht. Doch daran verschwendete sie keinen Gedanken. Sie wußte nur, daß ihre kleine Schwester im Begriff war zu ertrinken, und daß niemand außer Don nahe genug war, um sie zu retten.

Verzweifelt kämpfte sich Chris durch eine Lücke in der Reihe dünner, schmächtiger Weiden hin zu einer krummen Pappel, die teilweise in den Fluß ragte, und zwar genau dort, wohin das schwimmende Holz und die Luftblasen trieben. Chris sprang auf das eine Ende des Stammes, das auf dem Ufer ruhte.

Der rauhe Bast schnitt ihr in ihre nackten Füße, aber sie bemerkte es nicht. Strauchelnd balancierte sie zum anderen Ende des Baumstammes, das über den Fluß hing. Unter ihrem Gewicht bewegte sich der Stamm heftig, und so breitete Chris schnell beide Arme zur Seite, um das Gleichgewicht zu bewahren, während sie über die trockenen Zweige und Blätter hinweg weiterlief.

Als sie sich dem Baumwipfel näherte, senkte sich dieser gefährlich unter ihrem Gewicht. Immer wieder blieb Chris mit ihrem Kleid an den Zweigen hängen, und sie holte sich häßliche Schrammen, die sie aber nicht zu bemerken schien.

Als sie schließlich nicht mehr vorwärts konnte, blieb Chris stehen. Sie keuchte vor Furcht und Anstrengung, ihre Augen schweiften wild stromaufwärts. »O, Gott, nein!« Der Mut verließ sie: Weit und breit gab es keinerlei Lebenszeichen von ihrer Schwester mehr.

Die Luftblasen waren verschwunden. Der Strom hatte die gebrochenen Äste und die Zweige auseinander getrieben, und sie schaukelten ruhig am anderen Ufer entlang, in sicherer Entfernung von dem reißenden Strom.

»Martha! O, Martha!« schrie Chris und begann zu weinen. Heftig blinzelnd versuchte sie diese Tränen zu vertreiben, um weiterhin ängstlich nach einem Lebenszeichen ihrer Schwester Ausschau halten zu können. Doch sie sah nur den Fluß, der gurgelnd, dunkel und schnell vorüberglitt. Nichts war zurückgeblieben als einige Schaumspuren nahe dem gegenüberliegenden Ufer.

Plötzlich wurden Chris' Beine weich wie Gummi. Schon drohten sie, unter ihr zusammenzubrechen. Aber da erblickte Chris etwas weiter stromaufwärts nur eine Sekunde lang etwas Farbiges. Schnell hob sie ihren Kopf, wischte die Tränen ab und konzentrierte sich.

Das war doch Marthas Kleid! Chris rannte wieder von dem Baumstamm hinunter, ohne dabei auf ihre aufgerissenen, blutigen Hände und Füße zu achten. Mit einem Sprung landete sie auf dem Ufer und eilte die wenigen Meter stromaufwärts zu der Stelle, wo sie Marthas Kleid erspäht hatte. Viel hatte sie nicht gesehen, und das Stück Stoff war fast sofort wieder in der Tiefe des tückischen Wassers verschwunden. Dennoch hatte sie jetzt wieder Hoffnung.

Während sich Chris einen Weg durch das Unterholz zu

bahnen suchte, sah sie ihre Familienmitglieder und Nachbarn auf sich zurennen. Nachdem sie sich erneut mit ihrem schlanken Körper zwischen den jungen Weiden hindurchgekämpft hatte, blieb sie mit heftig klopfendem Herzen und voller innerer Not am Ufer stehen. Hektisch suchte sie nach der Stelle, an der sie zuvor etwas von dem Kleid erblickt hatte.

Doch davon war nichts zu sehen: Der Fluß war dunkel und tief und verbarg sein Geheimnis vor Chris' wilden, suchenden Blicken.

Nur schwach hörte sie Twylas Stimme: »Ich komme, Chris! Ich komme!«

Chris stöhnte verzweifelt auf. Aber da erschien plötzlich wie eine neckende, höhnische Geste erneut ein handgroßes Stück von Marthas Kleid langsam an der Oberfläche. Es erreichte die Oberfläche nicht ganz, sondern sank sofort wieder weg.

Doch das reichte Chris. Sie holte tief Luft und sprang dann kopfüber in das eiskalte Wasser. Sie sank wie ein Stein. Es war erstaunlich, wie tief der Fluß so nahe am Ufer war.

Während sie immer noch den Atem anhielt, versuchte Chris verzweifelt, den Teil, den sie vom Kleid ihrer Schwester gesehen hatte, zu ergreifen. Ihre Finger griffen ins Nichts.

Sie öffnete ihre Augen, aber es war unter Wasser so dunkel, daß sie nur vage das Licht über ihrem Kopf wahrnahm. Dennoch tastete sie wild um sich und hoffte ... und hoffte.

Da plötzlich berührte ihre linke Hand etwas – ein Stück Stoff. Fest schlossen sich ihre Finger darum und hielten es fest. Es war nicht einfach, den Stoff näherzuziehen. Da wußte Chris, daß es sich tatsächlich um die Kleidung ihrer Schwester handelte. Sie drehte nun ihren Körper, damit sie das Kleidungsstück auch mit der rechten Hand festgreifen konnte.

Weil sie unbedingt Luft brauchte, begann Chris wild mit

ihren Füßen zu treten. Schließlich erreichte ihr Kopf die Oberfläche. Sie rang nach Luft und atmete dann den schönsten Sauerstoff ihres Lebens ein. In dem Versuch, auch ihre Schwester an die Oberfläche zu holen, zog sie mit aller Kraft an Marthas Kleid.

Schluchzend vor Furcht rang Chris nach mehr Luft, aber diesmal strömte nur Wasser in ihren Mund. Sie mußte husten. Trotzdem zog sie mit beiden Händen fest an dem Kleidungsstück, das immer noch nicht zu sehen war.

Endlich gelang es ihr, den zerrissenen Saum von Marthas Kleid aus dem Wasser zu ziehen. Wie von selbst griff Chris zu der Stelle, wo sich ihrer Meinung nach die Taille ihrer Schwester befinden mußte. Wieder schlug das Wasser über ihr zusammen; hastig tastete sie herum. Dann spürte sie einen kraftlosen Arm. Sie ergriff ihn und zog heftig daran, während sie gleichzeitig ihren eigenen Kopf aus dem Wasser riß.

Endlich erschien auch Marthas Gesicht an der Wasseroberfläche. Ihr Kopf rollte haltlos gegen ihre Brust. Das hellblonde Haar schweifte einen Augenblick lang im Strom und legte sich dann um das Gesicht.

»O mein Gott!« dachte Chris. »Sie ist tot!« Krampfhaft hielt sie den leblosen Körper ihrer Schwester umklammert. Da das Wasser immer wieder über ihr zusammenschlug, kämpfte sie sich hustend und nach Atem ringend zum Ufer, das nur wenige Meter entfernt war.

Plötzlich umschloß eine Hand vom Ufer her Chris' langen, linken Zopf. Ein heftiger Ruck schien ihr fast den Kopf abzureißen.

Dann hörte sie Twylas triumphierende Stimme: »Ich hab' sie!«

Wenige Augenblicke später halfen ihr zahlreiche Hände aus dem Wasser. Bate Hockett ergriff Chris' Arm und zog sie halb auf das Ufer. Eine Sekunde später legte er Martha neben sie.

Chris rang immer noch nach Atem. Als sie versuchte, sich aufzurichten, spürte sie ein scharfes Stechen in den Augen, und es bereitete ihr Mühe, richtig zu sehen. Dennoch erkannte sie einen Augenblick lang ganz deutlich ein Pferd und einen Reiter hinter dem Zaun.

Während des ganzen Dramas hatte Don Gridley sich nicht von der Stelle gerührt!

Bate Hockett nahm Marthas regungslosen Körper in seine Arme, erhob sich und rannte zurück zu der umgefallenen Pappel. Chris versuchte, mit ihm Schritt zu halten, aber sie war zu schwach. Vage hörte sie aufgeregte Stimmen, zu denen auch die von Molly und all der anderen Kinder der Hocketts und der Corrigans zählten.

Ungläubig blickte Chris wieder zu Don Gridley hinüber. Völlig ungerührt wandte dieser sein Pferd nun ab und entfernte sich langsam vom Zaun. Unmittelbar vor seinen Augen hatte sich eine Tragödie ereignet, aber er hatte auch nicht einen Finger gerührt, um zu helfen.

Chris wandte sich erneut ihrer Schwester zu. Bate Hokkett hatte Martha mit dem Gesicht nach unten über den Stamm der Pappel gelegt.

Über die aufgeregten Stimmen hinweg rief Twyla Chris zu: »Er rollt sie hin und her, damit das Wasser aus ihren Lungen herauskommt!«

Chris hatte gehört, daß man Ertrunkene so behandelt, aber sie wußte nicht, ob das auch wirklich funktionierte. Mühsam erhob sie sich und ging mit unsicheren Schritten zum Baumstamm.

Plötzlich ertönte ein hustendes Geräusch, und dann gab Martha einen erstickten Schrei von sich.

Bate Hockett blickte auf. »Sie lebt!« rief er. »Sie wird durchkommen!«

Chris brach neben ihrer Schwester zusammen und umarmte sie erleichtert.

Später an jenem Tag saßen Chris und Twyla alleine an dem Ufer der seichten Flußstelle, während Martha sich im Bett erholte und die anderen Kinder spielten. Eine Weile starrten sie nachdenklich schweigend in das Wasser.

Endlich begann Twyla zu sprechen. »Es hat keinen Sinn,

weiter darüber nachzudenken, Chris. Martha hat es überlebt, und bald werdet ihr alle von diesem schrecklichen Fluß wegziehen.«

Chris nickte, starrte aber weiterhin in das Wasser. Es war hier nur wenig tief und so klar, daß sie den Grund gut erkennen konnte. Aber wenn sie stromabwärts blickte, war das Wasser tief, schwarz und bedrohlich – und es wartete . . . und wartete . . .

Chris erschauderte und wandte ihren Blick ab. Sie drehte sich zu ihrer Freundin um. »Wann, glaubst du, werdet ihr von hier wegziehen?«

Twyla zuckte mit den Schultern und zog ihr geflicktes, altes Kleid glatt über ihre Knie. Wie Chris hatte auch Twyla sich bei den Rettungsversuchen mehrere Schrammen geholt. »Ich weiß es nicht genau«, sagte sie. »Paps hat immer noch keine Arbeitsstelle.«

Chris wollte fragen, ob die Eltern nochmals darüber gesprochen hätten, die Kinder wegzugeben, aber dann unterließ sie es lieber. »Glaubst du, daß Spud schon in der Stadt ist?« fragte sie.

»Das glaube ich nicht, es sei denn, es ist ihm gelungen, die Post zu überholen, indem er von Oklahoma nach hier getrampt ist.« Twyla lächelte und legte neckend ihre Hand auf Chris' zerschundenen Arm. »Du magst ihn wohl sehr, nicht wahr?«

Chris überlegte einen Augenblick, bevor sie antwortete. »Er ist nett«, sagte sie dann.

»Wie, glaubst du, werden Don Gridley und er miteinander auskommen?«

»Ich werde Spud nichts von Don erzählen.«

In Twylas Stimme klang aufrichtiges Erstaunen. »Nein?«

»Nein.«

»Nicht einmal von heute? Don saß seelenruhig in unmittelbarer Nähe auf seinem Pferd und schaute zu, wie du und Martha beinahe ertrunken wäret!«

Chris rutschte unbehaglich hin und her. »Bei dem Jungen ist irgend etwas ganz und gar nicht in Ordnung. Hast du je von einem Menschen gehört, der überhaupt nicht half, als Leute vor seinen Augen beinahe ertranken?«

»Ich glaube nicht.«

»Twyla, der Junge macht mir angst!«

Die Freundin wollte antworten, als ein lautes Rufen die Mädchen aufschauen ließ. Chris' Vater kam über den schmalen Sandweg auf dem gegenüberliegenden Ufer näher.

Chris erhob sich mit steifen Gliedern; ihr tat der ganze Körper weh. »Wahrscheinlich ist er früher nach Hause gekommen, um uns das Scheunenhaus zu zeigen. Ich kann es kaum erwarten!«

»Ich wünschte, daß ich mit euch kommen könnte.« Twyla stand ebenfalls auf und schnitt eine Grimasse, weil ihre verletzte Hand ihr wehtat. »Es ist dort bestimmt viel schöner als in diesen furchtbaren Zelten.«

»Ich würde mich auch freuen, wenn du mitkommen könntest«, meinte Chris. »Vielleicht nimmt Vati dich mit, wenn er hört, wie du bei Marthas Rettung geholfen hast. Komm, wir wollen ihn einmal fragen.«

Alle versuchten, Joe Corrigan gleichzeitig über den glimpflich verlaufenen Unfall aufzuklären. Chris zog es vor, nicht über die gefühllose und desinteressierte Art und Weise zu sprechen, in der Don Gridley dem Unfall zugeschaut hatte und dann davongeritten war. Sie war sich nicht sicher, was ihr Vater tun würde, aber sie wollte nicht, daß er sich mit den Gridleys anlegte und sie dann vielleicht auf deren Schwarze Liste kamen, wie das offenbar bei Twylas Vater der Fall war.

Joe Corrigan umarmte und küßte Chris und Martha, bis sie verlegen wurden. Chris befreite sich aus seinen Armen. »Kann Twyla nicht mit uns kommen, wenn wir uns das Scheunenhaus ansehen?« fragte sie.

»Das würde ich wohl meinen, Chris. Ruby ist nicht da, also kann Twyla ihren Platz im Auto haben.«

Als sie später in dem überfüllten Auto die gepflasterte Straße verließen und einen von Pappeln gesäumten Sandweg entlangfuhren, hatte Chris sehr gemischte Gefühle. »Ich hätte mir nie träumen lassen, daß ich mich einmal darauf freuen würde, in einer Scheune zu wohnen«, dachte sie, »aber ich meine, daß alles besser ist, als neben jenem Fluß zu leben.«

Von seinem Vordersitz aus kündigte Joe Corrigan an: »Sobald wir den letzten Baum hinter uns haben, werdet ihr die Scheune rechts liegen sehen.«

Chris drehte sich ebenso um wie all ihre Angehörigen und Twyla, um einen Blick auf das ungewöhnliche Haus zu erhaschen.

Martha streckte ihren Arm aus. »Da!« rief sie. Sie schien wieder ganz wie früher zu sein. »O, ist das aber eine große Scheune.«

»Es ist eine Scheune wie jede andere auch«, antwortete ihr Vater. »Nur der östliche Teil wurde als Wohnhaus hergerichtet. Seht ihr das Glasfenster, das in die Schiebetür eingelassen wurde? Dort links.«

Iola warf einen Blick darauf und stampfte auf. »Ich finde es scheußlich«, sagte sie nachdrücklich. Mit anklagenden Augen blickte sie Chris an. »Du hast uns ein richtiges Zuhause versprochen, in dem wir immer wohnen können!«

Chris gab sich alle Mühe, sich von ihren Worten nicht verletzt zu fühlen. Sie betrachtete die vom Wetter gezeichnete alte Scheune. Sie war seit vielen Jahren nicht gestrichen worden, und auf der Nordseite des Daches wuchs Moos in den Regenrinnen. Das Dach sackte in der Mitte etwas zusammen wie ein widerspenstiger Maulesel.

Während Chris' eigene Enttäuschung wuchs, erreichte der Hauch eines schrecklichen, krankmachenden Geruchs ihre Nase.

»Vati«, schrie sie, »was ist das?«

Die übrigen Kinder wandten sich angeekelt ab. »Bah!« riefen sie. »Was stinkt denn da so?«

Ihr Vater zog eine Grimasse. »Verdorbene Eier!« Er nahm eine Hand vom Lenkrad und deutete auf das Gebäude: »Seht ihr die Laufspuren auf den Wänden? Jemand hat eine ganze Anzahl verdorbener Eier daraufgeworfen. Das muß geschehen sein, nachdem ich heute hier weggefahren bin.«

»O, Joe!« rief Molly aus. »Wer würde so etwas Schreckliches tun?«

Chris und Twyla blickten sich an, und ihre Lippen formten den gleichen Namen: Don Gridley!

Das Scheunenhaus

Gemeinsam mit ihren Angehörigen und Twyla begab sich Chris im Windschatten zu der baufälligen, zusammengesackten alten Scheune. Der Gestank der verdorbenen Eier war nicht so schlimm, wenn sie den Wind im Rücken hatten. In der Scheune wäre er jedoch unerträglich gewesen, und daher mußten sie sich damit begnügen, die Scheune nur von außen und aus einem entsprechenden Abstand zu betrachten.

Chris war enttäuscht, weil sie das Gebäude nicht von innen sehen konnten, aber sie gab sich Mühe, es sich nicht anmerken zu lassen. Wenn sie es auch niemandem eingestehen wollte, beunruhigte sie der Gedanke an Don Gridley tatsächlich weitaus mehr als der an das Scheunenhaus. »Neben der Schiebetür hängt ein Gartenschlauch«, sagte sie in dem Versuch, munter zu erscheinen. »Wir können damit bestimmt einen Großteil der Eier abwaschen, nicht wahr, Vati?«

»Das will ich meinen«, stimmte dieser zu. »Ich werde es gleich einmal versuchen, während ihr euch umschaut.«

Molly erklärte, bei ihrem Mann bleiben und sich in den Schatten eines großen Seifenbaumes stellen zu wollen, damit der kleine Joey vor der Sonne geschützt war. Chris' Schwestern liefen in alle Richtungen davon. Laut wetteten sie, wer auf der anderen Seite des Gebäudes als erste einen Blick in die Scheune und die verschiedenen Anbauten – den Viehhof, die Schuppen, das Plumpsklo und das Pumpenhaus – werfen würde.

Chris und Twyla folgten langsam und schauten sich aufmerksam die Ranch an, während sie gleichzeitig ein wachsames Auge auf die Kleinen hatten.

Chris zeigte etwa neunzig Meter nach links. »Dort stand wohl das Haus, bevor es niederbrannte. Den steinernen

Kamin gibt es immer noch«, sagte sie. »Das dort scheinen wilde Johannisbeeren zu sein. Sie haben offenbar die Grundmauern überwuchert.«

Twyla hielt die Hand vor die Augen als Schutz gegen die Mittagssonne. »Das Pumpenhaus scheint in einem recht guten Zustand zu sein. Bei der Windmühle fehlen zwar einige Flügel, aber das Rad läßt sich immer noch drehen. Die Mühle funktioniert. Ich kann hören, wie das Wasser in den Tank hineinläuft.«

Chris suchte den Schatten des zweistöckigen Pumpenhauses auf, das neben der Windmühle stand. Die Tür im unteren Stockwerk hing schief aus den Angeln. Im Gebäude selbst war es dunkel und finster bis auf einen Sonnenstrahl, der die charakteristischen Netze der Schwarzen Witwen, einer giftigen Spinnenart, aufleuchten ließ. Es roch muffig in dem Raum.

Chris schaute sich um. Das Pumpenhaus war verwittert. Es hätte dringend gestrichen werden müssen, und oben, wo sich der Wassertank befand, fehlten einige Bretter im Fußboden.

Dann nahm Chris die Windmühle in Augenschein und beobachtete, wie der heiße Nachmittagswind deren Aluminiumflügel berührte. Die Flügel waren kreisförmig angeordnet, so daß sie auch auf den leisesten Windhauch reagierten. Jedesmal, wenn sich die Flügel drehten, quietschten die trockenen Lager protestierend.

Mit wenigen Schritten stand Chris vor den Metallträgern der Windmühle. Dort bückte sie sich und legte ihre Hand auf das Rohr, das unterhalb der Träger aus dem Boden kam und zum Pumpenhaus lief. »Es ist kalt«, verkündete sie. »Wir werden für alles genügend Wasser haben, auch für einen Garten, für Hühner und für ein Haustier.«

»Habt ihr euch schon für ein bestimmtes Haustier entschieden?« fragte Twyla, während sie einen Stapel von alten Zeitungen untersuchte, der in einer Ecke lag.

Chris zuckte mit den Schultern. »Nein, noch nicht.« Sie blickte zu der umzäunten, grünen Wiese, die übersät war mit kurzstieligen, weißen Blüten. »Ich frage mich, ob das Gras dort für ein Pferd ausreicht.«

Twyla lachte. »Das ist kein Gras, das ist Ladinoklee. Der Boden hier erhält sein Wasser von dem Schnee auf den Bergen. Im Frühling schmilzt der Schnee, und das Wasser kommt dann durch jene Gräben dort herunter. Verstehst du? Wie auch immer, ein Pferd ist kein Haustier. Du brauchst einen Hund, vor allem, wenn Don Gridley wieder herumspioniert.«

Chris mußte plötzlich an die Ereignisse des Vormittags denken und an Dons Verhalten, als ihre Schwester und sie beinahe ertrunken wären. »Ich frage mich, warum er Menschen wie uns so sehr haßt.«

»Manche Leute scheinen Freude daran zu haben, andere zu hassen«, meinte Twyla nachdenklich. Sie blieb stehen, um unter eine Reihe von Brombeersträuchern zu schauen, die vom Pumpenhaus wegführte. Die Sträucher waren so hoch wie das Pumpenhaus, und sie schlängelten sich wie ein riesiger grüner Wurm etwa neunzig Meter von dem Gebäude weg. »Hier gibt es bestimmt Waldkaninchen«, überlegte Twyla.

Chris kam näher und beugte sich vor, um auch nachzusehen. »Was sind das für Kaninchen?«

»Es ist eine kleine Art, die man gut essen kann. Die langohrigen Eselhasen, die man überall auf dem offenen Feld sieht, sind nicht so gut. Waldkaninchen sitzen gerne unter Büschen und Hecken und an ähnlichen Orten.«

»Ich könnte einem kleinen Kaninchen nicht wehtun«, entgegnete Chris fest.

»Wenn diese Wirtschaftskrise lange genug anhält, bist du vielleicht einmal heilfroh, wenn du ein Kaninchen oder was du sonst erwischst, essen kannst. O, schau! Da steht eine Falle!«

Chris kam noch näher heran und bückte sich, um sehen zu können, worauf Twyla zeigte. Die Falle ähnelte einem einfachen Kasten und war etwa sechzig Zentimeter lang. Sie bestand aus Holz; nur die Rückseite war aus festem

Maschendraht gefertigt. Chris sah, daß sich kein Tier in der Falle befand, obwohl die hölzerne Türe zugeschnappt war. »Wie funktioniert so eine Falle?« fragte sie.

»Du hebst dieses Holz hier hoch und legst es in die Schlitze oder Rillen, so.« Twyla führte vor, was sie meinte. »Dadurch steht die hölzerne Türe der Falle nach oben hin auf. Das Kaninchen geht hinein, um von den Karotten oder von dem, was du sonst als Lockmittel hineingelegt hast, zu fressen. Wenn es das tut, löst sich die Feder, und die Falle schließt sich. So. Siehst du? Das Kaninchen kann nicht hinaus. Es kann sich aber auch nicht verletzen.«

Chris lächelte erstaunt.

Schließlich gingen die Mädchen zurück und trieben die kleinen Schwestern vor sich her. Als sie zur Scheune kamen, war Chris' Vater gerade dabei, den alten, rissigen Gartenschlauch um einen Wasserhahn zu wickeln, der an der Ecke des Gebäudes angebracht worden war.

»Es tut mir leid, Kinder«, sagte Joe Corrigan. »Ich habe die Eierschmiere zum größten Teil abwaschen können, aber es stinkt noch zu sehr, um die Scheune betreten zu können. Wir werden in einigen Tagen zurückkommen und können nur hoffen, daß der Gestank bis dahin verschwunden ist.«

Als das Auto der Corrigans in den seichten Fluß hineinfuhr und auf der anderen Seite hinauskroch, war die Sonne bereits untergegangen. Chris sah, wie Bate Hokkett durch den Fluß watete und Katzenfische von seiner Angelleine nahm. Twylas Mutter und ihre Geschwister kamen aus dem Zelt geeilt, um sich nach dem Scheunenhaus zu erkundigen.

Nachdem die Sache mit den verdorbenen Eiern in aller Länge und Breite erörtert worden war, meinte Twylas Vater: »Joe, du hast mächtig Glück gehabt, daß du eine Stelle gefunden hast und dazu noch die Scheune, in der ihr wohnen könnt. Jetzt habt ihr auch genug Geld für Schulkleidung und so.«

Chris' Vater schüttelte den Kopf. »Ich verdiene mit meiner Arbeit gerade so viel, daß ich meine Familie ernähren und etwas Benzin für das Auto kaufen kann. Für die Schulkleidung der Kinder reicht das nicht aus. Dazu werde ich eine zweite Arbeitsstelle brauchen.«

Zelda Hockett lächelte traurig. »Das scheint mir wohl nicht richtig zu sein, wenn du zwei Stellen hast, während mein Mann nicht einmal eine finden kann. Er versucht es natürlich, aber sein Rücken ist oft ein Hindernis. Niemand will ihn einstellen.«

Chris sah, wie ihr Vater seinen Mund öffnete, als ob er etwas sagen wollte, aber er schloß ihn so abrupt, daß seine Zähne aufeinander schlugen. Chris hatte entschieden den Eindruck, daß ihr Vater beinahe etwas gesagt hätte, über das er schon seit einiger Zeit nachgedacht hatte.

Auch Chris war schon häufig eine Frage durch den Kopf gegangen: Warum zog Bate Hockett niemals los, um nach Arbeit zu suchen? Man sah ihn höchstens fischen oder hörte ihn sich beklagen, weil er keine Arbeit hatte. Aber Chris mochte Twyla zu sehr, als daß sie etwas hätte sagen wollen, das ihre Gefühle verletzt hätte. Außerdem schien Twyla ebenso wie ihr Vater davon überzeugt zu sein, daß er nur deshalb keine Arbeit fand, weil die Gridleys jeden in der Stadt davor gewarnt hatten, ihn einzustellen. Aber daran glaubte Chris nicht so recht. Doch wenn jemand sich etwas in den Kopf gesetzt hatte, hatte alles Reden keinen Sinn, das wußte sie.

Twyla schaute ihren Vater an. »Als wir von dem Scheunenhaus nach Hause fuhren, sah ich ein Schild, auf dem nach Kosen-Pflückern gesucht wurde«, sagte sie.

»Kosen-Pflücker?« fragte Chris.

»Aprikosen-Pflücker«, erwiderte Zelda Hockett. »Es ist harte Arbeit, aber man verdient gut, wenn man eine dreieinhalb Meter lange Leiter durch eine Obstplantage schleppen kann, und wenn man schnell pflückt. Die beste Arbeit ist jedoch die im Schneide-Schuppen.«

Verwirrt schaute Chris Twyla an, und diese erklärte: »O, das sind die Schuppen, in denen die gepflückten Aprikosen zum Trocknen vorbereitet werden. Man schneidet sie auf und entfernt den Kern. Dann werden die beiden Hälften auf ein Tablett gelegt, das anschließend in eine kleine Scheune gebracht wird. Der dort brennende Schwefel soll die Fliegen fernhalten. Schließlich werden die Tabletts mit den Aprikosen zum Trocknen in die Sonne gestellt.«

Chris hatte eine Idee. »Könnte ich eine solche Stelle bekommen?«

Zelda Hockett schüttelte den Kopf. »Dafür muß man mindestens vierzehn Jahre alt sein.«

»O«, antwortete Chris.

Molly blickte auf das Baby hinunter, das auf ihren Armen schlief. »Wenn ich nicht bei Joey bleiben müßte, könnte ich vielleicht Aprikosen schneiden«, meinte sie sehnsüchtig.

Twylas Augen begannen zu strahlen. »Ich habe einmal ein Mädchen gekannt, das Jungenkleidung anzog und eine Stelle als Aprikosenpflücker erhielt«, erzählte sie. »Sie hat den alten Gridley den ganzen Sommer zum Narren gehalten!«

Chris verzog ihr Gesicht. »Besitzen die Gridleys außer ihren Viehbetrieben auch noch Obstplantagen?«

Zelda Hockett schnaubte empört. »Na, und ob. Ich glaube, daß sie hier fast alles besitzen; nur der Betrieb der Wood-Brüder gehört ihnen nicht. Deswegen sind die Gridleys und die Woods wie Feuer und Wasser.«

Chris drehte das Ende eines ihrer langen, braunen Zöpfe um ihren Finger. »Als meine Cousine Ruby und ich auf dem Weg von den Ozarks nach Illinois waren, haben wir Jungen-Overalls getragen; daher hat so schnell keiner gesehen, daß wir Mädchen waren.«

Twyla lachte. »Wie hast du denn deine Haare versteckt?«

»Unter einer Mütze. Das ging ganz prima.«

Twyla blickte sie argwöhnisch an. »Na, ich weiß nicht so recht.«

Chris merkte bald, daß es ihrem Vater ernst damit war, eine zweite Arbeitsstelle zu suchen. Am nächsten Morgen brach er bereits früh auf, um sich zu bewerben, bevor er seine Arbeit bei den Wood-Brüdern antreten mußte. Am

Abend kehrte er erst beim Hereinbrechen der Dunkelheit zurück.

Chris und Twyla saßen auf einem großen Stein und unterhielten sich. Plötzlich sah Chris die Scheinwerfer am Auto ihres Vaters über die untiefe Stelle des Flusses tanzen. Die beiden Mädchen sprangen von dem Stein auf und liefen ihm entgegen. Die übrigen Kinder der Corrigans und Hokketts schlossen sich ihnen an; alle riefen einen Gruß.

Als jeder am Flußufer darauf wartete, daß das Auto wieder aus dem Wasser herausfuhr, ergriff Twyla Chris' Hand. »Schau! Dort beim Zaun. Don beobachtet uns wieder.«

»Ich frage mich, warum«, sagte Chris grübelnd. »Glaubst du, daß er sich schuldig fühlt, weil er nicht versucht hat, Martha und mir zu helfen?«

»Es sieht mehr danach aus, daß er etwas ausbrütet«, meinte Twyla finster. »O, dein Vater hält an. Laß uns hören, ob er diese andere Stelle bekommen hat.«

Er hatte sie nicht bekommen, aber er war dennoch in einer fröhlichen Stimmung. Er trug Iola auf dem einen Arm, während Sarah sich seiner freien Hand bemächtigte. Martha und Elisabeth sprangen neben ihm her, und alle sprachen gleichzeitig.

Chris war froh, daß ihr Vater kein einziges Mal mehr nach Alkohol gerochen hatte, seitdem er eine Arbeitsstelle gefunden hatte.

Nachdem Molly und Chris die Kinder ins Bett gebracht hatten, trug Joe Corrigan die Lampe aus dem blauen Zelt und stellte sie auf einen Baumstumpf. Dann setzte er sich auf einen Holzblock, um sich mit seiner Frau zu unterhalten.

Chris gähnte und entfernte sich einige Schritte, um im Dunkeln zu beten. Sie war gerne alleine, wenn sie mit Gott sprach.

Von Herzen dankte sie Gott. Ihr Vater hatte eine Arbeitsstelle, Martha war vor dem Ertrinken errettet worden, und sie hatten ein Haus, in dem sie wohnen konnten. Zwar sah dieses Haus anders aus, als Chris es sich vorgestellt hatte, aber sie versuchte, dennoch dankbar zu sein für das Scheunenhaus. Sie betete auch für Don Gridley; sein merkwürdiges Verhalten machte ihr angst.

Während Chris betete, spürte sie eine Hoffnung und eine Erregung, wie schon lange nicht mehr. Bald würde der Gestank von verdorbenen Eiern verschwunden sein. Dann konnten sie von dem gefährlichen Fluß wegziehen. Vielleicht ergab sich für die Hocketts ebenfalls eine Gelegenheit, von hier fortzuziehen.

Dann mußte Chris an Spud denken, und sie bat Gott, ihn auf seiner Reise nach Lone River zu bewahren.

Fast wollte Chris schon »Amen« sagen, um ihr Gebet zu beenden, als ihr noch etwas anderes in den Sinn kam: »Herr«, fügte sie hinzu, »wenn ich eine Arbeitsstelle finden könnte, würde Vati nicht in der Nacht arbeiten müssen, um für uns Kinder Schulkleidung kaufen zu können. Morgen werde ich versuchen, Arbeit zu bekommen, aber ich möchte keine Schwierigkeiten bekommen mit Don Gridley oder seinem Vater. Amen.«

Als sie in den hellen Schein der Lampe zurückkehrte, nahm ihre Hoffnung noch zu.

Ihr Vater blickte auf und lächelte ihr zärtlich zu, während er seine goldene Uhr aus der Tasche seines blauen Overalls zog. Er hielt die Uhr in seiner Hand und ließ die Uhrenkette, ein einfaches Lederband mit einem Metallplättchen am Ende, auf dem das Wort »Raupe« stand, über seinen Handrücken hängen. Das Lederband war ein Ersatz für die ursprüngliche, goldene Kette.

»Zeit, um ins Bett zu gehen, Chris«, sagte Joe Corrigan.

Chris wußte, daß die Taschenuhr und die Kette ihrem Urgroßvater gehört hatten. Sie war vom Vater auf den Sohn weitervererbt worden. Schließlich hat ihr Vater sie bekommen, als er etwa dreizehn Jahre alt gewesen war. Vor Joeys Geburt hatte Chris immer gedacht, daß sie eines Tages die Uhr erben würde. Sie hatte sie oft in der Hand gehalten und sich gefreut, dem Ticken zuzuhören. Aber jetzt würde Joey die Uhr wohl bekommen, weil er doch ein Junge war.

Molly hob die Lampe auf und ging vor zum Zelt. Dann stellte sie die Lampe unmittelbar hinter den Eingang auf eine Gemüsekiste, auf der Tomaten abgebildet waren. Molly hatte Chris erzählt, daß die Kiste, die sie in einem kleinen Laden in der Stadt bekommen hatte, ursprünglich gebraucht worden war, um Tomaten in die etwa zwanzig Meilen entfernte Dosenfabrik zu befördern. Jetzt diente sie als Nachtschränkchen.

Chris schaute zu, wie ihr Vater seine Uhr vorsichtig neben die Lampe legte. Sie war der einzige Wertgegenstand, den Joe Corrigan besaß. Chris wußte, daß ihr Vater die Uhr schon längst gegen Lebensmittel getauscht hätte, wenn er nicht so an ihr gehangen hätte.

Nachdem sie ihren Eltern einen Gute-Nacht-Kuß gegeben hatte, schlich Chris vorsichtig an dem schlafenden Baby und ihren ebenfalls schlafenden Schwestern vorbei zu ihrem Bett im hinteren Teil des Zeltes. Joe Corrigan blies die Lampe aus, und eine milde Finsternis breitete sich in dem überfüllten Zelt aus. Draußen zirpten die Grillen im Gras, und bald waren alle eingeschlafen.

Am nächsten Morgen wachte Chris auf von dem aufgeregten Flüstern ihres Vaters. »Ich sage dir, meine Uhr ist verschwunden! Sie ist gestohlen worden!«

Ein schreckliches Geheimnis

Jäh setzte Chris sich auf. »Wie konnte deine Uhr gestohlen werden?« fragte sie.

Ihr Vater drehte sich zu ihr um. Er war bereits angezogen und trug sein blaues Arbeitshemd, zerschlissene Jeans, den breitgerandeten Cowboyhut und die abgenutzten Cowboystiefel. »Das weiß ich nicht, aber sie ist weg«, antwortete er aufgebracht. »Sie ist bestimmt nicht von alleine aufgestanden und davongelaufen.«

In ihrem langen Nachtkleid und mit ungekämmten Haaren stand Molly neben ihrem Mann. »O Joe, wer würde denn deine Uhr stehlen?«

Er zuckte mit den Schultern. »Es ist ein schlimmer Gedanke, aber es gibt weit und breit niemanden in unserer Nähe, nur unsere Nachbarn einige Meter weiter.« Er zeigte auf das andere Zelt.

»Die Hocketts?« protestierte Molly. »Nein, Joe. Sie haben keinen Pfennig, aber es sind ehrliche Leute. Sie würden deine Uhr nicht stehlen.«

»Wer sonst könnte es dann getan haben?« fragte er.

Molly schüttelte den Kopf. »Ich habe keine Ahnung.«

Schon wollte Chris ihnen erzählen, daß es Don Gridley gewesen sein könnte, aber dann hielt sie inne. Sie hatte Angst vor dem, was ihr Vater tun könnte, vor allem, weil Don nicht einen Finger gerührt hatte, um die Mädchen vor dem Ertrinken zu retten. »Vati, ich werde dir helfen, nach deiner Uhr zu suchen«, bot sie an. »Vielleicht taucht sie doch noch auf.« Sie suchte, bis ihre Schwestern aufwachten. Dann suchten sie alle gemeinsam. Aber von der goldenen Uhr war keine Spur zu entdecken. Als Twyla herüberkam, suchte auch sie mit, und später schlossen sich noch ihre Geschwister den Suchenden an. Aufgrund des Verhaltens und der Worte der Hocketts war Chris sicher, daß diese ebenso überrascht waren von dem Verschwinden der Uhr wie die Corrigans.

Nachdem sie die Suche schließlich ergebnislos abgebrochen hatten, ging Chris mit Twyla zum Zelt der Hocketts. Mit gebeugtem Kopf schlürfte Twylas Vater zu seinem alten Wagen. Zelda Hockett suchte ihr Gesicht hinter der breiten Krempe ihres Sonnenhutes zu verstecken. Aber Chris konnte ihre vom Weinen geröteten Augen dennoch sehen. »Ist bei euch etwas nicht in Ordnung?« fragte sie ihre Freundin.

»Ich weiß es nicht genau. Die Eltern haben nicht viel geschlafen. Das habe ich mitbekommen. Ich wachte in der Nacht auf und hörte sie flüstern. Mams weinte leise, aber als ich mich aufsetzte und fragte, ob ihr nicht gut sei, sagten beide, daß ich wieder schlafengehen solle.«

Chris war beunruhigt, denn sie erinnerte sich daran, daß Twyla ihr erst vor kurzem erzählt hatte, daß sie und ihre Geschwister möglicherweise von ihren Eltern weggegeben werden sollten. Chris fragte sich, ob Twyla das vergessen hatte oder ob sie einfach nicht darüber nachdenken wollte.

Später hingen Molly und Zelda Hockett frischgewaschene Windeln zum Trocknen auf die Weiden. Als sie zurückkamen, sagte Zelda Hockett: »Mädchen, ich habe gestern gehört, daß bei der Laubkirche den ganzen Tag über irgendetwas veranstaltet wird. Molly und ich wollen hingehen, und wir nehmen die Kleinen mit. Wollt ihr nicht auch mitkommen?«

Chris und Twyla besprachen sich kurz.

Dann schüttelte Chris den Kopf. »Da wir nicht auf die Kleinen aufpassen müssen, möchten Twyla und ich in die Stadt gehen, um zu sehen, ob Spud schon gekommen ist. Dürfen wir?«

Beide Mütter gaben ihre Erlaubnis, und so zogen Chris und Twyla ihre Schuhe an, damit ihre Füße auf der heißen, gepflasterten Straße geschützt waren. Dann kletterten die beiden Mädchen den steilen Sandweg am Rande der Brücke hoch und überquerten anschließend die Brücke.

Erst da wagte Chris es, Twyla zu erzählen, daß sie Don Gridley verdächtigte, die Uhr gestohlen zu haben.

»O, das kann ich nicht glauben«, meinte Twyla. »Dafür hat Don nicht den Grips, das steht fest. Und warum sollte er arme Leute wie uns bestehlen?«

»Vielleicht um es uns heimzuzahlen«, vermutete Chris.

Twyla schüttelte den Kopf. »Nein, das glaube ich nicht. Bei ihm ist es wahrscheinlicher, daß er versucht, jemandem einen Strick zu drehen. Er wird nicht einfach nur so ein altes Ding wie eine Uhr stehlen, auch wenn diese aus Gold ist.«

Bald kamen die beiden Mädchen auf Spud zu sprechen, und Chris' Herzschlag beschleunigte sich. »Ich hoffe sehr, daß er in der Stadt auf uns wartet«, sagte sie. Dabei bemühte sie sich, ihre Stimme gleichgültig klingen zu lassen.

Auf dem Weg zur Stadt schaute Chris immer wieder zu den großen Häusern auf den Hügeln mit Blick auf den Fluß. Sie zeigte auf ein zweistöckiges weißes Haus mit phantasievoll gestaltetem Holzwerk. »Ich hätte nichts dagegen, in einem solchen Haus zu wohnen«, meinte sie. »Vati sagt, daß es in viktorianischem Stil erbaut wurde. Vielleicht wird das einmal unser bleibendes Zuhause.«

»Ich wäre außer mir vor Freude, wenn wir überhaupt ein Haus hätten«, erwiderte Twyla sehnsüchtig.

Chris streichelte den Arm ihrer Freundin. »Eines Tages werdet ihr ein Haus bekommen, genau wie wir.«

Twyla wechselte das Thema. »Sag mal, wenn wir doch an den Schuppen vorbeikommen, in denen die Aprikosen geschnitten werden – warum versuchen wir dann nicht, uns dort eine Stelle zu besorgen?«

»Du weißt doch, daß wir zu jung sind«, wandte Chris ein.

»Es schadet doch nicht, es zu versuchen, oder?«

»Nein, das wohl nicht.«

Sie verließen die Landstraße und betraten ein großes, flaches Grundstück. Ihre Augen begannen zu tränen bei dem Geruch von brennendem Schwefel, der aus dem Schuppen aufstieg, in denen die Aprikosen haltbar gemacht wurden. Sie kamen zur einer Art Scheune ohne Seitenwände, in der Frauen und einige Mädchen und Jungen Aprikosen schnitten.

Als Chris und Twyla das kleine Büro in der einen Ecke der Scheune betraten, blickte eine kleine, dunkelhaarige Frau mit schnellen, nahezu völlig schwarzen Augen auf. »Wie alt?« fragte sie, ohne zu grüßen. An ihrem Akzent konnte man hören, daß sie nicht aus Kalifornien stammte.

Einen Augenblick lang zögerten die Mädchen. Chris war versucht, »vierzehn« zu sagen, aber sie tat es nicht. »Zwölf«, antwortete sie.

»Dreizehn.« Twyla sagte ebenfalls die Wahrheit.

Die Frau schüttelte verärgert den Kopf. »Kommt zurück, wenn ihr vierzehn seid.« Sie wandte sich wieder der Schreibarbeit zu, die sie vor sich auf dem Tisch liegen hatte.

Die beiden Freundinnen entfernten sich langsam. Nur ungerne verließen sie den kühlen Schatten der Scheune. Die Luft war schwer von dem Geruch von reifem und überreifem Obst. Die aufgeschnittenen Früchte zogen ganze Mückenschwärme an, so daß beide Mädchen die kleinen Quälgeister immer wieder von ihrem Gesicht verjagen mußten.

»Schau, wie diese Leute arbeiten«, sagte Twyla und zeigte auf die Arbeitenden. Es waren fast nur Frauen oder Mädchen zwischen vierzehn und zwanzig Jahren. Es gab auch einige junge Burschen. »Sie bewegen sich fast im Takt, siehst du? Sie greifen in einen Kasten, nehmen eine Aprikose heraus, stechen das kurze Messer hinein, drehen die Aprikose um und nehmen den Kern heraus. Sie lassen ihn in eine andere Kiste fallen, und die beiden Aprikosenhälften landen auf einem Tablett.« Sie lachte, denn sie war stolz auf ihre Beobachtungen.

Beide Mädchen schauten eine Weile zu. Wenn ein Kasten leer war, riefen die Arbeiterinnen: »Obst!« Handelte es sich jedoch bei der Arbeiterin um eine Mexikanerin, so rief diese: »Fruta!«, wobei sie das »R« mächtig rollen ließ. In beiden Fällen brachten Männer volle Kästen mit Aprikosen und stellten diese vor diejenige, die gerufen hatte. Da die

Arbeiterinnen pro Kasten bezahlt wurden, arbeiteten sie schnell.

Chris und Twyla verließen den Schatten, als die Männer die vollen Tabletts auf kleine Wagen luden und diese zu den kleinen Schuppen zogen, von denen der Schwefel in dicken Schwaden in die Luft emporstieg.

Schließlich setzten die Mädchen ihren Weg in die Stadt fort. Nach einer Weile meinte Twyla: »Da hinten habe ich das Schild gesehen, auf dem nach Pflückern gesucht wird. Wenn wir Jungenkleidung hätten, würden wir wohl eingestellt werden.«

Chris beobachtete die Gruppen von Arbeitern, die mit ihren Eimern und Leitern in die Obstplantage gingen. Plötzlich stieß Chris Twyla an. »Schau! Ist das nicht Don Gridley, der mit den Pflückern in der ersten Reihe spricht?«

»Ja, das ist er und kein anderer. Laß uns schnell weitergehen. Vielleicht sieht er uns nicht und macht uns auch keine Schwierigkeiten.«

Chris schüttelte den Kopf. »Nein, geh du nur weiter. Ich muß mit ihm reden.«

»Sag mal, Chris, bist du eigentlich noch ganz in Ordnung?«

»Ich muß ihn nach der Uhr meines Vaters fragen.«

Twyla machte große Augen. »Willst du ihn beschuldigen, die Uhr gestohlen zu haben?«

»Nein, ich werde ihm die Gelegenheit geben, sein Gesicht zu wahren, indem ich ihm klarmache, daß ich ihm auf die Schliche gekommen bin.«

»Vielleicht hat er es überhaupt nicht getan.«

»Er muß es aber gewesen sein. Warte unten auf der Straße auf mich.«

Twyla stöhnte. »Nein, wenn du unbedingt mit ihm sprechen willst, dann komme ich mit.«

Chris wartete, bis die Pflücker ihre Leitern in die Plantage getragen hatten und weit genug entfernt waren, um von dem Gespräch nichts mithören zu können.

Don Gridley drehte sich um, als die Mädchen näherkamen. »Was wollt ihr zwei denn?« fragte er, während er seinen Cowboyhut auf seinem Kopf nach hinten schob.

Chris schluckte. »Wenn du die Uhr meines Vaters hast, wäre es schön, wenn du sie zurückgibst.«

Der Junge runzelte böse die Stirn. »Ich weiß nicht, wovon du sprichst«, schnauzte er. »Aber wenn du damit sagen willst, daß ich deinen Alten bestohlen habe, bist du noch verrückter, als ich dachte.«

Chris hatte plötzlich das schreckliche Gefühl, daß sie besser gar nichts hätte sagen sollen. Aber sie hatte »a« gesagt, also mußte sie nun auch »b« sagen. »Sie gehörte meinem Urgroßvater, und sie bedeutet meinem Vati sehr viel«, meinte sie leise.

Einen Augenblick lang starrte Don sie an; er bewegte seinen Mund, aber kein Laut kam über seine Lippen. Plötzlich hob er seine rechte Hand und zeigte auf die Straße. »Verlaßt mein Grundstück!« schrie er. »Und bleibt mir aus den Augen, oder ihr werdet es bereuen!«

Als die Mädchen zur Straße eilten, murmelte Twyla: »Ich habe dir gesagt, daß du das nicht tun solltest!«

»Ich weiß! Ich weiß!«

»Na ja, es ist nun mal passiert, Chris. Du hast es getan, und daran läßt sich nun auch nichts mehr ändern. Aber ich sage dir eins: Die Sache wird noch Folgen haben.«

Beim Postamt fragten die Mädchen, ob sich jemand nach ihnen erkundigt hätte. Der Postbeamte schüttelte den Kopf. »Nein, noch nicht. Aber früher oder später kommt jeder hierher, der bestimmte Auskünfte braucht. Möchtet ihr eine Nachricht hinterlassen, Mädchen?«

Chris zögerte einen Augenblick. »Wir erwarten einen Jungen mit Namen Spud. Wenn er also kommt . . .«

»Spud?« sagte der Beamte mit einem wissenden Lächeln. »O, jetzt erinnere ich mich an seinen Brief. Ist er dein Freund?«

Plötzlich war Chris verlegen. »Nein! O nein! Er ist nur ein Junge, der mir sein Wörterbuch geliehen hat, und er kommt, um es abzuholen.«

Der Mann am Schalter lachte leise. »So, so. Also, wenn du mir diesen Spud beschreibst und mir deine Nachricht gibst, werde ich zusehen, daß er sie bekommt«, sagte er augenzwinkernd.

Immer noch etwas verlegen, brachte Chris es fertig, dem Beamten von den Zelten bei der Brücke zu erzählen. »Wenn das blaue nicht mehr da ist«, fügte sie hinzu, »sagen Sie ihm dann bitte, daß wir in dem alten Scheunenhaus der Wood-Brüder wohnen.«

Auf dem Heimweg unterhielten sich die Mädchen ununterbrochen. Als sie die Brücke überqueren wollten, hörten sie ein lautes Geräusch hinter sich, und sie drehten sich um. Ein alter Ford, der aus der Stadt kam, hatte sie eingeholt. Aus dem Kühler stieg Dampf auf.

»He, ihr Mädchen!« rief der Fahrer.

Die Mädchen starrten ihn an. Der Mann trug einen schmutzigen Overall, einen Schlapphut und ein blaues Hemd mit Knöpfen am Hals und an den Ärmeln. Er hatte sich schon lange nicht mehr rasiert.

Er hielt neben den Mädchen an und steckte seinen Kopf aus dem Fenster. »Sind hier irgendwo die Leute zu finden, die einige Kinder weggeben wollen?«

Twyla verschluckte sich beinahe. Offenbar fiel ihr das Gespräch ein, das ihre Eltern am Anfang der Woche miteinander geführt hatten. Sie umklammerte Chris' Handgelenk so fest, daß es wehtat.

Chris blieb wie angewurzelt stehen. »Wie bitte?«

Der Mann machte eine ungeduldige Bewegung. »Ich glaube, du weißt nichts darüber. Ich brauche einige helfende Hände für meine Hühnerfarm, und ich dachte . . . Ach, es ist schon gut. Vielleicht ist es die nächste Brücke.« Er fuhr davon und ließ die vor Staunen sprachlosen Mädchen zurück.

Chris beobachtete, wie das Auto um die Kurve verschwand, bevor sie ihre Freundin anblickte.

Twylas Gesicht war weiß, und ihre Augen standen voller Tränen. »Also zu ihm ist Paps heute morgen gefahren.«

»Aber Twyla, das kannst du doch nicht einfach so behaupten. Reg dich also noch nicht auf.«

»Nun ist es aber soweit!« weinte diese auf und schlug beide Hände fassungslos vor ihr Gesicht. »Er hat es getan, Chris!«

»Es wird alles gut werden, Twyla.« Chris nahm ihre zitternde Freundin in den Arm und zog sie an sich. »Es wird alles gut.«

»Nein, das wird es nicht. Deswegen haben meine Eltern die ganze Nacht miteinander geflüstert. Und deswegen hat meine Mutter geweint, als Paps heute morgen abfuhr. O, Chris, was soll ich nur machen?«

»Wir werden uns etwas ausdenken. Jetzt beruhige dich erst einmal und laß uns zum Zelt gehen. Dort werden wir dann darüber nachdenken.«

Es dauerte einige Minuten, bis Twyla sich wieder gefangen hatte. Dann rutschten die Mädchen auf ihrem Hinterteil den steilen, schmalen Weg hinunter, der zu den Zelten führte. Als sie dort ankamen, sahen sie niemanden. Das bedeutete, daß alle noch bei der Laubkirche waren.

Plötzlich hörte Chris, wie jemand mit einer Feile über Metall fuhr. Sie blieb stehen und schaute ihre Freundin an. Twylas Gesicht verdüsterte sich. »Paps ist zurück«, flüsterte sie. »O, Chris, ich kann ihn nicht sehen. Ich würde anfangen zu heulen.«

»Was willst du tun?«

»Ich weiß es nicht, vielleicht gehe ich für ein Weilchen an den Fluß. Geh du weiter zu den Zelten, wenn du willst. Ich werde kommen, wenn ich mich besser fühle.«

»Ich möchte dich nicht alleine lassen.«

»Geh nur. Bitte. Ich muß alleine sein und nachdenken.«

Zögernd ging Chris weiter. Ihr wurde plötzlich klar, daß eine Wirtschaftskrise weit schlimmere Seiten haben konnte als nur die Tatsache, daß Menschen schwierige Zeiten durchmachten, weil sie weder Geld noch Arbeit hatten.

Plötzlich kam Twyla angelaufen und ergriff Chris am Arm. »Warte! Ich weiß, was wir tun können!«

»Was?«

»Wir ziehen Kleidung von meinen Brüdern an, gehen zurück und versuchen, ob wir nicht eine Stelle als Obstpflücker bekommen können.«

Chris wollte protestieren, aber dann sah sie die fürchterliche Angst und den Schmerz in Twylas Augen. »Also gut«, sagte sie unsicher.

»Chris, ich weiß einfach nicht mehr weiter! Möchtest du, daß alle meine Brüder und Schwestern an fremde Menschen weggegeben werden wie an den Mann da auf der Brücke?«

»Natürlich nicht.«

»Dann laß es uns tun.«

Chris nickte. »Ich hoffe nur, daß Don Gridley nicht dahinterkommt.«

»Das ist nicht so schlimm, als wenn wir weggegeben werden wie ein Wurf junger Hunde.«

Chris' Augen füllten sich mit Tränen. »Also los«, sagte sie.

Baumwipfel-Gedanken

Als Chris und Twyla die Obstplantage erneut betraten, war Don Gridley nirgendwo zu sehen. Die Mädchen trugen Jungen-Overalls und blaue Arbeitshemden; sie hatten ihre Haare hochgesteckt und mit einer Männermütze bedeckt. Als sie den Vorarbeiter, einen schwarzhaarigen, dunkelhäutigen Mann, der sich ein rotes Taschentuch um den Hals gebunden hatte, gefunden hatten, erklärten ihm die vermummten Mädchen, daß sie als Pflücker arbeiten wollten.

Prüfend betrachtete sie der Mann mit seinen dunklen, harten Augen. »Ihr schcint mir zu schwächlich zu sein, um mit so großen Leitern arbeiten zu können«, meinte er endlich. »Aber ich habe zu wenig Leute, und das Obst verrottet, wenn ich es nicht schnell von den Bäumen herunterbekomme. In Ordnung, nehmt euch also einen Eimer und macht euch an die Arbeit!«

Chris war überrascht, wie schwer es war, eine dreieinhalb Meter lange Leiter durch eine Obstplantage zu tragen. Nur mit Mühe gelang es ihr, sie von Baum zu Baum zu ziehen, mit dem Eimer hochzusteigen und die kleinen, gelben Früchte mit einem Hauch von Rosa auf ihrer samtigen Haut zu pflücken. Die Äste der Bäume schlugen immer wieder gegen ihre Mütze und drohten, ihre langen, braunen Zöpfe, die sie sorgfältig oben auf ihrem Kopf befestigt hatte, zum Vorschein zu bringen.

Nach einer Weile rief Chris leise: »Wie geht es dir, Twyla?«

Ihre Freundin antwortete nicht.

Erschrocken lehnte Chris sich gegen die Leiter und schob die dunkelgrünen Blätter beiseite, um in die nächste Baumreihe sehen zu können. Twylas Arme bewegten sich flink, ihre Finger eilten in wilder Hast von der einen Aprikose zur nächsten. Oft pflückte sie drei oder vier Früchte gleichzeitig.

»Wie wäre es, wenn meine Geschwister an fremde Leute weggegeben werden sollten?« fragte Chris sich. Sie erschauderte, obwohl die Sonne glühendheiß auf sie herunterbrannte.

Während sie mit dem Pflücken fortfuhr, hörte sie in der Ferne den Ruf einer Holztaube. Nicht so weit von ihr entfernt summten Honigbienen und Wespen. Sie alle wollten ihren Teil von der Ernte abhaben und schienen sich bei der Jagd nach den leckersten Happen zu vergnügen. Das Obstpflücken jedoch war harte Arbeit. Chris wünschte, daß es Twyla nicht so wichtig gewesen wäre.

Nach einigen Stunden begann sie, sich unwohl zu fühlen: Der Staub war durch die Hosenbeine ihres geliehenen Overalls hochgekrochen und hatte auf ihrer Haut eine dicke Schicht gebildet. Auch ihre Nase und ihr Hals waren voller Staub. Sie blickte um sich in der Hoffnung, Abhilfe schaffen zu können. Als sie einen braunen Krug mit Wasser entdeckte, der in einem nassen Jutesack gegen einen Baumstamm gelehnt stand, beschloß Chris, die Leiter hinunterzusteigen, um etwas zu trinken. Sie griff nach einer letzten Aprikose, damit ihr Eimer auch wirklich voll war. Da umschloß ihre Hand etwas Merkwürdiges. Bevor sie sie wieder öffnen konnte, durchzuckte ein stechender Schmerz ihren rechten Zeigefinger. »Aua!« rief sie, und sie steckte den gestochenen Finger in den Mund. »Das tat aber weh!« Eine Honigbiene flog schnell davon, und Chris schüttelte instinktiv ihren verletzten Finger. Die Leiter schwankte, und Chris drohte hinunterzufallen. Aber schließlich erlangte sie ihr Gleichgewicht zurück und untersuchte den Finger, der schon rot war und anzuschwellen begann.

»Jetzt reicht es mir!« rief sie und weinte fast vor Schmerz. »Obst pflücken ist nichts für mich!« Schnell kletterte sie die Leiter hinunter, ihren pochenden Finger dabei vorsichtig vor jeder Berührung bewahrend. Nachdem sie ihren Eimer in einen großen Kasten zwischen den Baumreihen geleert hatte, rannte sie zu Twylas Leiter.

»Ich höre auf!« rief Chris und wandte ihr Gesicht nach oben, wo ihre Freundin immer noch fleißig weiterarbeitete. »Ich werde zusehen, daß ich eine Schulausbildung bekomme und niemals wieder Baumwolle oder Aprikosen oder was auch immer pflücken muß!«

Die Augen, mit denen Twyla Chris anschaute, waren die traurigsten, die Chris jemals gesehen hatte, aber die flinken Hände ließen die Arbeit nicht ruhen. »Es tut mir leid, daß du dich verletzt hast, Chris. Ich habe mir vor wenigen Minuten einige Wespenstiche geholt, und das tat scheußlich weh.«

Erst jetzt bemerkte Chris die roten Schwellungen auf Twylas Gesicht und Stirn. »O.« Chris runzelte mitleidig die Stirn. »Das tut mir aber leid.«

»Es geht schon«, antwortete die Freundin. »Es ist für meine Brüder und Schwestern, da tut es nicht so weh.«

Beschämt über ihren Egoismus ging Chris zu ihrer Baumreihe zurück. Mit einer neuen Entschiedenheit ergriff sie ihren Eimer und bestieg erneut die Leiter.

Zuvor hatte sie sich nicht besonders um die Geschwister ihrer Freundin gekümmert. Jetzt versuchte sie, sich deren Schicksal ebenso vor Augen zu halten, wie Twyla das tat. Eines nach dem anderen tauchten ihre Namen und Gesichter in ihrem Gedächtnis auf.

»Fünf Mädchen und vier Jungen!« dachte sie erstaunt. »Und alle sollen sie weggegeben werden, wenn nicht . . .« Chris schüttelte den Kopf. Sie weigerte sich, jenem furchtbaren Gedanken Raum zu geben.

Als die Sonne unterging, kam der Vorarbeiter und rief die Pflücker von ihren Leitern. Er zahlte jedem das Geld bar auf die Hand für die Zahl der Kästen, die er gefüllt hatte.

Chris hatte ihr erstes Geld mit dem Pflücken von Baumwolle verdient. Damals war sie sieben Jahre alt gewesen. Jetzt war sie zwölf und pflückte Aprikosen. Obwohl sie sich sehr angestrengt hatte, betrug ihr Verdienst nur sechzig Cent. Das war nicht besonders ermutigend, aber auch eine kleine Summe konnte helfen.

Twyla hatte einen Silberdollar verdient; sie hielt ihn fest in ihrer geschwollenen, blutenden Hand. Durch die Wespenstiche hatten sich große, häßliche Schwellungen auf ihrem Gesicht gebildet, aber sie beachtete den Schmerz nicht.

Die unglücklichen Mädchen waren völlig erschöpft, als sie zu der Brücke nahe dem Zeltlager kamen. Nachdem sie diese überquert hatten, rutschten sie den steilen Pfad zum Ufer hinunter.

Beim Fluß angekommen, meinte Twyla: »Vielleicht sollten wir unsere schmutzigen Kleider ausziehen und uns im Fluß waschen, bevor wir zu den Zelten gehen.«

Chris blickte um sich und meinte, daß niemand sie beim Zunehmen der Dunkelheit sehen würde. Als sie die Overalls ausgezogen hatten, betrachtete sie ungläubig ihre Beine. Sie waren über und über mit Staub bedeckt und schmerzten.

Hinter einigen dicken Weiden ließen sich die Mädchen in das flache Wasser sinken. »Wenn dies vorbei ist«, sagte Chris, »werde ich niemals wieder Obst pflücken. Wirtschaftskrise oder nicht, ich werde auf andere Weise Geld verdienen, damit wir Schulkleidung kaufen können.«

Twyla wusch sich ausgiebig in dem kalten Wasser. »Ich habe keine andere Wahl. Ich werde Paps helfen, so gut ich kann, damit er uns nicht wegzugeben braucht.«

Chris war so müde, daß sie zu weinen begann. Aber ihre Tränen galten mehr ihrer Freundin als ihrer eigenen Erschöpfung. »Ich hasse diese Wirtschaftskrise«, flüsterte sie dem fast dunklen Himmel zu. »Ich hasse sie. Ich hasse sie!«

Als die Mädchen sich bei den Zelten voneinander trennten, fragte Chris sich, was in der kommenden Nacht im Zelt der Hocketts geschehen würde. Würden Twylas Eltern ihren Kindern sagen, daß sie weggegeben werden sollten?

Chris beschloß, ihre Eltern zunächst nicht auf die Situation Twylas und ihrer Geschwister anzusprechen, es sei denn, sie erwähnten sie selbst. Wenn nicht, bedeutete das, daß Zelda Hockett Molly nichts davon erzählt hatte. Es bedeutete aber auch, daß niemand dagewesen war, der Essen gegen Kinder eintauschen wollte.

Vor dem Zelt wurde Chris besorgt von ihren Eltern begrüßt. »Chris«, sagte ihr Vater streng, »du weißt, daß du vor dem Hereinbrechen der Dunkelheit zu Hause sein sollst. Wo warst du so lange? Und warum trägst du diesen alten Overall?«

Chris griff tief in ihre Tasche und holte die Münzen zum Vorschein. »Ich habe Aprikosen gepflückt«, sagte sie, und sie erklärte kurz, was Twyla und sie unternommen hatten. Sie hielt ihrem Vater die Münzen hin. »Bitte. Sie sollen ein Beitrag sein, Schulkleidung für die Kleinen zu kaufen.«

Ihr Vater schüttelte den Kopf und schob die ausgestreckte Hand zurück. »Es ist nicht deine Aufgabe, die Familie zu versorgen, Chris! Ich werde für uns sorgen. Für uns alle.«

»Ich habe nur zu helfen versucht, Vati.«

Molly schüttelte langsam ihren Kopf. »Mir scheint, daß das Tragen dieser Jungenkleidung so etwas wie eine Lüge ist. Meinst du nicht auch, Chris?«

»Wir haben nicht gesagt, daß wir Jungen seien.«

»Hätten sie euch eingestellt, wenn sie gewußt hätten, daß ihr Mädchen seid?« fragte Molly.

Chris wußte nicht, was sie sagen sollte. Sie hatte erwartet, gelobt zu werden, weil sie Geld mit nach Hause gebracht hatte. Die Reaktion ihrer Eltern traf sie völlig unvorbereitet. Ohne ein weiteres Wort drehte sie sich um und ging müde und traurig davon.

Einige Zeit später half Chris ihren Schwestern beim Baden und Zubettgehen. Aber sie war so müde, daß sie recht schweigsam war. Und lange bevor auch sie hätte zu Bett gehen müssen, sank sie erschöpft in ihre Kissen. Als sie am nächsten Morgen aufwachte, war sie steif, und jedes einzelne Glied tat ihr weh. Wie am Vortag hörte sie, wie ihr Vater zornig mit ihrer Stiefmutter redete. »Und ich sage dir, Molly, es ist weg! Genauso wie meine Uhr.«

Mit Mühe richtete Chris sich auf. »Was ist weg?«

»Mein Rasiermesser. Es lag auf dem Baumstumpf vor dem Zelt, wo ich es immer liegenlasse.«

Chris dachte an Don Gridleys wütende Reaktion, als sie die Vermutung geäußert hatte, daß er die goldene Uhr ihres Vaters gestohlen haben könnte. Die Uhr stellte einen Wert dar, aber ein Rasiermesser kostete nur wenige Cent.

Plötzlich fiel Chris etwas ein. »Vati, könnte es eine Ratte gewesen sein?«

»Eine was?«

»Eine Ratte – es gibt doch Ratten, die Sachen aus ihrem Nest tauschen gegen Gegenstände, die sie woanders finden und in ihr Nest schleppen wollen.« Ihr Stimme versagte. Am Vortag hatte dort, wo die Uhr gelegen hatte, nichts anderes gelegen, und nach dem Blick ihres Vaters zu urteilen, gab es an diesem Morgen auch keinen Ersatz für das Rasiermesser.

Joe Corrigan schüttelte böse den Kopf. »Es war keine Ratte, die mein Rasiermesser oder meine Uhr genommen hat.« Er runzelte nachdenklich die Stirn und fuhr fort: »Aber es ist nicht auszuschließen, daß es doch irgendein Tier war.«

Vater und Tochter verließen das Zelt, um nach Tierspuren zu suchen. Sie fanden jedoch keine. Chris wagte ein schwaches Lächeln. »Wenn wir einen Hund hätten, würde er es nicht zulassen, daß jemand uns bestiehlt«, meinte sie sehnsüchtig.

»Also Chris«, erwiderte ihr Vater brummig, »du weißt, daß wir nicht auch noch einen Hund durchfüttern können.«

»Aber ich hätte halt gerne ein Haustier.« Gerade in diesem Augenblick hörte Chris draußen Fußschritte, und als sie aus ihrem Zelt schaute, sah sie, wie Twyla das andere Zelt verließ. Das Aussehen ihrer Freundin entsetzte sie: Twyla trug einen Overall und ein blaues Hemd, das am Hals und an den Ärmeln zugeknöpft war. An ihren Füßen hatten sie Schuhe, aber sie ging mit steifen Beinen und starrte vor sich hin, als sähe sie Chris gar nicht.

Chris schlüpfte in ihr Kleid und lief ihr entgegen. »Ist alles in Ordnung mit dir?« fragte sie.

»O, Chris!« In Twylas Stimme lag so viel Traurigkeit und Schmerz, daß Chris wie angewurzelt stehenblieb. »O, Chris!« Wie ein schmerzhafter Schrei kamen die Worte über Twylas Lippen. Dann brach sie schluchzend zusammen.

Mit dem Baby auf dem Arm eilte Molly aus dem Zelt herbei. Sie winkte Chris, Twyla ins Zelt zu führen, und wenige Augenblicke später ließ diese sich auf eine umgekehrte Obstkiste fallen und weinte herzzerreißend. Chris berichtete Molly kurz von dem Mann auf der Brükke. »Ich denke, daß ihre Eltern es ihr heute morgen gesagt haben.«

Langsam hob Twyla den Kopf. Ihr Gesicht war immer noch geschwollen von den Wespenstichen vom Vortag, und ihre Augen waren naß vor Tränen. »O, ich kann es nicht glauben«, jammerte sie. »Paps sagt, daß er gestern bei allen Agenturen war, die Arbeitsstellen vermitteln, aber niemand hätte etwas für ihn tun wollen.«

Sie schniefte und fuhr fort: »Heute morgen haben die Eltern uns Kindern erzählt, daß sie keine Wahl hätten. Damit wir überleben, müssen sie . . . müssen sie . . . uns weggeben!« Twyla weinte hemmungslos.

Chris kniete neben ihre Freundin und nahm sie fest in den Arm, wiegte sie hin und her und wußte nicht, was sie sagen sollte. Dabei hörte sie, wie ihre Eltern leise miteinander redeten, aber sie konnte nichts verstehen. Die übrigen Corrigan-Kinder waren inzwischen auch aufgewacht, aber sie saßen alle schweigend auf ihren Betten. Sie wußten, daß etwas Furchtbares im Gange war.

Als die Weinkrämpfe nachließen, hob Twyla ihren Kopf und ließ ihre Augen vom einen zum nächsten Mitglied der Familie Corrigan gleiten. »O, was soll ich denn bloß tun?

Ich werde sterben, wenn meine Familie auseinandergerissen wird!«

Noch nie hatte sich Chris so hilflos gefühlt. Sie griff unter ihr Kopfkissen und zog die Münzen hervor, die sie mit dem Pflücken der Aprikosen verdient hatte. »Da«, sagte sie, während sie sie ihrer Freundin in die Hand drückte. »Es ist nicht viel, aber . . .« Ihre Stimme versagte, und bittend schaute sie ihren Vater und ihre Stiefmutter an.

Joe Corrigan seufzte tief. »Wir werden versuchen, einen Ausweg zu finden«, versprach er.

Nachdem er zur Arbeit und Twyla wieder zu ihren Angehörigen gegangen war, erklärte Chris ihren kleinen Schwestern leise, was bei den Hocketts geschehen war.

Molly sah sehr besorgt aus. »Ich habe schon heimlich das wenige, das wir haben, mit ihnen geteilt«, erzählte sie, »besonders die Milch für das Baby, für Kallie, aber ich hatte keine Ahnung, daß ihre Lage so verzweifelt ist.«

Jener Tag wurde zu einem der einsamsten, traurigsten und schlimmsten Tage in Chris' Leben. Sie wäre gerne bei ihrer Freundin gewesen, aber Twyla kam nur kurz herüber, um ihnen zu sagen, daß ihre Eltern sie in der Nähe halten wollten. Es würden Leute kommen, um Kinder auszuwählen.

Traurig blickte Chris hinter Twyla her, als diese in ihr Zelt zurückkehrte; dann hörte sie, wie dort geweint wurde. Chris konnte es nicht ertragen. Sie bat Molly um die Erlaubnis, die Kleinen mitnehmen zu dürfen, um mit ihnen auf dem flachen, offenen Terrain in der Nähe der Laubkirche zu spielen.

Während ihre Schwestern sich mit verschiedenen Spielen vergnügten, ging Chris in die Laubkirche und setzte sich. Außer ihr war niemand dort.

Der kühle Morgenwind hatte sich gelegt, und die trockenen Blätter auf dem Dach raschelten nicht mehr. Die Holztauben, die sonst immer in der Ferne gerufen hatten, schwiegen ebenfalls, und der Geruch des staubigen Bodens stieg in Chris' Nase.

»Warum, Gott?« flüsterte Chris. »Warum dauert diese schreckliche Wirtschaftskrise so lange an? Warum müssen nette Leute wie die Hocketts so sehr leiden?«

Dann kam ihr ein unangenehmer, jedoch hartnäckiger Gedanke. Chris mußte an die Worte ihres Großvaters denken. »Es ist ein großer Unterschied, welche Einstellung die Menschen zum Leben haben«, hatte er gesagt.

Darüber mußte Chris nachdenken. Welche Einstellung hatten ihr Vater und Twylas Vater zum Leben? Worin lag da der Unterschied? Chris wußte es nicht, aber sie wurde sich der Tatsache bewußt, daß ihr Vater wiederholt auf Arbeitssuche gegangen war, während Bate Hockett das nicht getan hatte.

Zwar hatte ihr Vater einige Male nach Alkohol gerochen, als er nach Hause gekommen war. Doch war das nicht mehr geschehen, seitdem er eine Stelle hatte. Hatte Bate Hockett den Mut ganz und gar verloren? Chris wußte es nicht, und mit Twyla konnte sie bestimmt nicht darüber sprechen.

Plötzlich hielt ein großes Auto neben der Laubkirche; die Reifen hinterließen eine langgezogene Staubwolke. In dem Wagen saß ein gutgekleidetes Ehepaar mittleren Alters. Der Mann lehnte sich heraus und rief Chris zu: »Sag einmal, junge Dame, weißt du, wie man zu den Zelten dort bei der Brücke gelangen kann?«

Als Chris aufstand und zu dem Wagen hinüberging, kamen ihre Schwestern herbeigerannt, um zu sehen, was los sei. Die Lage der Hocketts beschäftigte sie so sehr, daß Chris, ohne darüber nachzudenken, den Fremden Auskunft gab.

Das Ehepaar dankte Chris höflich und fuhr weiter.

Elisabeth schaute zu Chris hinüber. »Welches der Hockett-Kinder werden sie wohl mit sich nehmen?« sagte sie.

»O, nein!« rief Chris entsetzt aus. »Ach du meine Güte,

ich dachte nicht . . .« Sie drehte sich um und rannte in die Laubkirche zurück. »O, Herr«, betete sie leise, »laß es nicht Twyla sein . . . Ich muß nach Hause!«

Chris scheuchte ihre Schwestern zu den Zelten. Am Rande des flachen, offenen Geländes blickte sie unentwegt auf den Grund des Flusses. Sie hatte Angst, aufzuschauen, Angst vor dem, was sie dann sehen würde.

Ein trauriger Abschied

Chris und ihre Schwestern rannten das Flußufer hinunter und liefen schnell über das Gras zu den beiden Zelten in der Nähe der Brücke. Chris hatte ein beklemmendes Gefühl, wie wenn jemand ihr ein Seil um die Brust gelegt hätte und ganz feste daran zöge. Sie konnte kaum atmen, als sie bei den stillen Zelten etwas zu entdecken oder zu hören suchte.

Als sie den Schatten der Brücke erreichten, konnte Chris die Unsicherheit nicht länger ertragen. Während sie zum Zelt der Hocketts rannte, legte sie die Hände an den Mund und rief: »Twyla! Twyla, bist du da?«

Es kam keine Antwort, kein Geräusch aus dem staubigen, grauen Zelt.

Kurz darauf erschien Molly mit Joey auf ihrer Hüfte in der Öffnung des zweiten Zeltes. »Die Hocketts sind nicht da!« rief sie.

»Wo sind sie hingegangen?«

»Ich weiß es nicht«, antwortete Molly, als Chris und die Mädchen schließlich vor ihr standen. »Es kamen fremde Leute, die sich die Kinder ansehen wollten, von denen sie gehört hatten. Bate Hockett kam heraus, um mit ihnen zu reden, aber Twyla, ihre Brüder und ihre Schwestern begannen so sehr zu weinen, daß Bate Hockett die Leute schließlich wegschickte.«

Molly setzte Joey auf ihre andere Hüfte. »Wenige Minuten später bestieg die ganze Familie Hockett das alte Auto und fuhr davon. Sie sagten nicht, wohin sie gingen. Sie fuhren einfach ganz schnell davon.«

Einen Augenblick lang spürte Chris Erleichterung. Dann erfüllte sie die Angst vor etwas anderem. Ja, wohin waren die Hocketts denn gefahren, und wann würden sie zurückkommen?

Plötzlich erklang Marthas lautes Rufen: »He, schaut einmal! Vati kommt!«

Molly hielt sich die Hand über die Augen, damit sie über den Fluß blicken konnte. »Aus welchem Grund kommt er nur um diese Zeit nach Hause?« überlegte sie laut. »Hoffentlich hat er seine Stelle nicht verloren.«

Sobald Joe Corrigan den Fluß überquert hatte, versammelte sich die ganze Familie um ihn. Chris bemerkte als erste, daß seine linke Wange geschwollen war und eine häßliche rot-lila Farbe angenommen hatte.

»Vati, was ist passiert?« rief sie, als er aus dem Auto ausstieg.

»O, es ist nichts. Jemand hat mir einen Faustschlag gegeben, als ich und nicht er die Stelle eines Nachtwächters an der Mittelschule erhielt. Er behauptete, es sei eine große Ungerechtigkeit, daß ich zwei Stellen hätte, während er nicht einmal eine habe.

Ich versuchte ihm zu erklären, daß ich die Stelle dringend brauche. Mein Chef, Herr Wood, hatte mich dem Schulleiter empfohlen, weil ich ein guter Arbeiter sei.«

»O, Vati«, sagte Chris, während sie vorsichtig sein Gesicht berührte. »Es tut mir leid, daß du verletzt wurdest.«

Er zuckte mit den Schultern. »Es geht wieder vorbei. Überhaupt, jetzt werdet ihr Schulkleidung bekommen, weil ich ab heute abend der Nachtwächter der Mittelschule von Lone River bin. Aus diesem Grunde hat Herr Wood mir einige Stunden freigegeben, damit wir umziehen können.«

»Umziehen?« Wie aus einem Munde wiederholten die fünf Mädchen das Wort.

Ihr Vater nickte. »Jetzt sofort. Ich werde sechzehn Stunden am Tag arbeiten, also müssen wir in das Scheunenhaus umziehen, solange ich dazu noch Gelegenheit habe.«

»Aber wir können jetzt nicht umziehen«, wandte Chris ein, und sie zeigte auf das Zelt der Hocketts. »Wir wissen nicht, was mit Twyla und ihren Angehörigen geschehen ist.«

Molly erklärte ihrem Mann kurz, was vorgefallen war.

Joe Corrigan schüttelte den Kopf. »Das tut mir leid, aber wir haben keine andere Wahl; wir müssen umziehen – und zwar jetzt. Aber wenn ihr alle einverstanden seid, werden wir den Kauf von Schulkleidung noch ein Weilchen hinausschieben und mit dem zusätzlichen Geld den Hocketts helfen.«

Den zustimmenden Rufen machte Joe Corrigan schnell ein Ende. »Schon gut, schon gut. Wir haben keine Zeit zu verlieren. Wir wollen schnell alles in den Wagen bringen.«

Die immer praktische Elisabeth war nicht einverstanden. »Und was ist mit dem Gestank von verdorbenen Eiern im Scheunenhaus?«

»Den müssen wir in Kauf nehmen, Mädchen. Also, packt eure Sachen und bringt sie ins Auto.«

Chris wäre lieber erst dann weggegangen, wenn sie erfahren hatte, was mit Twyla geschehen war, aber ihr Vater war nicht in der Stimmung, unnötige Verzögerungen hinzunehmen. Widerwillig half Chris, das Auto mit Töpfen und Pfannen und persönlichen Habseligkeiten zu beladen. Als sie wieder eine Schachtel auf das Trittbrett des Autos stellte, rief Martha von der anderen Seite des Autos: »He, Vati, du hast einen kaputten Reifen!«

Die ganze Familie versammelte sich um den flachen linken Hinterreifen.

Joe Corrigan trat gegen das Rad. »Ich muß in einen Nagel gefahren sein«, sagte er grimmig. »Bis ich den geflickt habe, bleibt uns keine Zeit mehr, alles in das Scheunenhaus zu bringen. Ich werde später zurückkommen müssen.«

In Chris regte sich die Hoffnung. »Dann werde ich Twyla doch noch einmal wiedersehen«, dachte sie.

Ihr Vater rieb sich das Kinn. »Laßt die Betten und das Zelt stehen, damit wir heute abend hier wieder schlafen können«, sagte er. »Wir werden den Umzug morgen bei Tagesanbruch beenden, bevor ich zu den Woods muß.«

Chris' Hoffnung, die Hocketts würden zurückkommen, bevor ihr Vater den Reifen geflickt hatte, war vergeblich. Von Twyla sowie ihren Eltern und Geschwistern war kein

Lebenszeichen zu erkennen, als das Auto der Corrigans schwerbeladen das Zeltlager verließ und zum Scheunenhaus fuhr.

Als sie dort ankamen, steckte Chris ihren Kopf aus dem Auto und atmete tief ein. »Es stinkt hier immer noch fürchterlich!« verkündete sie.

Ihr Vater zuckte die Schultern. »Ich kann es nicht ändern«, erwiderte er gleichmütig. »Aber die Eier wurden alle an die Ostseite geworfen. Daher werde ich auf der Westseite parken und das Gepäck ausladen. Stellt die Sachen einfach so in die Scheune hinein.«

Joe Corrigan stieg aus und öffnete die Schiebetür auf der Nordwestseite. »Ich werde es kaum schaffen, euch alle wieder zum Zelt zu bringen und selber rechtzeitig zur Ranch zu gelangen; meine Freistunden sind bald vorbei. Beeilt euch also. Ich kann es mir nicht leisten, eine meiner Arbeitsstellen zu verlieren.«

Jeder war gespannt, wie das Scheunenhaus von innen aussah, aber Joe Corrigan lag daran, schnell alles auszuladen. In kürzester Zeit stand auch der letzte Kasten in der Scheune.

Als Joe Corrigan die Schiebetür wieder schloß, blieb er einen Augenblick stehen und schaute nachdenklich auf das trockene Gras, das unmittelbar an der Westseite wuchs. »Molly«, sagte er, »erinnere mich daran, daß ich das Gras mähe, sobald es geht. Es ist pulvertrocken. Wenn es zu brennen anfängt, werden die Flammen sofort die Wand erreichen, und wir würden das ganze Haus verlieren.«

Plötzlich kam Chris eine Idee. »Wartet!« rief sie aus. »Ich bin gleich zurück.« Ohne Erklärung rannte sie zu der langen Reihe von Brombeersträuchern.

Als sie dann außer Atem zurückkehrte, trug sie in ihrer Hand die Falle, die Twyla und sie entdeckt hatten. »Schau, Vati«, sagte sie, »wenn deine Uhr und dein Rasiermesser von einem Tier gestohlen wurden, können wir es vielleicht heute abend fangen.«

»Das wäre eine Möglichkeit«, stimmte Joe Corrigan zu

und stellte die Falle auf das Trittbrett. »Alle Mann einsteigen. Wir müssen uns beeilen.«

Als das Auto sich den Pappeln und Weiden auf dem westlichen Flußufer näherte, lehnte Chris sich gespannt vor. Aufgeregt spähte sie durch die Windschutzscheibe. »Da ist sie!« rief sie aus und zeigte auf das andere Ufer. »Twyla ist zurück. Sie sind alle zurück.«

Als das Auto anhielt, sprang Chris hinaus und rannte auf ihre Freundin zu. »Wo wart ihr? Ich habe mir solche Sorgen gemacht.«

Twyla hatte rote, verweinte Augen, und auf ihren Wangen, die infolge der Wespenstiche immer noch geschwollen waren, sah man die Spuren von Tränen. »Unser Paps hat uns alle mit aufs Amt genommen, damit die Leute dort sehen konnten, wie viele wir sind. Er sagte, daß es ein letzter Versuch sei, ihnen klarzumachen, mit welchen Problemen wir fertigwerden müssen, aber . . .«, erklärte sie mit versagender Stimme.

Chris nahm die Hände ihrer Freundin in die ihren. »Was geschah?«

»Nichts.« Twyla schniefte und fuhr sich mit dem Rücken ihrer Hand über die Augen. »Sie sagten, daß sie uns nicht helfen könnten, und . . . und . . . morgen müssen wir es tun, sagt Paps.«

Chris fragte nicht, was sie tun mußten. Sie wußte es. In dem Versuch, ihre Freundin aufzumuntern, wechselte sie das Thema. »Morgen ziehen wir um, aber vielleicht fangen wir diese Nacht das Tier, das Vatis Sachen gestohlen hat. Ich habe die Falle mitgebracht, die wir beim Scheunenhaus sahen. Wo, glaubst du, können wir sie am besten aufstellen?«

Twyla war nicht in der Stimmung, um sich für solch nebensächliche Dinge zu interessieren, aber sie erklärte sich dann doch bereit, Chris beim Aufstellen der Falle zu helfen. Es schien, als wollte sie unbedingt unter vier Augen mit Chris sprechen. Während die Mädchen für die Falle einen Platz ganz in der Nähe des Zelteingangs auswählten, verspürte Chris einen großen inneren Schmerz bei dem Gedanken an die schreckliche Zukunft ihrer Freundin.

»Laß uns etwas zum Essen und etwas Glänzendes hineinlegen«, schlug Chris vor. »Falls es ein Tier ist, sind zwei Köder besser als einer.«

»Wie wäre es mit einem Fischkopf?« fragte Twyla.

»Ich mag den Geruch zwar nicht, aber ein Tier denkt darüber vielleicht anders«, willigte Chris ein. »O, ich habe noch eine neue Münze von gestern. Die glänzt schön.«

An jenem Abend blieben die beiden Freundinnen so lange auf, wie sie nur konnten. Sie sagten, daß sie die Falle beobachten wollten, aber tatsächlich konnten sie sich nicht voneinander trennen. Sie wußten, daß es vielleicht ihr letzter gemeinsamer Abend war. Endlich verabschiedeten sie sich voneinander, und nachdem sie sich unter Tränen umarmt hatten, gingen beide in ihr eigenes Zelt.

Mitten in der Nacht erwachte Chris von einem Knurren, Quiecken und Knallen. Sie fuhr in ihrem Bett hoch.

Ihr Vater rief: »Was ist das für ein Krach? Molly, wo ist die Lampe?«

Chris zitterte vor Angst. »Was ist das, Vati?«

»Es dürfte deine Falle sein«, erwiderte Joe Corrigan. »Es hört sich so an, als hättest du etwas gefangen.«

Dann zündete er die Lampe an, und Chris sah, daß auch ihre Schwestern alle aufgewacht waren. Bald stellten sie mit schläfriger Stimme eine Frage nach der anderen. Auch Joey wachte weinend auf, und Molly versuchte, ihn zu beruhigen, während die übrigen mit ihrem Vater in die Nacht hinausgingen.

Chris sah sofort, daß die Falle zugeschnappt war. Die Holztür war zugeschlagen und hatte sich verriegelt. Sie ging mit ihrem Vater zum anderen Ende der Falle, wo sich der Maschendraht befand.

Joe Corrigan bückte sich und hielt die Lampe so, daß er in die Falle hineinschauen konnte. Ein Paar glühende Augen glänzten im Licht der Lampe, und ein leises, warnendes Knurren ertönte.

Chris blickte auf. »Was ist das, Vati?«

Dieser lachte. »Das ist unser Einbrecher – er trägt sogar eine Maske.«

Da wußte Chris, um was für ein Tier es sich handelte. »Ein junger Waschbär! O, Vati, ist der niedlich! Können wir ihn behalten?«

Auch Chris' Schwestern begannen im Chor zu betteln: »Ja, Vati, können wir ihn bitte, bitte behalten?«

Angelockt von dem Lärm, kamen jetzt auch die Hocketts aus ihrem Zelt, um nachzusehen, was los sei, und so standen sie alle im Kreis um die Falle und betrachteten das ängstliche, kleine Tier.

Elisabeth stupste ihrem Vater in die Seite. »Du hast gesagt, daß wir ein Haustier haben dürften«, erinnerte sie ihn. »Können wir dann diesen kleinen Kerl nicht behalten?«

»Das werden wir am Morgen entscheiden, Mädchen. Inzwischen kann Herr Waschbär hierbleiben, bis wir wissen, was wir mit ihm tun werden. Solange er sich in der Falle befindet, wird er nichts stehlen; außerdem kann er sich darin nicht verletzen.«

Die jüngeren Geschwister sprachen noch lange über den Waschbären, bis sie endlich einschliefen, aber Chris mußte wieder an Twyla denken.

Kurz vor Sonnenaufgang wachte Chris auf. Sie hörte, wie ihr Vater das Bett verließ, das er mit Molly und dem Baby teilte.

»Vati«, flüsterte Chris, »darf ich heute bei Twyla bleiben, bitte?«

»Ich weiß, wie du dich fühlst«, flüsterte er leise zurück, »aber Molly wird dich brauchen, um auf die Kinder aufzupassen und die Sachen im Scheunenhaus zu richten.«

»Bitte, Vati? Nur für ein Weilchen.«

Nachdenklich schaute er sie an, ohne etwas zu sagen. »Gut, ich werde mit Molly sprechen. Wenn sie einige Stunden ohne dich auskommen kann, habe ich nichts dagegen. Aber dann müßtest du zum Scheunenhaus laufen.«

»Ich werde hinrennen, wenn du mich nur ein Weilchen hierbleiben läßt«, versprach Chris.

Plötzlich setzte Elisabeth sich auf. »Vati, können wir den Waschbär behalten?«

Er beugte sich zu ihr und fuhr mit seiner Hand durch ihre ungekämmten, hellblonden Haare. »Molly und ich haben darüber gesprochen, als ihr eingeschlafen wart«, antwortete er. »Der Waschbär ist groß genug, ihn zu entwöhnen, und ich kenne Leute, die einen Waschbär als Haustier hielten. Das ging ganz gut, wie ich hörte. Also denke ich, daß ich es erlauben kann. Aber Voraussetzung ist wohl, daß ihr Kinder ihm das Essen besorgt.«

»Hurrah!« rief Elisabeth und schreckte mit diesem Jauchzer Martha, Sara und Iola aus ihrem Schlaf auf.

»Sssst!« warnte ihr Vater. »Du wirst das Baby aufwekken.«

Da es noch nicht hell genug war, draußen nachzusehen, entzündete er die Petroleumlampe. »Ich habe nachgedacht«, sagte er. »Da es ein junger Waschbär ist, muß es hier in der Nähe einen hohlen Baum geben. Wenn wir den finden können, bekomme ich vielleicht meine Uhr zurück, bevor wir umziehen.«

»Wir werden danach suchen«, bot Chris an. Strauchelnd kroch sie aus ihrem Bett, und ihre Schwestern purzelten hinter ihr her, um sich ebenfalls anzuziehen.

Joe Corrigan trug die Lampe, während die Mädchen schon zu den Bäumen vorausrannten.

Twyla kam aus ihrem Zelt und gesellte sich zu ihnen. »Ich habe in den vergangenen Nächten ein klirrendes Geräusch gehört«, sagte sie. »Das wird dann wohl der Waschbär gewesen sein. Es schien von jenem Baum dort rechts zu kommen.«

Als Joe Corrigan mit der Lampe in das Loch in der alten Pappel leuchtete, deren Spitze abgebrochen war, glänzten dort ein Paar schwarze Augen auf.

»Noch ein Waschbär!« rief Chris. »Vati, schau mal!«

»Ich sehe es.« Er hielt die Lampe etwas näher heran und

untersuchte das Loch. Inzwischen war der zweite Waschbär im hohlen oberen Ende des Baumes verschwunden, aber Joe Corrigan war zufrieden. »Das ist der Baum mit dem Nest, das wir gesucht haben. Es ist ein alter Baum, und ich werde ihn fällen, sobald es hell genug ist.«

»Vielleicht kann mein Paps mit seiner Säge helfen«, bot Twyla an.

»Das wäre schön«, antwortete Chris' Vater.

Es wurde schnell hell, und bald kam Bate Hockett aus seinem Zelt mit einer »schwedischen Geige«, wie er die Zwei-Mann-Säge nannte. Die beiden Männer brauchten nur wenige Minuten, um den alten Baum zu fällen, und in dem Augenblick, in dem das obere Ende den Boden berührte, sprang ein ausgewachsener Waschbär heraus und verschwand im Morgenlicht.

Mit seiner Axt vergrößerte Joe Corrigan das Loch im Stamm etwas und leuchtete dann mit der Lampe hinein. »Da ist meine Uhr!« rief er und griff danach. »Und mein Rasiermesser. Und alles mögliche andere.«

Einen Augenblick fühlte Chris sich sehr aufgeregt. Dann jedoch überfiel die Traurigkeit sie. Sie schaute zu Twyla hinüber. Keines der Mädchen sagte ein Wort. Doch beide wußten um das Schreckliche, das an diesem Tag geschehen sollte. Auch das Geld, mit dem die Corrigans finanziell aushelfen wollten, reichte nicht aus, es zu verhindern.

Bald darauf waren die restlichen Habseligkeiten der Corrigans auf das Auto gepackt, und Chris schaute sich ein letztes Mal um. Dort, wo das blaue Zelt gestanden hatte, war nun nur noch flachgetretenes Gras zu sehen. Der lange Balken, der in der Mitte des Zeltes gestanden hatte, war auf das Dach des Autos gebunden worden. Er ragte vorn und hinten über den Dachrand hinaus. Sicher untergebracht zwischen Töpfen und Pfannen befand sich auf dem linken Trittbrett die Falle mit seinem maskierten Bewohner.

Der Augenblick des Abschieds war gekommen.

Die Erwachsenen gaben sich die Hand und sprachen leise

miteinander. Chris' Schwestern und die Hockett-Kinder taten es ihnen gleich. Aber Chris und Twyla gingen gemeinsam zum Fluß, um ein letztes Mal alleine miteinander zu sprechen.

»Nun«, sagte Twyla, während sie über das Wasser schaute, in dem sich das erste Sonnenlicht spiegelte. »Ich denke, daß wir uns wohl nicht mehr sehen werden, Chris.«

»Sag das nicht. Wir werden einander sehen. Noch viele Male. Und eines Tages wirst du auch Spud kennenlernen.«

Twyla schüttelte den Kopf. »Das hoffe ich zwar, aber es ist nicht wahrscheinlich.« Ihre Stimme klang traurig und war kaum zu verstehen. »Mein Paps sagt, daß heute ein Ehepaar zurückkommt, um mich anzusehen – ein nettes Ehepaar in einem großen Auto.«

Mit einem Ruck hob Chris plötzlich ihren Kopf. »Das sind dieselben Leute, die ich hierhergeschickt habe!« dachte sie. »Das habe ich getan. Sie werden Twyla wegholen, und ich werde sie nicht wiedersehen.«

Als sie sprach, versuchte Chris, ihre Stimme hoffnungsvoll klingen zu lassen. »Vielleicht passiert es nicht.«

»Vielleicht«, sagte Twyla. »Aber wenn doch, mag ich nicht mehr leben, denn dann werde ich meine Angehörigen niemals wiedersehen, und auch dich werde ich niemals wiedersehen . . .« Ihre Stimme versagte.

Chris umarmte Twyla und zog sie an sich. Hilflos weinten sie beide.

Wenn niemand versteht

Chris öffnete ihre Augen und blickte auf, als ihr Vater sich räusperte. »Es tut mir leid, Chris«, sagte er leise. »Wir müssen jetzt fahren.«

Zögernd ließ Chris Twyla los und spielte mit ihren langen, braunen Zöpfen. »Hast du Molly gefragt, ob ich länger bleiben kann?«

Ihr Vater nickte: »Sie braucht dich jetzt.«

Mit Tränen in den Augen blickte Chris zum Auto hinüber. Ihre Stiefmutter hielt das Baby auf den Armen und stieg vorsichtig über das vollgepackte Trittbrett in den Wagen. Die vier Geschwister saßen schon auf dem Rücksitz.

Bittend schaute Chris Molly an.

Molly zögerte, dann schlug sie die Autotüre zu. »Chris, ich kann eine Stunde ohne dich auskommen, aber nicht länger«, rief sie.

»Danke«, rief Chris erleichtert. Dann umarmte sie Twyla erneut. Die beiden Mädchen hielten sich noch immer schweigend im Arm, als Chris' Vater das Auto in den flachen Fluß lenkte und zum anderen Ufer fuhr.

Kurz darauf wurde Twyla von ihrer Mutter gerufen. Das Mädchen schniefte, löste sich widerwillig aus der Umarmung und trocknete sich die Tränen. »Ich muß im Zelt mithelfen«, sagte sie. »Kommst du mit?«

Chris nickte. Sie war zu aufgeregt, um sprechen zu können. Als die beiden Freundinnen zum Zelt gingen, hörte Chris, wie drinnen verzweifelt geweint wurde, und ihr wurde bewußt, wie sehr jedes der Hockett-Kinder litt.

Noch bevor die Mädchen das Zelt erreicht hatten, hielt ein alter Ford auf der Brücke über ihnen. Chris blickte auf. Sofort erkannte sie den Mann mit dem schmuddeligen Overall, dem Schlapphut und dem blauen Hemd. Er hatte als erster gefragt, ob hier Kinder weggegeben werden sollten.

»He!« Der Fahrer steckte seinen Kopf aus dem Auto und winkte. »He, Mädchen. Wo ist euer Vater?«

Chris und Twyla blickten sich an; beide erinnerten sich an den Mann. Er trug immer noch dieselbe Kleidung und hatte sich immer noch nicht rasiert.

Im gleichen Augenblick trat Twylas Vater aus dem Zelt. Er schien hagerer als je zuvor, und seine Schultern hingen noch mehr nach vorn als bisher. Er schaute hinauf zu dem Fremden auf der Brücke. »Suchen Sie mich, Mister?«

»Wollen Sie einige Kinder weggeben?«

Bate Hockett stöhnte. »Fahren Sie zu der Westseite der Brücke . . .«, seine Stimme versagte, als er dem Mann die Worte zurufen wollte, – »und kommen Sie den Sandweg herunter.« Er zeigte auf die andere Seite des Flusses. »Es ist nicht tief. Sie können dort hinüber.«

Twyla schluchzte auf und rannte zum Zelt. Chris folgte ihr nicht. Sie spürte, daß Twyla mit ihren Angehörigen alleine sein mußte in diesem schrecklichen Augenblick der Trennung. Chris war eine Freundin, aber sie war keine Angehörige.

Im Zelt wurde das Weinen lauter und drang durch die staubige Segeltuchwand. Die Kinder und ihre Mutter hatten wohl gehört, was der Mann von der Brücke hinuntergerufen hatte.

Blind vor Tränen wandte Chris sich ab. Taumelnd ging sie zu der Stelle, wo das blaue Zelt gestanden hatte; sie warf sich über die trockenen Äste, auf denen sie ihr Bett gehabt hatte, und weinte laut auf.

»Das alles kann doch gar nicht wahr sein«, sagte sie sich nach einer Weile. »Das kann doch einfach nicht wahr sein!«

Aber es war wahr. Sie setzte sich, als sie hörte, wie der alte Ford aus dem Fluß fuhr und vor dem Zelt der Hocketts hielt.

»O, Herr«, flüsterte sie, »bitte, nicht zu jenem Mann.«

Chris konnte den Anblick nicht ertragen. Sie vergrub den

Kopf in ihren Händen und hörte das leise Gemurmel von Männerstimmen. Dann rief Bate Hockett seine ältesten Söhne. Seine Stimme war traurig und leise. »Burl und Ferris, kommt einmal her.«

Chris konnte immer noch nicht hinüberschauen. Ihr war übel, und während sie mit dem Gesicht auf den Ästen lag, spürte sie in ihrem ganzen Körper einen fürchterlichen Schmerz. Dann hörte sie die Stimmen der Jungen und die des Hühnerfarm-Besitzers, der etwas von einem Kasten mit Lebensmitteln sagte.

Schließlich wurde der Motor des Fords angelassen, gefolgt von einem lauten, bitteren Schrei, der so scharf und voller Not war, daß Chris sich erschrocken umdrehte und nun doch hinschaute.

Der schmuddelige Mann setzte sich ans Steuer und lenkte das Auto zum Fluß. Der fünzehnjährige Ferris saß still und erstarrt auf dem Rücksitz, aber sein jüngerer Bruder warf beide Hände in die Luft und schrie voller Verzweiflung: »Nein! Nein! Paps, laß es nicht zu! Mama, o Mama! Nein!«

Chris konnte es nicht ertragen. Sie sprang auf und rannte blindlings zum Fluß, die Ohren hielt sie sich zu, die langen, braunen Zöpfe wehten im Wind. Trotzdem hörte sie den letzten schrecklichen Schrei des Jungen, als das Auto in das Wasser fuhr. Dann vernahm sie nur noch das Schluchzen und Weinen seiner Eltern und Geschwister in dem schmutzig-weißen Zelt.

Mit einem stechenden Gefühl in ihrer Seite brach Chris zusammen. Sie versuchte zu beten, aber ihr fehlten die Worte.

Jetzt hörte sie, wie ein zweites Auto den Fluß überquerte, und sie wußte, daß sich dieselbe tragische Szene wiederholen würde.

Chris versuchte, nicht zuzuhören, aber schon bald klang wieder das Gemurmel fremder Stimmen auf, von Essen war die Rede, und zuletzt ertönte das Geräusch eines startenden Autos. Chris blickte auf, sie hatte Angst, daß es Twyla war, die mitgenommen wurde.

Chris blinzelte, weil die Sonne so strahlend schien. »Es ist unfair von der Sonne«, so fand sie, »so wunderbar zu strahlen, während meine Freunde so Schreckliches erleben müssen.«

Diesmal saßen der zehnjährige Charley und der vier Jahre alte Abner auf dem Rücksitz des Autos, das durch das untiefe Wasser fuhr. Sie schrien laut und streckten die Hände flehend nach ihren Eltern aus.

Chris drehte sich um und versuchte, das traurige Bild zu vertreiben. Sie wußte, daß zuerst die Jungen mitgenommen wurden, weil sie früher oder später auf den Feldern und in den Plantagen arbeiten konnten. Mädchen waren weniger erwünscht, weil sie wohl aßen, aber nicht so viel leisten konnten.

Dennoch gab es Fremde, die auch Mädchen wollten. Ein Auto nach dem anderen fuhr mit weinenden Kindern davon.

Doch Twyla war nicht dabei.

Chris vermutete, daß die ihr von Molly zugestandene Stunde inzwischen vorbei war und sie zu ihrer Stiefmutter gehen mußte. Ihr tat das Herz weh, und ihr Gesicht fühlte sich durch die aufgetrockneten, salzigen Tränen steif an. Langsam erhob sie sich.

Sie versuchte, die Erinnerung an die entsetzlichen Schreie abzuschütteln, aber sie wußte, daß sie sie niemals wirklich würde vergessen können. In Gedanken würde sie sie immer wieder hören.

Als sie vor dem Zelt der Hocketts stand, hörte Chris, wie von drinnen ersticktes Schluchzen drang. Zögernd sagte sie: »Twyla, ich muß jetzt gehen.«

Twyla schob den Vorhang vor der Zeltöffnung beiseite. Sie sah erschreckend aus. Durch die Schwellungen infolge der Wespenstiche und des stundenlangen verzweifelten Weinens war ihr Gesicht rot und aufgedunsen.

»O, Chris!« klagte Twyla und umarmte ihre Freundin so fest, daß sie sie beinahe erdrückte. »O, Chris, ich werde sie niemals, niemals wiedersehen!«

Chris versuchte, ihre Freundin zu trösten, aber schon bald hörte sie, wie sich erneut ein Auto näherte. Beide Mädchen schauten auf.

Es war das freundlich aussehende Ehepaar, das Chris bei der Laubkirche getroffen hatte. Jetzt fuhr es mit dem großen Wagen durch den flachen Fluß.

Mit vor Angst weit geöffneten Augen blickte Twyla Chris an. »O, Chris, das sind sie! Das sind die Leute, die schon einmal da waren. Sie kommen, um mich zu holen!«

Jetzt konnte Chris nicht nach Hause gehen, auch wenn Molly böse sein würde, weil sie zu spät kam. Hilflos stand sie dabei, während das Ehepaar aus dem großen Auto mit Twylas Eltern sprach. Sie hörte das Wort »adoptieren«. Bei den bisherigen Gesprächen war dieses Wort nicht gefallen.

Wie betäubt schaute Chris zu, als Twyla ihre übriggebliebenen Schwestern und ihre Eltern küßte.

Dann rannte Twyla noch einmal zu Chris, um sie ein letztes Mal zu umarmen. »O, Chris«, schluchzte sie in Chris' braune Zöpfe, »du bist die beste Freundin, die ich jemals hatte.«

Chris war so betäubt vor Schmerz, daß sie sich später nicht erinnern konnte, was sie darauf geantwortet hatte. Aber schon bald fuhr das freundlich aussehende Ehepaar in dem schönen Auto davon; Twyla hatten sie mit sich genommen.

Chris wollte hinter ihnen herrennen und schreien: »Nein! Nein! Sie können sie nicht mitnehmen!« Statt dessen lief sie strauchelnd das Flußufer hinunter. Hinter ihr ertönte das traurige Weinen von Twylas Angehörigen.

Blindlings rannte Chris weiter. Die Zweige der Weiden, die ihr in Arme und Gesicht schlugen, beachtete sie nicht. Durch ihre heißen, ihr die Sicht nehmenden Tränen erkannte sie nur den Fluß, und dieser war dunkel, tief und schnell.

Sie rannte und rannte, bis sie erschöpft bei dem Stamm einer alten Pappel zusammenbrach. Lange Zeit schüttelte heftiges Weinen Chris' Körper. Als sie keine Tränen mehr hatte und sie sich ausgetrocknet und leer fühlte, blickte sie nach oben zu dem klaren, wolkenlosen Himmel. »Warum?« flüsterte sie heftig. »Warum? Warum? Warum?«

Sie wartete und horchte, ob Antwort kam. Aber sie hörte nur den Fluß, der friedlich vorüberströmte und von allem unbeeindruckt seinem Ziel entgegenstrebte.

Schließlich richtete Chris sich auf und trocknete ihre Augen. Eine leichte Brise berührte die Blätter der Pappeln, und sie erzitterten, als würden auch sie leiden.

Plötzlich verspürte Chris den unwiderstehlichen Drang, ihre Faust zu heben und gegen den herrlich blauen Himmel zu schütteln und Gott Vorwürfe zu machen. Es war alles so ungerecht.

Chris fühlte sich so schwach und müde wie selten. Lediglich beim Tode ihrer Mutter hatte sie Ähnliches empfunden. So lag sie am Fluß zwischen zwei Baumwurzeln. Ohne etwas wahrzunehmen, blickte sie nach oben.

Sie wußte nicht, wie lange sie dort gelegen hatte und nichts als Schmerz in sich fühlte. Sie war benommen. Wie konnte ein solch großes Elend ihre kleine Welt treffen?

Plötzlich kam ihr ein Gedanke. Was hatten ihre Großeltern gesagt? Chris konnte sich nicht mehr genau an ihre Worte erinnern, aber es war so etwas wie: »Manche Dinge im Leben kann man nicht erklären oder verstehen. Wenn das der Fall ist, kann man nur vertrauen.« Angestrengt versuchte Chris, sich an den Bibelvers zu erinnern, von dem ihre Großeltern gesprochen und den sie in ihrer kleinen Bibel unterstrichen hatten. Der Vers stand im Buch der Sprüche, und Chris hatte ihn gefunden, als sie eines Abends vor dem Zubettgehen noch in der Bibel gelesen hatte. Schnell hatte sie ihn auswendig gelernt.

Verlaß dich auf den Herrn von ganzem Herzen, und verlaß dich nicht auf deinen Verstand, sondern gedenke an ihn in allen deinen Wegen, so wird er dich recht führen. Chris schüttelte den Kopf, so daß ihre Zöpfe durch die Luft flogen, als weitere Gedanken in ihrem Kopf aufstiegen.

»Ich werde niemals verstehen können, was mit den Hocketts geschehen ist«, dachte sie. »Sie sind gute Menschen, aber trotzdem werden sie wohl niemals wieder als Familie zusammensein. Da hast du es aber gut, Chris Corrigan. Du und deine Angehörigen sind jetzt zusammen und werden von nun an auch immer zusammenbleiben.«

Plötzlich schämte Chris sich wegen ihrer Reaktion auf das Scheunenhaus, in dem sie künftig leben würden. »Du willst ein Haus, in dem du für immer leben kannst, aber was wäre das für ein Haus ohne deinen Vater, ohne Molly, Elisabeth, Martha, Sara, Iola und Joey?« rügte sie sich selbst. »Du solltest dankbar sein, daß du ein Scheunenhaus hast, denn dort kann deine ganze Familie zusammensein!«

Chris wischte ihre Tränen ab. Mühsam stand sie auf. Sie wandte sich vom Fluß ab und begann, die staubige Landstraße hinunterzugehen. Weil sie sehr schnell lief, hatte sie bald die Auffahrt, die zum Scheunenhaus führte, erreicht.

Ihre Schwestern sahen sie kommen und eilten ihr entgegen. »Es ist Chris!« riefen sie froh. »Chris kommt!«

Chris flog zu ihnen und sank auf die Knie, um alle zu umarmen und zu küssen. »O, ich habe euch alle so lieb!« flüsterte sie immer wieder von Herzen. »Jedes einzelne von euch!«

Als Molly mit Joey auf ihrer Hüfte aus dem Haus trat, um Chris zu grüßen, sprang Chris auf, um auch sie zu umarmen.

Molly blickte sie forschend an. »Was ist los, Chris?« fragte sie.

Chris war unfähig, ihr darauf eine Antwort zu geben. Nur mit Mühe brachte sie ein trauriges Lächeln zustande. »Bitte«, sagte sie schließlich, »zeig mir das Scheunenhaus, zeig mir, wo wir alle miteinander leben werden.«

Sie bemerkte kaum den Geruch von verdorbenen Eiern, als sie alle gemeinsam zu dem Teil der Scheune kamen, der in ein Wohnhaus umgewandelt worden war.

Molly schien zu verstehen, daß Chris nicht darüber reden wollte, was mit Twyla und ihren Angehörigen geschehen war. Als die jüngeren Mädchen danach zu fragen begannen, wechselte Molly rasch das Thema.

Nachdem sie durch die Schiebetür mit dem kleinen Fenster getreten waren, vor dem jetzt ein als Gardine umgearbeiteter Mehlsack hing, ging Molly voran. »Ich werde euren Vater bitten müssen, in diese große Tür eine kleinere zu machen«, sagte sie. »Es ist zu schwer, sie auf die Seite zu schieben. Man verschließt sie von innen mit diesem großen Riegel, aber man bekommt ihn so schlecht von der Stelle, daß ich es kaum selbst schaffe.«

Dann ergriff Elisabeth als erste der Kinder das Wort. »Also, hier an der Wand steht eine Wassertonne, so daß wir nicht immer zum Pumpenhaus laufen müssen.«

Chris betrachtete das Faß und dann die anderen Gegenstände, die entlang der östlichen Wand der Scheune standen. Es gab Kästen mit Töpfen und Pfannen, eine mit Zinn beschlagene Holzkiste, einen großen Schrank und ein kleines Schränkchen für die Wassereimer und das Waschbekken.

»Und jetzt«, sagte Martha, »gehen wir um die Ecke, und da steht ein Küchenschrank; daneben befindet sich ein alter Eiskasten.« Sie machte eine übertriebene Geste. »Der Eiskasten riecht merkwürdig, aber wir haben ja sowieso kein Eis.«

Molly zeigte auf die andere Seite des Zimmers. »Unser Doppelbett wird dort zwischen dem Eiskasten und der Ecke stehen – ich meine, wenn wir ein Bett bekommen. Da drüben soll eine Kommode stehen, und am Fußende des Bettes werden wir wohl den Kleiderschrank aufstellen.«

Elisabeth gab weitere Erklärungen zum Scheunenhaus. »Siehst du den Holzboden? Es gibt so viele Ritzen darin, daß es einfach sein wird, ihn zu fegen. Man braucht nur alles in die Ritzen zu schieben!«

Während sie weitergingen, meinte Martha: »Hier kommt der Tisch hin, und der Holzofen bekommt seinen Platz zwischen dem Tisch und der Wand. Wenn Molly eine Nähmaschine erhält, kommt sie hierher, neben den Kleiderschrank.«

Sara hüpfte aufgeregt herum. »Wir werden eine Couch haben, wo Ruby schlafen kann, wenn sie zurückkommt«, ergänzte sie. »Zwischen die Couch und die Wand kommt ein Doppelbett für uns Mädchen.«

Chris war bald ebenso begeistert wie ihre Geschwister. »Und wo werde ich schlafen?« fragte sie.

Iola zeigte auf die nördliche, dem Wassertank gegenüberliegende Wand. »Dort, neben der Schiebetür. Aber wenn jemand das vergißt und die Tür einmal schnell öffnet, wirst du zusammengequetscht wie eine Mücke!« kicherte das kleine Mädchen.

Chris mußte lachen und nahm Iola bei der Hand. »Was ist denn auf der anderen Seite der Mauer, die den Wohnbereich vom Rest der Scheune trennt?«

Dort gab es nicht viel, wie die Mädchen bald feststellten. Sie gingen durch eine kleine Tür in den offenen Teil der Scheune. Dort lag nur etwas Stroh auf dem Lehmboden; ansonsten war der Raum völlig leer. Hoch über ihnen, in der Mitte, wo man das Heu zum Lagern hereinbrachte, stand die Luke offen. Die Tauben flatterten aufgeregt herum und flogen durch die große Öffnung ein und aus.

Die Sonne schien durch die Löcher im Dach und in der Wand herein. Der Staub, den die Mädchen bei ihrem Rundgang aufwirbelten, ließ sie niesen.

»Laßt uns wieder hinausgehen!« meinte Chris, als sie zum dritten Mal hatte niesen müssen.

An beiden Enden der Scheune gab es eine große, doppelte Schiebetür. Chris' Schwestern preßten sich durch die Tür, die am nächsten war. Während Chris folgte, warf sie noch einen Blick hinter sich in das weiche Licht der Scheune. An der Wand gegenüber vom Herd standen eine Werkbank und ein großer, offener Vorratsschrank für Eingemachtes.

»Es ist alles wunderschön!« stellte Chris fest, als sie hinausgingen. »Wunderschön!«

Elisabeth runzelte die Stirn. »Bist du verrückt, Chris? Es ist doch nur eine alte, häßliche Scheune.«

Chris fiel auf ihre Knie und zog ihre Schwester schnell an sich. »Das darfst du niemals wieder sagen, Elisabeth, hörst du? Ihr alle dürft das nicht. Es ist gar nicht so wichtig, was für ein Haus es ist, weil wir eine Familie sind und weil wir alle zusammen sind. Da ist es gar nicht so wichtig, wo wir wohnen.«

Elisabeth schüttelte den Kopf. »Das finde ich aber doch.«

»Ja«, sagte auch Martha. »Dies ist kein Haus, in dem man für immer wohnen kann!«

»Ich weiß«, antwortete Chris, »aber wir dürfen uns nicht entmutigen lassen. Im Augenblick kann ich noch nicht darüber sprechen«, fügte sie mit fast versagender Stimme hinzu. »Aber vielleicht werde ich euch bald etwas erzählen, woran ihr erkennen könnt, was es bedeutet, daß wir als Familie einander haben. Aber jetzt wollen wir uns den Waschbären ansehen.«

Iola zog heftig am Saum von Chris' Kleid. »Wir haben ihn in den Hühnerstall gesteckt, weil die Falle zu klein war«, erklärte sie ihrer Schwester.

»Ja«, sagte Elisabeth etwas fröhlicher. »Wir haben ihn ›Unfug‹ genannt, weil er den angestellt hat, sobald er aus der Falle heraus war.«

Chris lächelte. »Was hat er denn getan?«

»Frag lieber, was er nicht getan hat«, rief Martha scheinbar entsetzt. »Er hat die Hühnerstangen umgeworfen, den Futter- und Wassertrog umgekippt, und er hat sogar versucht, durch ein kleines Loch im Dach zu kriechen, bis wir einen Stein daraufgelegt haben.«

Als die Geschwister zum Hühnerstall kamen, sah Chris, wie ein Paar glänzende Augen in einem maskierten Gesicht durch den Maschendraht spähte, der vor den Fenstern angebracht war. Der Waschbär brummte, als die Mädchen draußen vor dem Verschlag stehenblieben. Auch die über zwei Meter hohen Seiten und das Dach des Stallauslaufes waren mit Maschendraht versehen.

Als der Waschbär erneut knurrte, klammerte sich Iola fest an Chris' Hand. »Ich habe Angst«, flüsterte sie.

»Unfug hat auch Angst«, meinte Chris. »Er brummt, damit wir denken, daß er mutig ist und wir nicht zu nahe herankommen.«

»Na, ich weiß nicht!« entgegnete Iola zweifelnd. »Er will mich bestimmt beißen. Unfi wird mich beißen!«

Elisabeth runzelte die Stirn. »Er heißt Unfug, nicht Unfi.«

Iola verzog ihren Mund. »Unfi. So nenne ich ihn«, beharrte sie.

Chris bückte sich und nahm Iola auf den Arm. »Unfug oder Unfi, es ist egal.«

Sie wandte sich wieder dem Haus zu, blieb dann aber plötzlich stehen. Es lief ihr kalt über den Rücken. Auf der anderen Seite des Zaunes jenseits der Kleewiese saß Don Gridley auf seinem Pferd und beobachtete die Mädchen.

Die Einladung einer Fremden

Elisabeth folgte Chris' Blick. »Wer ist der Junge dort?« fragte sie.

»Don Gridley«, antwortete Chris. »Es war sein Vatcr, der Vatis Stelle nicht für ihn freigehalten hat, bis er mit uns aus Illinois zurückkam.«

Martha regte sich unruhig neben Chris. »Warum beobachtet er uns durch ein Fernglas?«

»Ich weiß es nicht«, erwiderte Chris ehrlich. »Tun wir, als sähen wir ihn gar nicht. Ich werde mit euch um die Wette zum Scheunenhaus zurücklaufen!«

Den Rest des Tages arbeitete Chris hart. Sie putzte und half ihrer Stiefmutter beim Auspacken der Kästen, die sie aus Illinois mitgebracht hatten. Eines nach dem anderen stellte sie an den dafür vorgesehenen Platz.

Molly legte den kleinen, schläfrigen Joey auf einer Decke in die rechte Zimmerecke, wo eines Tages sein Bett stehen sollte. »Ich frage mich, was für Nachbarn wir haben«, sagte sie, als sie zurückkam. Sie schob eine Haarlocke aus ihrem verschmutzten Gesicht.

»Freundliche, hoffe ich«, erwiderte Chris, während sie eine gußeiserne Bratpfanne aus der alten Zeitung nahm, in die sie eingewickelt worden war. Sie sprach nicht von Don Gridley, obwohl sie wußte, daß seinem Vater auch das benachbarte Grundstück gehören mußte.

»Horch!« sagte Molly und legte ihre Arbeit nieder. »Es kommt ein Auto. Um diese Zeit kann das aber nicht euer Vater sein.«

Die jüngeren Kinder rannten vor Chris und Molly her aus dem Haus. Ein blaßgrüner Ford, Baujahr 1929, fuhr auf den Hof und hielt dort an. Eine große, schlanke Frau saß am Steuer.

Elisabeth drehte sich zu ihrer Stiefmutter um. »Ob das eine Nachbarin ist?«

»Wir werden es erfahren«, meinte Molly und ging auf die Fremde zu. »Einen schönen Nachmittag!« rief sie.

»Einen schönen Nachmittag.« Die Frau öffnete die Autotüre und stellte ihren Fuß auf das Trittbrett. »Sie ziehen gerade ein?« fragte sie hastig.

»Ja. Ich bin Molly Corrigan, und das sind meine Kinder.« Sie zeigte auf jedes einzelne und nannte seinen Namen.

Chris nickte und lächelte, aber die übrigen Mädchen hielten sich scheu im Hintergrund. Iola versteckte sich hinter Mollys Röcken.

»Ich bin Pauline Pattman«, stellte die große Frau sich vor, während sie jedem einzelnen Kind zunickte. Es war offenbar ihre Angewohnheit, sehr schnell zu sprechen. »Mein Mann und ich wohnen auch an dieser Straße, etwa eine Meile stadteinwärts. Vielleicht haben Sie den Hühnerstall gesehen, in dem wir es uns wohnlich gemacht haben?«

Molly schüttelte den Kopf. Auch Chris konnte sich nicht erinnern, das Haus gesehen zu haben.

Pauline Pattman plauderte in ihrer abgehackten Art schnell weiter. »Mein Mann hat Probleme mit dem Rücken bekommen. Ich habe nichts, das ich Ihnen bringen kann – harte Zeiten, wissen Sie –, aber ich wollte dennoch kurz vorbeikommen, um Sie zu begrüßen.«

Molly lächelte. »Wir wünschen uns nur gute Nachbarn. Möchten Sie nicht hereinkommen?« fragte sie. »Chris, schau doch einmal nach, ob du die Kaffeekanne findest.«

Als Chris sich gehorsam umdrehte, hob Pauline Pattman die Hand. »Es tut mir leid, Leute, aber ich kann nicht bleiben. Woher kommen Sie?«

»Aus Illinois«, erwiderte Molly. Elisabeth tat einen Schritt vorwärts. »Aber davor kamen wir aus den Ozarks, und wir sind auch in Texas und Missouri und an vielen anderen Orten gewesen.«

Die Frau lachte gemütlich. »Wohl von der Wirtschaftskrise dorthin verschlagen, nicht wahr?«

Chris runzelte die Stirn. Sie erinnerte sich jetzt, wie sie es gehaßt hatte, daß ihr Vater immer von einem Ort zum andern gezogen war, daß er nirgendwo Wurzeln geschlagen hatte, um zu bleiben.

»Jetzt bleiben wir hier«, sagte Sara. »Wir werden uns ein Haus suchen, in dem wir immer bleiben können.«

Die Frau nickte. »Ich weiß genau, was du meinst, mein Kind. Auch mein Mann und ich versuchen, hier einen wirklichen Neubeginn zu machen. Wir haben es satt, ständig vom Wind dieser Wirtschaftskrise herumgetrieben zu werden.«

Molly wehte sich mit ihrer Schürze etwas Kühlung zu. »Warum kommen Sie nicht in den Schatten des Hauses, Frau Pattman? Ich kann Ihnen leider keinen Stuhl anbieten, denn den haben wir nicht.«

»Danke, aber ich habe keine Zeit.« Pauline Pattman machte den Eindruck, ständig in Eile zu sein. »Eigentlich war ich vorbeigekommen, Sie zum Gottesdienst einzuladen. Gehen Sie zur Kirche?«

Molly zögerte einen Augenblick. »Mein Mann hält nicht viel davon.«

»Nun, wie wäre es mit der Sonntagsschule für die Kinder?«

Chris warf ihrer Stiefmutter schnell einen Blick zu. Sie hoffte, daß diese zustimmen würde. Sie selbst hatte sehr wohl das Bedürfnis, zum Gottesdienst zu gehen, besonders jetzt.

Molly fuhr mit dem Handrücken über ihre Augenbrauen. »Mein Mann hat zwei Arbeitsstellen und arbeitet sieben Tage in der Woche, damit wir ein Auskommen haben. Ich sehe keine Möglichkeit für die Kinder und mich, zur Kirche zu gehen.«

»Bei unserer Kirche ist das kein Problem«, antwortete Pauline Pattman schnell. »Bruder Hyde – das ist unser neuer Prediger – hat sich ein Wohnmobil gekauft, und Sonntagmorgens fährt er herum, um die Kinder abzuholen und sie mit zur Kirche in die Stadt zu nehmen.

Anschließend bringt er sie wieder heim. Dürfen Ihre Kinder kommen?«

Chris blickte ihre Stiefmutter gespannt an.

»Ich werde es mit meinem Mann besprechen«, sagte Molly zurückhaltend.

»Gut. Wenn er zustimmt, sollen sie am Sonntagmorgen gegen halb zehn an der Hauptstraße stehen«, kam die rasche Antwort. »So, und jetzt muß ich weiter. Es war schön, Sie alle kennenzulernen!«

Die fünf Corrigan-Mädchen unterhielten sich aufgeregt, als der Ford die Auffahrt wieder hinunterfuhr.

Als ihr Vater am Abend nach Hause kam, um schnell etwas zu essen, bevor er zu seiner zweiten Arbeitsstelle ging, rannten ihm alle fünf entgegen. Alle außer Chris sprachen gleichzeitig und erzählten von der Besucherin und ihrer Einladung.

Joe Corrigan schaute lange auf seine Töchter hinunter, bevor er eine Antwort gab. »Was für eine Kirche ist denn das?«

Jetzt ergriff Chris endlich das Wort. »Das hat Frau Pattman nicht gesagt.«

»Nun«, meinte ihr Vater nachdenklich, »es wird wohl nicht schaden, euch einmal dorthin gehenzulassen.«

Die Mädchen begannen herumzutanzen und vor Freude zu jauchzen.

»Aber«, warnte er, »das bedeutet nicht, daß ihr ein zweites Mal gehen dürft. Wartet, bis ich Näheres weiß. Chris, ich verlasse mich auf dich. Du erzählst mir ehrlich, was in dieser Kirche vor sich geht.«

»Das werde ich machen«, antwortete Chris.

»Gut. Und jetzt muß ich noch kurz mit eurer Mutter sprechen, und dann muß ich zum Zeltlager zurück. Ich habe meine Axt vergessen.«

Chris' Herz machte einen Sprung. »O, Vati, bitte laß mich mit dir kommen.« Sie schwieg einen Augenblick und dachte daran, daß Twyla nicht mehr dort war. Aber dann kam ihr ein anderer Gedanke. »Vielleicht ist Spud inzwischen in der Stadt und ins Zeltlager gegangen, um uns dort zu suchen.«

Ihr Vater wollte etwas erwidern, aber eilig fuhr Chris fort: »Und wenn er nicht im Zeltlager ist, könnten wir vielleicht am Postamt vorbeifahren und nachschauen, ob er dort ist.«

Joe Corrigan blickte sie belustigt an. »Glaubst du, daß der Junge da herumstehen wird, bis jemand ihn dort abholt, Chris?«

»Er weiß nicht, wo wir wohnen.« Chris vergaß, daß sie es dem Postbeamten erzählt hatte, und sie sagte: »Niemand kann es ihm sagen außer den Hocketts – das heißt, wenn sie immer noch bei der Brücke wohnen.« Fast hätte sie hinzugefügt, daß Don Gridley es auch wußte, aber darüber wollte sie nicht sprechen.

Joe Corrigan seufzte. »Ich verstehe. Nun also, dann ab mit dir ins Auto.«

Als der Wagen in den untiefen Fluß beim Zeltlager fuhr, füllte sich Chris' Herz mit Traurigkeit. Das Zelt der Hokketts stand immer noch dort, aber es war niemand zu sehen. Es herrschte eine beklemmende Stille.

Als Chris und ihr Vater das andere Ufer erreicht hatten und ausgestiegen waren, erklang Bate Hocketts traurige Stimme aus dem Zelt. »Gehen Sie!« rief er müde. »Wir haben keine Kinder mehr wegzugeben!«

Tränen sprangen Chris in die Augen bei der schrecklichen Einsamkeit in der Stimme des Mannes. »Ich bin es, Herr Hockett!« rief sie. »Chris Corrigan, und mein Vater ist auch da.«

Darauf wurde das Tuch, das vor der Zeltöffnung hing, zurückgeschlagen, und Bate Hockett kam mit seiner Frau Zelda, die das Baby Kallie auf dem Arm hielt, heraus.

Beide hatten sie rotgeweinte Augen, und Zelda Hocketts Nase war rot vom Weinen.

»Ach!« rief die Frau aus, während sie auf Chris und ihren Vater zulief. »Meine Kinder – alle sind sie weg! Jedes einzelne von ihnen, nur das Baby ist mir geblieben.«

»Sei jetzt still, Frau«, schalt ihr Mann leise. »Es ist geschehen, es ist nicht mehr zu ändern. Jedes von ihnen hat jetzt zumindest die Chance, zu überleben.«

Weder Chris noch ihr Vater wußten, was sie sagen sollten. Joe Corrigan klopfte Bate Hockett linkisch auf die Schulter. »Ich vergaß meine Axt«, sagte er lahm. »Wir können nicht bleiben. Ich muß Chris nach Hause bringen und dann zur Arbeit.«

Bate Hockett nickte langsam. »Ich wäre jetzt wohl auch keine gute Gesellschaft. Und meine Frau auch nicht.«

Joe Corrigan ging zu dem toten Baum, den er gemeinsam mit Bate Hockett gefällt hatte, und hob seine Axt auf. »Übrigens«, sagte er, während er zu Bate Hockett zurückging. »Hat ein Junge von Chris' Alter hier nach ihr gefragt?«

Twylas Vater schüttelte den Kopf. Der innere Schmerz hatte seinen Augen jeden Glanz genommen. »Es war niemand hier außer den Leuten, die Nahrungsmittel gegen unsere Kinder eintauschen wollten.« Er drehte sich um und schlürfte langsam zum Zelt zurück.

Zelda Hockett konnte ihre Augen kaum von Chris losreißen; schließlich aber folgte sie ihrem Mann.

Chris begann wieder zu weinen. Sie wollte es nicht, aber die Tränen kamen von selbst. Sie konnte nicht mehr richtig sehen, und ihr Hals war wie zugeschnürt.

Vage, wie von ganz weit, hörte sie die Stimme ihres Vaters. »Komm, Chris, steig ein.«

Chris hatte geglaubt, daß sie sich am Fluß ausgeweint hatte, aber das stimmte nicht. Erneut strömten Tränen des Zorns und des Schmerzes über ihre Wangen und tropften unbemerkt auf ihren Schoß.

Ihr Vater schien zu verstehen, daß sie weinen mußte. Ohne ein Wort zu sagen, fuhr er nach Lone River und hielt beim Postamt, als die Dämmerung einsetzte.

»Es ist niemand zu sehen«, sagte er freundlich. Chris blickte durch den warmen Nebel ihrer Tränen um sich. Sie nickte. »Er wird schon noch kommen«, meinte sie zuversichtlich. »Vielleicht morgen. Laß uns nach Hause gehen, bitte.«

Als sie in jener Nacht auf ihrer Matratze aus alten Decken und Mänteln lag, konnte Chris nicht einschlafen. Während alle anderen schon lange schliefen, lag sie noch stundenlang wach. Die erste Nacht in dem Scheunenhaus war merkwürdig. Sie hörte hohe, quiekende Geräusche und wußte, daß Fledermäuse in der Scheune herumflogen. Chris versuchte, nicht über sie nachzudenken. Und sie versuchte, nicht über Twyla nachzudenken. Es tat zu weh. Aber Twyla war ein Teil von ihr selbst geworden, und daher würde Chris sie niemals vergessen.

Dann dachte Chris an Spud. »Wo mag er wohl sein?« fragte sie sich. »Er hätte inzwischen längst in Lone River eintreffen müssen.«

Schließlich machten ihre Gedanken einen Sprung zu Ruby. Hatte sie in Grizzly Gulch irgendeinen Hinweis auf den Aufenthaltsort ihres Vaters gefunden? Bald würde Ruby wiederkommen, und dann würde Chris es erfahren.

Das Bild von Don Gridley, der sie über die Weide hinweg beobachtet hatte, brannte in Chris' Gedächtnis. Sie versuchte, das unangenehme Gefühl abzuschütteln, das sein unerwartetes Erscheinen in ihr geweckt hatte, aber es gelang ihr nicht.

Chris legte sich auf den Rücken und verschlang ihre Finger hinter ihrem Kopf ineinander. Sie starrte zur Decke. »O, Gott«, betete sie, »ich bin so durcheinander. Ich freue mich über das Scheunenhaus. Es ist besser als das Zelt. Ich bin auch froh, daß wir zur Kirche gehen. Aber ich bin auch traurig und wütend.«

Leise betend sagte sie Gott alles, was sie bedrückte, ihren Schmerz, ihre Wut und ihre Ratlosigkeit. Irgendwie schien es zu helfen, die Dinge Gott einfach zu sagen. Es wurde ein langes Gebet, aber endlich flüsterte Chris »Amen« und schlief ein.

Am Sonntagmorgen zogen alle fünf Corrigan-Mädchen ihr einziges gutes Kleid und ihr einziges Paar Schuhe an.

Sie warteten im Schatten der Pappeln am Ende der Auffahrt auf den Wagen des Pastors. Chris fühlte sich leer und ausgelaugt.

Bald kam ein schwarzes Wohnmobil herangefahren. Der Fahrer war ein nett aussehender Mann mit einem freundlichen Gesicht und einer Brille. »Ich bin Bruder Hyde«, stellte er sich vor, während er sich aus dem Fenster lehnte. »Ihr müßt die Corrigans sein, von denen Frau Pattman mir erzählt hat.«

Chris nickte. Sie mochte den Mann mit dem dunklen Hut und dem blauen Anzug auf Anhieb. Sie stellte sich und ihre Schwestern vor.

Der Prediger wiederholte jeden Namen, stieg dann aus und ging zur Tür des Wohnmobils.

Als sie hinter ihm hergingen, bemerkte Chris, daß Bruder Hydes Hosen sehr abgetragen waren. Dasselbe galt für das Rückenteil seines Anzuges. Die Umschläge seiner Hosen waren durchgescheuert, und seine Schuhe waren abgetragen. Mit Predigen konnte man in Lone River keine Reichtümer verdienen, schloß Chris.

Bruder Hyde öffnete die Tür des Wohnmobils. »Schade, daß eure Eltern nicht mitkommen können«, sagte er. »Vielleicht klappt es ein anderes Mal.«

Im Wohnmobil saßen bereits zahlreiche Kinder, vom Kleinkind bis zum Teenager. »Dies sind die Corrigans«, teilte der Prediger mit, als Chris und ihre Schwestern einstiegen. »Macht euch bitte selbst mit ihnen bekannt.«

Chris und ihre Schwestern setzten sich zwischen die übrigen Kindern und genossen die rüttelnde, ungestüme Fahrt in die Stadt. Chris hatte schon oft selbstgefertigte Wohnmobile gesehen, aber dieses war anders. Es kam aus einer Fabrik, war etwa dreieinhalb Meter lang, und überall saßen Kinder.

Endlich hielt das Wohnmobil vor einer strahlend weiß verputzten Kirche. Es war ein einfacher, kastenähnlicher Bau, vor dem ein kurzer, viereckiger Glockenturm stand.

Der Pastor kam nach hinten und öffnete die Tür des

Wohnmobils. »Wir sind da«, kündigte er an. »Einige von euch Jungen und Mädchen, die hier schon einmal waren, möchten doch so nett sein und den Corrigans zeigen, wo die Sonntagsschulräume sind. Ich werde das Wohnmobil wegstellen. Bis gleich.«

Als Chris und ihre Schwestern hinter den anderen Kindern die steile Zementtreppe emporstiegen, erklang hinter ihnen das scharfe Bellen eines Hundes. Chris beachtete es nicht, bis jemand auf der Straße zu rufen begann.

»Chris?!«

Das Mädchen griff nach dem Treppengeländer und drehte sich überrascht um. »Spud!« rief sie. »Und Lindy!«

Rasch drängte sich Chris an ihren Schwestern vorbei und eilte die Treppe hinunter zu dem lachenden Jungen, der mit seinem braun-schwarzen Hund auf dem Bürgersteig stand.

Spuds Streit mit Don Gridley

Am Fuß der steilen Kirchentreppe blieb Chris zwei Schritte vor Spud stehen.

Er lachte sie an; seine grünen Augen funkelten. »Hallo«, sagte er, während er abwesend Lindys Kopf tätschelte.

Der Hund jaulte und drückte seine braune Schnauze in Chris' Hand. »Hallo«, erwiderte sie. Ihre Stimme klang merkwürdig, etwas unfest und aufgeregt.

In gewisser Hinsicht hatte Spud sich überhaupt nicht verändert, seitdem sie ihn zum letzten Mal in Oklahoma gesehen hatte. Obwohl er zwei Jahre älter war als Chris, war er etwa genauso groß wie sie. Er war kräftig gebaut und hatte breite Schultern, schmale Hüften und Hände, die für seinen Körper zu groß waren. Sein Gesicht war rötlich und voller Sommersprossen, und er lächelte Chris strahlend an.

»Hallo«, sagte Spud noch einmal. »Lindy freut sich, dich zu sehen.« Er schwieg einen Augenblick, bevor er hinzufügte: »Ich freue mich auch.«

Chris erwiderte sein Lachen so intensiv, daß ihr die Wangen wehtaten. Dann schwiegen sie und Spud verlegen. Chris blickte auf Lindy hinab und krabbelte den Hund hinter den Ohren. Lindy war ein Airdale-Terrier mit kurzem, drahtigem schwarz-weißem Haar. Sein Schwanz war ihm gestutzt worden und war nur etwa zwölf Zentimeter lang. Während Chris den Hund streichelte, dachte sie daran, wie er zu seinem Namen gekommen war. Spud hatte ihr einmal erzählt, daß er seinen Hund nach dem berühmten Piloten Charles Lindbergh genannt hätte, der einige Jahre zuvor die Welt in Erstaunen versetzt hatte, weil er alleine in einem einmotorigen Flugzeug über den Atlantik geflogen war.

Chris schaute auf und spürte das Verlangen, Spud zu berühren. Statt dessen musterte sie ihn von Kopf bis Fuß und sagte: »Ich mag deine Cowboykleidung.«

Bei ihrem Kennenlernen in den Ozarks hatte Spud Knikkerbocker getragen, die ihm gerade bis unter die Knie reichten, und er hatte die lockere Sohle von seinem einen Schuh mit einem Bindfaden festgebunden, damit sie nicht ständig aufsprang. In seiner Cowboykleidung sah er jetzt fantastisch aus, nur die Fliegermütze, die er immer seinem Helden Lindbergh zu Ehren trug, paßte nicht dazu.

Spud schaute an seinen abgetragenen Blue Jeans, dem passenden Hemd und den abgetretenen Cowboystiefeln hinunter. »Es ist dieselbe Kleidung, die dein Onkel Cecil mir gab, bevor du abgereist bist«, antwortete er. »Die Frau von seinem Boß hat sie einfach abgeschnitten und etwas eingenommen, damit sie besser paßte.«

Chris kicherte. »Du hast Onkel Cecil einmal einen unterentwickelten Höhlenbewohner genannt! Weißt du noch?«

»Ja, ich erinnere mich noch. Sag mal, hast du mein Wörterbuch noch?«

»Natürlich. Ich lerne fast jeden Tag ein neues Wort. Du, wann bist du eigentlich angekommen?«

»Heute morgen. Ich habe herumgefragt, aber niemand schien zu wissen, wo du wohnst.«

»Ich habe beim Postamt nach dir Ausschau gehalten«, beteuerte Chris ihm. »Vati und ich haben erst gestern abend noch nachgefragt.«

»Nun, jetzt kannst du damit aufhören.«

Sie lächelte. »Wo ist dein Bündel?« Sie meinte damit den kurzen Stock mit einem großen blau-weiß-gepunkteten Taschentuch, in dem Spud seine wenigen Habseligkeiten zu befördern pflegte.

»Ich habe mich verbessert und besitze jetzt einen Koffer«, antwortete er. »Ich habe ihn bei der Gepäckaufbewahrung der Posthalterei zurückgelassen, weil ich dich zuerst finden wollte.« Er schaute hoch zu der Kirche und zu den Stufen, von wo aus Chris' vier Schwestern ihn anstarrten. »Gehst du hier zur Kirche?«

»Ich bin heute zum ersten Mal hier.« Kurz berichtete Chris, wie es dazu gekommen war, daß sie mit ihren Schwestern den Gottesdienst besuchen wollte. »Komm doch mit«, meinte sie, »dann kannst du meine Schwestern kennenlernen, und komm doch auch mit zur Sonntagsschule.«

Er zögerte. »Meine Kleidung schickt sich nicht für die Kirche. Und überhaupt, ich war schon lange nicht in einem Gottesdienst, Chris.«

»Ach was, vergiß die Kleidung. Und dies ist eine gute Gelegenheit, wieder mit dem Kirchgang zu beginnen.« Sie streckte ihre Hand aus und ergriff die seine. »Komm.«

»Einen Augenblick.« Der Junge ließ ihre Finger los und führte seinen Hund zu einem kleinen Stück Rasen vor der Kirche. »Bleib hier, Lindy, bleib hier.«

Dann folgte Spud Chris die Treppe hinauf. »Wo ist denn deine kämpferische Cousine?« fragte er.

»Ruby ist in Grizzly Gulch und sucht dort nach ihrem Vater. Ich werde dir später alles erzählen.« Chris wandte sich zu ihren Schwestern und stellte ihnen Spud vor.

Die Mädchen waren alle zurückhaltend, verlegen und schweigsam, außer der kleinen Iola. »Bist du Chris' Schatz?« fragte sie unschuldig.

»Iola!« schimpfte Chris verlegen. »Sag doch nicht so etwas. Kommt, laßt uns hineingehen.«

Chris' Gesicht glühte, und sie wagte es nicht, Spud anzuschauen, als sie alle gemeinsam die Kirche betraten. Bald waren sie umringt von Erwachsenen und jungen Leuten, die die Neuankömmlinge herzlich begrüßten.

Die Gottesdienstbesucher trugen alle alte, aber saubere Kleidung. Auch diese Leute erlebten offenbar schwierige Zeiten. Chris vermutete, daß die meisten Männer Bauern oder Arbeiter waren wie ihr Vater. Als sie sowohl den Männern wie den Frauen die Hand schüttelte, spürte Chris, wie deren Innenseiten durch harte Arbeit schwielig geworden waren. Sie wußte, daß auch ihre eigene Hand sich so anfühlen mußte.

Jeder ging zur Sonntagsschule, auch Chris und Spud. Ihre Altersgruppe traf sich in einem muffig riechenden Raum im Souterrain. Chris war so durcheinander, weil sie Spud wiedergetroffen hatte und weil Twylas Schicksal ihr immer noch so weh tat, daß sie wenig von der Lektion mitbekam. Den sich anschließenden Gottesdienst fand sie jedoch sehr interessant.

Chris schätzte, daß fünfzig bis fünfundsiebzig Leute in dem kleinen Kirchengebäude saßen. Auf die großen Fenster war buntes Papier geklebt worden, damit sie wie bleigefaßte Fenster aussahen. Die Bänke waren alt, und auf ihnen lagen etwa acht Zentimeter dicke Kissen. Vorne vor den ersten Sitzreihen stand ein schlichter Altar, und dahinter befanden sich die Kanzel und die Empore für den Chor.

Beim Beten während des Gottesdienstes knieten alle in den Bänken nieder. Chris fühlte sich etwas linkisch, als Spud und sie es den anderen gleichtaten. Aber als das Gebet begann, dachte Chris nur noch an Twyla und deren Angehörige. Sie betete leise für sie; in ihrem Inneren spürte sie einen dumpfen Schmerz.

Nach dem Gebet ging Bruder Hyde zur Kanzel. »Schlagen Sie bitte mit mir die Bibel auf beim dritten Kapitel des Buches Sprüche, die Verse fünf und sechs.«

Chris hatte nicht daran gedacht, ihre Bibel mitzubringen, und auf der Sitzreihe vor ihr lag keine. Sie hörte zu, wie der Pastor die ersten Worte vorlas. »Verlaß dich auf den Herrn von ganzem Herzen, und verlaß dich nicht auf deinen Verstand . . .«

»Schon wieder!« dachte sie. »Das ist der Vers, den meine Oma zitierte. Der Vers, den ich auswendig gelernt habe und an den ich denken mußte gerade in dem Augenblick, als ich ihn dort unten am Fluß brauchte!«

Sie fragte sich, ob dies die Antwort war im Blick auf Twyla und die schrecklichen Probleme der Familie Hokkett.

Sie blickte zu Spud hinüber. Er schaute aufmerksam zum Prediger hoch und schien sie nicht zu bemerken.

Vom Rest der Predigt bekam Chris nicht viel mit, da die wenigen Worte aus dem Buch Sprüche sich in ihrem Kopf festgesetzt hatten und sie zuversichtlich stimmten.

Bruder Hyde beendete den Gottesdienst damit, daß er die Gottesdienstbesucher aufforderte, stehend das Lied »Kommt, ihr Müden, Jesus ruft euch alle« zu singen. Bei den ersten Klängen des Liedes fügte der Prediger laut hinzu: »Wer irgendwelche Probleme hat, kann nach vorne kommen; dann werden wir zusammen beten.«

Chris trat von einem Fuß auf den andern. Sie verspürte den Drang, nach vorne zu gehen und zu beten. Sie hatte das vor Jahren schon einmal getan in der kleinen Kirche in den Ozarks, die sie damals mit ihrer Mutter besucht hatte. Aber nach deren Tode hatte Chris ihr Herz vor Gott verschlossen. Erst vor kurzer Zeit hatte sie wieder damit begonnen, Gott ganz neu zu vertrauen. Durch die Erfahrungen der vergangenen Tage war dieses Vertrauen sehr auf die Probe gestellt worden.

Chris entschied sich schließlich, doch nicht nach vorne zu gehen. Sie wollte Spud nicht alleine lassen. Außerdem war ihr schon wohler. Sie wußte jetzt, daß sie all die fürchterlichen Ereignisse der vergangenen Woche nicht unbedingt verstehen mußte. Sie konnte sie Gott überlassen und darauf vertrauen, daß er alles zum Besten führen würde. Chris atmete tief ein und schaute Spud wieder an.

Er sei viele Jahre nicht zum Gottesdienst gegangen, hatte er gesagt. Er sang das Lied nicht mit, sondern blickte zu Boden. Chris fragte sich, was er dachte.

Nach dem Gottesdienst traf Chris ihre Schwestern draußen wieder, und sie sagte ihnen, daß sie in der Nähe bleiben sollten, damit sie im Wohnmobil des Pastors nach Hause fahren konnten. Bruder Hyde hatte ihnen gesagt, daß es noch eine Weile dauern werde, weil er sich zuerst von jedem Gottesdienstbesucher verabschieden müsse.

Chris und Spud gingen zu dem kleinen Stück Rasen vor der Kirche und setzten sich mit Lindy unter eine Platane. Der Hund zerriß sich fast, weil er sowohl Chris wie seinem Herrchen seine Zuneigung zeigen wollte.

»Irgendwie siehst du anders aus, Spud«, meinte Chris, während sie Lindys Kopf tätschelte.

»Wieso?«
»Vielleicht bist du etwas größer geworden?«
»Das sind die Stiefel«, erklärte er und streckte sein rechtes Bein aus. »Aber meine Mutter hat mir und meinen Brüdern gesagt, daß Jungen in meinem Alter plötzlich sehr in die Länge schießen; vielleicht ist es bei mir jetzt auch soweit.«
Chris rutschte unruhig hin und her, ihre Hand ruhte auf Lindys Kopf. »Hast du dich mit deinen Eltern inzwischen wieder versöhnt?«
»Ja und nein. Ich dachte, daß ich meinen alten Herrn haßte, weil er mich immer herumgeschubst hat. Aber Frau Witt – erinnerst du dich noch an sie?«
»Sicher. Die Frau von Onkel Cecils Boß in Oklahoma. Wie geht es ihr?«
»Ihr geht es gut. Sie sagte, ich solle dir Grüße bestellen. Wie auch immer, als ich auf der Ranch arbeitete, drängte sie mich immer wieder, es mit meinen Eltern in Ordnung zu bringen.«
»Und das hast du getan?«
»Ich schrieb ihnen einen Brief, um sie wissen zu lassen, wo ich war und was ich vorhatte.«
Chris streckte impulsiv ihre Hand aus und legte sie auf die des Jungen. »Ich freue mich. Wann war das?«
»Vor etwa drei Wochen.«
»Ich denke, daß sie sich sehr gefreut haben, nach so langer Zeit von dir zu hören.«
»Vielleicht. Ich habe noch keine Antwort von ihnen.«
Chris blickte Spud nachdenklich an. Wie sie hatte auch er einen starken Willen, war sogar dickköpfig. Aber er war von daheim weggelaufen, und das beschäftigte sie, weil ihre Familie ihr so wichtig war. »Wie lange kannst du bleiben?«
Er zuckte mit den Schultern. »Ich weiß es nicht.«
Plötzlich ertönte eine spöttische Stimme vom Bürgersteig in der Nähe. »Du meine Güte, wenn das nicht die Hinterwäldlerin aus den Ozarks ist! Siehst du dir einmal die große Stadt an?«

Überrascht drehte sich Chris um und sah Don Gridley vor sich. Er saß auf seinem Fahrrad und berührte mit beiden Füßen den Bürgersteig.

Spud stieß Chris vorsichtig an. »Wer ist das?« fragte er leise.

»Don Gridley«, antwortete Chris. »Sein Vater besitzt nahezu den ganzen Bezirk.«

»Er hat dich eine Hinterwäldlerin genannt. Warum?«

»O, das hat nichts zu bedeuten. Er mag Ruby und mich nicht, das ist alles.«

Don rief erneut: »Ist dein Freund auch ein Hinterwäldler?«

Sofort stieg in Spud der Jähzorn hoch. Er sprang auf; auch Lindy erhob sich und knurrte drohend. Chris legte schnell ihre Arme um den Hals des Hundes, um ihn zurückzuhalten.

»Ich bin kein Hinterwäldler!« entgegnete Spud scharf.

»O nein?« fragte Don höhnisch. »Wie kommt es dann, daß du dich mit einer Hinterwäldlerin abgibst?«

Mit wenigen Schritten hatte Spud den Rasen überquert. Seine Stimme war leise und hart, als er Don dicht ins Gesicht sagte: »Du nennst Chris niemals wieder so oder ähnlich! Hast du verstanden?«

Chris spürte, wie sich Lindys Nackenhaare aufrichteten. »Nein, Lindy«, flüsterte sie. »Hierbleiben.« Sie lockerte ihren Griff, als der Hund sich setzte. Dann ging sie hinüber zu den beiden Jungen, die sich wütend anblickten.

»Was ist, wenn ich es doch tue?« fragte Don herausfordernd.

»Das wirst du schon merken«, antwortete Spud ausdruckslos.

Chris zog an Spuds Ärmel. »Bitte, hör auf.«

Spud atmete tief ein, nickte dann, seine Augen immer noch auf das Gesicht des anderen Jungen gerichtet. »Don oder wie immer du auch heißt, vergiß meine Worte nicht.« Langsam ging er zurück, Chris dicht neben sich.

Don stellte sein Fahrrad auf und fuhr schnell davon. Als er gut zwanzig Meter entfernt war, drehte er sich noch einmal um und hob die Faust. »Das werdet ihr beide mir büßen!« schrie er.

Chris erschauderte. Sie versuchte, Spud aufmunternd zuzulächeln, aber es mißlang ihr. Statt dessen sagte sie: »Danke, aber ich glaube, du hast dir einen Feind geschaffen, und das ist meine Schuld.«

»Ich kann für mich selbst sorgen«, beruhigte Spud sie. »Ich ziehe schon eine ganze Weile durchs Land.«

Chris wechselte das Thema, obwohl ihre Angst vor Don Gridley nicht nachließ. »Laß uns Bruder Hyde fragen, ob du im Wohnmobil mitfahren kannst«, schlug sie vor. »Ich möchte, daß meine Eltern dich kennenlernen.«

»Und was ist mit Lindy? Kann er auch mitkommen?«

»Fragen wir den Pastor.«

Bruder Hyde stellte Chris und Spud einige Fragen und war dann einverstanden. »Wenn du dir sicher bist, daß deine Eltern nichts dagegen haben, wenn du auf diese Weise einen Gast mit nach Hause bringst, Chris.«

Auf der Fahrt erzählte Chris Spud von Twyla. Chris' Augen füllten sich mit Tränen, als sie schloß: »Ich glaube, daß ich es niemals verstehen werde, aber die Verse aus dem Bibelbuch Sprüche helfen mir, damit zu leben.«

Spud seufzte. »Ich weiß nicht, was ich dazu sagen soll, außer, daß es mir leid tut«, sagte er leise.

Es war etwa halb zwei Uhr, als die Kinder mit Spud und Lindy an der Hauptstraße aus dem Wohnmobil stiegen. Elisabeth zeigte die Auffahrt hinunter zum Scheunenhaus. »Seht einmal!« rief sie. »Ruby ist zurück!«

Chris sah, wie ihre Cousine ihnen fröhlich zuwinkte. Ruby lächelte, die Sonne spiegelte sich in ihrem kurzgeschnittenen, blonden Haar. Grüßend winkte Chris zurück.

Spud blickte verwirrt. »Ich dachte, du hast gesagt, daß sie in Grizzly Gulch sei.«

Chris nickte. »Das war sie auch. Ich möchte wissen, ob sie ihren Vater gefunden hat. Komm, wir wollen sie fragen.«

Alle rannten auf Ruby zu, die ihnen bereits entgegeneilte.

Plötzlich erinnerte sich Chris daran, wie leicht Spud und Ruby Streit miteinander bekamen. Sie blickte Spud bittend an. »Versuche bitte, mit ihr auszukommen, ja?«

»Ist schon in Ordnung.«

Chris lächelte ihm dankbar zu, bevor sie ihre Cousine umarmte. »Ruby! Hast du deinen Vater gefunden?«

Ihre Cousine schaute Spud herausfordernd an. »Nein«, antwortete sie. »Noch nicht, aber ich habe eine Bombenidee, wo er hingezogen sein könnte.«

Spud tat einen Schritt vorwärts. »Hallo, Ruby«, sagte er.

»Wie geht's?« antwortete sie.

Chris seufzte auf. »Du, das ist großartig, Ruby! Erzähle uns mehr darüber.«

Während sie die Auffahrt zum Scheunenhaus heruntergingen, erzählte Ruby ihnen von ihrer Suche in der Geisterstadt Grizzly Gulch. »Ich habe fast alle Leute dort gefragt, ob sie nicht von einem Mann gehört hätten, der ›Konning, der Schweigsame‹ genannt wird. Aber erst gestern geriet ich an jemanden, der sich an ihn erinnerte.«

»Was ist geschehen?« fragte Chris aufgeregt.

Ruby erklärte: »Gerade in dem Augenblick, als ich dachte, daß ich ihn niemals finden oder von ihm hören würde, traf ich eine alte Frau, die seine Adresse hatte. Sie gab sie mir, kurz bevor die Frau, für die ich arbeitete, mich nach Hause brachte. Ich werde morgen hinschreiben!«

Chris lächelte zuversichtlich. »Du wirst ihn finden, Ruby! Ich weiß es.«

Nachdem sie Spud ihrer Stiefmutter vorgestellt hatte, wurde zu Mittag gegessen. Es gab weiche Brötchen, die Molly in dem Holzofen gebacken hatte, und dazu als Gemüse wilde Kräuter. Molly hatte sie am Morgen gesammelt und gekocht. Sie sahen aus und schmeckten wie Spinat. Es war kein reichhaltiges Mahl, aber mehr hatten die Corrigans nicht.

Nach dem Essen hielten die kleineren Kinder ihren Mittagsschlaf, während Chris, Elisabeth und Martha Ruby und Spud herumführten.

Als sie zum Zaun auf der anderen Seite des Grundstückes kamen, stellte Chris erfreut fest, daß Spud und Ruby miteinander auszukommen schienen. Alle drehten sich um und gingen langsam zum Haus zurück. Plötzlich zeigte Elisabeth nach vorne. »He! Das ist doch der Junge, der uns ständig beobachtet.«

Chris konnte gerade noch sehen, wie Don Gridley seinem Pferd die Sporen gab und sich eilig vom Scheunenhaus entfernte.

Voller Angst schaute Chris ihm nach und schrie dann auf. »Feuer! Das Scheunenhaus brennt!«

Feuer! Feuer!

In aller Hast rannte Chris auf das Scheunenhaus zu. Am anderen Ende des alten, trockenen Holzbaus loderten gelbe Flammen auf. Dicke schwarze Rauchwolken stiegen in die Sommerluft.

»O Gott, hilf!« betete Chris. Dann rief sie laut: »Molly! Feuer! Das Haus brennt!«

Obwohl Chris lief, was sie nur konnte, waren sowohl Ruby und Spud als auch Elisabeth und Martha schneller als sie. Verzweifelt suchte Chris nach einem Lebenszeichen ihrer Stiefmutter, der beiden kleinen Schwestern und von dem Baby Joey.

»Wahrscheinlich halten sie alle ihren Mittagsschlaf!« rief sie keuchend. Spud erreichte als erster die Schiebetür, die zum Wohnbereich führte, und versuchte, sie zu öffnen. Aber es gelang ihm nicht.

Chris erinnerte sich daran, daß Molly über den Riegel auf der Innenseite der Tür geklagt hatte. »Der Riegel ist nur schwer zu öffnen!« rief sie deshalb Spud zu.

Dieser schlug mit den flachen Händen auf die Tür und trat mit seinen Stiefeln dagegen. »Frau Corrigan! Feuer! Die Scheune brennt, und ich kann die Tür nicht öffnen!«

Chris hatte die Scheune nun ebenfalls beinahe erreicht. Sie war völlig außer Atem, und ihr Herz pochte so sehr, daß es zu bersten schien. »Versuche es auf der anderen Seite!« forderte sie Spud auf. »Beeile dich!«

Während er ums Haus rannte, eilte Ruby zu der Schiebetür auf der Westseite. Lindy bellte aufgeregt und sprang hinter Spud her.

Chris, Elisabeth und Martha standen vor der Schiebetür, die sich nicht öffnen lassen wollte. Ein kleines, ängstliches Gesicht erschien hinter dem kleinen Glasfenster der Tür.

Chris rang nach Atem. »Sara!« rief sie. »Mach den Riegel los, schnell!«

»Ich kann nicht!« tönte es ängstlich durch die Scheunentür. Das dickköpfige Mädchen schlug wild mit nackten Händen gegen das Fenster.

»Laß das!« rief Chris. »Du wirst dich verletzen. Ich hole dich heraus.«

Sie warf sich mit ihrem vollen Gewicht gegen die schwere Tür. Aber diese bewegte sich nicht. Da wandte sie sich dem kleinen Fenster zu und bedeutete ihrer blassen Schwester, auf die Seite zu gehen. »Zurück! Ich werde das Fenster einschlagen!«

Sara verschwand vom Fenster, während Chris sich umsah nach einem Gegenstand, den sie gebrauchen konnte, um das Fenster einzuschlagen. Während die anderen verwirrt riefen und schrien, hatte die praktische Elisabeth den Gartenschlauch genommen, der am Wasserhahn an der Ecke der Scheune angebracht war, und versuchte nun, den Wasserstrahl auf das Feuer zu richten.

»Molly!« schrie Chris. »Molly! Kannst du mich hören?«

Es kam keine Antwort. Chris nahm den ersten Gegenstand, den sie sah – die leere Falle. Sie rannte zum Fenster und rammte die Falle durch das Glas. Die Splitter flogen in alle Richtungen. Indem Chris mit der Falle am Fensterrahmen entlangfuhr, versuchte sie, alle steckengebliebenen Glassplitter herauszuschlagen. Dann steckte sie ihren Kopf durch die Öffnung und spähte in den dämmerigen Raum. »Molly! Molly! Wo bist du?«

In der Nähe ertönte ein leises Stöhnen. Chris' Augen schauten in die Richtung des Geräusches. »Molly, steh auf! Das Haus brennt!«

»Ich . . . kann nicht.« Mollys Stimme erklang nur schwach. »Ich bin gefallen und mit dem Kopf aufgeschlagen, und ich glaube, daß ich mir auch das Bein gebrochen habe.«

»Wir werden dich hinausschaffen«, versprach Chris. »Wo sind Iola und Joey?« Chris versuchte, durch das Fenster zu klettern, aber winzige Glasstückchen schnitten ihr in die Hände. Schnell zog sie sie zurück, als sie merkte, daß das Fenster zu hoch und zu klein war.

Mit schwacher Stimme rief Molly: »Ich habe das Baby, Chris. Iola war gerade noch da. Iola, wo bist du?« schrie Molly auf.

Chris erinnerte sich an ein Gespräch mit ihrer jüngsten Schwester über das Verhalten bei einem Brand. »Am besten verstecke ich mich dann auf dem Klo!« hatte die kleine Iola damals gemeint.

Es gab in der Scheune keine Toilette, aber Chris war sich sicher, daß Iola sich irgendwo in dem großen, alten Bau versteckt hatte.

Chris drehte sich um. Die Angst hatte ihren Mund ausgetrocknet. »Elisabeth, renne schnell zu Spud und Ruby und sag ihnen, daß Iola fehlt«, befahl sie. »Martha, hilf mir, Vatis Axt zu suchen.«

»Sie liegt beim Holzhaufen!« entgegnete Martha.

»Hol sie mir, aber sieh zu, daß du dich nicht daran verletzt.« Chris steckte ihren Kopf wieder durch das zerbrochene Fenster. »Molly, kannst du kriechen?«

»Ich . . . ich versuche es. Aber mit dem Baby –« Mollys Stimme versagte.

»Versuch es immer wieder, hörst du?!« rief Chris. »Du mußt versuchen, den Riegel an der Tür zu öffnen. Ich komme nicht an ihn heran.« Sie zog ihren Kopf zurück und wandte sich an ihre Schwester draußen. »Martha, schaffe einen Kasten oder irgendetwas anderes herbei, dann werde ich dir helfen, durch das Fenster zu klettern.«

Schwach hörte sie die Stimmen von Ruby und Spud, und daran erkannte sie, daß diese in den Hauptteil der Scheune gelangt waren. Den Wohnbereich hatten sie allerdings noch nicht erreicht.

Keuchend stand Martha hinter Chris. »Hier ist die Axt.«

Chris drehte sich um und griff nach dem Werkzeug. Sie tat einen Schritt zurück, um mit aller Macht zuzuschlagen. Da klangen Sirenen auf. Die Axt noch über ihrem Kopf, blickte Chris die Auffahrt hinunter. Ein Feuerwehrauto älteren Modells bog von der Hauptstraße in die Auffahrt ein, eine große Zahl von freiwilligen Helfern in alten Autos folgte.

»Gott sei Dank«, seufzte Chris auf. »Jemand muß den Rauch gesehen und die Feuerwehr angerufen haben.«

Jetzt ertönte Spuds Stimme von der anderen Seite der Scheunentür. »Die Hintertür ist offen. Ich werde drinnen nach Frau Corrigan und den Kindern suchen.«

Chris ließ die Axt sinken. »Komm erst her und öffne den Riegel an der Innenseite der Tür!« rief sie. »Dann werde ich dir suchen helfen!«

Sekunden später hörte sie, wie der Riegel weggeschoben wurde. Gemeinsam zählten Spud und sie bis drei; dann zogen sie mit aller Kraft an der Tür. Es klappte; die Schiebetür ließ sich bewegen. Laut schreiend und voller Angst rannte Sara ins Freie. Elisabeth ließ schnell den Gartenschlauch fallen und ergriff Sara bei der Hand.

»Geht zurück, ihr beiden!« schrie Chris. »Du auch, Martha!« Dann stürzte sie durch die offene Tür in den Wohnbereich. Dichter Rauch kam durch das Dach herein und schnitt ihr den Atem ab. Ein Husten machte sie darauf aufmerksam, daß Spud versuchte, Molly nach draußen zu bringen. Ruby hatte das schreiende Baby an sich genommen und eilte mit ihm zur Tür.

»Iola!« rief Chris. »Sie ist weg! Sie versteckt sich wahrscheinlich vor den Flammen. Ich werde sie suchen müssen.«

»Warte!« rief Spud, während er Molly durch die offene Tür zog. »Überlaß das den Feuerwehrleuten.«

»Solange kann ich nicht warten!« Chris taumelte in das mit Rauch erfüllte Zimmer und strauchelte über einen leeren Kasten. Sie fiel schwer zu Boden und schürfte sich die Haut auf, aber sie gab nicht auf.

Dabei merkte sie, daß der Rauch am Boden noch nicht so dicht war und sie dort besser atmen konnte. Schluchzend vor Angst und mit pochendem Herzen kroch sie daher auf Händen und Füßen durch das Zimmer. »Iola!« rief sie hustend. »Wo bist du?«

»Ich verstecke mich vor dem Feuer!« Von irgendwo aus dem rauchigen Zimmer klang ein dünnes, ängstliches Stimmchen.

»Versteck dich doch nicht. Komm zu mir.«

»Ich habe aber solche Angst!«

Schnell bewegte sich Chris auf die Stimme zu. »Sprich weiter, Iola. Dann kann ich dich finden. Hörst du mich?«

»Ja-a-a«, die Stimme schien leiser zu klingen.

»O Gott«, bat Chris spontan, »hilf mir, sie endlich zu finden.«

Wieder rief sie ihre kleine Schwester. »Iola, kannst du mich sehen?«

»Ja-a-a.«

»Sag doch was.« Erneut ließ der Rauch Chris husten. »Rufe meinen Namen. Wiederhole ihn nur immer wieder, damit ich dich hören kann: Chris, Chris, Chris.«

Ganz leise ertönte es wie ein Echo: »Chris . . . Chris . . . Chris . . .«

Weil sie hörte, wie die Flammen sich an den pulvertrokkenen Dachschindeln emporfraßen, kroch Chris schnell weiter über den Boden. Die Splitter, die ihr in Hände und Knie drangen, beachtete sie nicht.

»Hier bin ich, Chris.« Die Stimme kam von rechts.

Chris drehte sich um. Durch den Rauch behindert konnte sie ihre kleine Schwester kaum erkennen, aber sie hatte sie gefunden. »Gott sei Dank! Iola, da bist du!« rief sie aus, während sie das Mädchen aus einer leeren Holzkiste herausriß.

Als sie sich umdrehte, hörte sie Spuds Stimme unmittelbar hinter sich. »Gib sie mir. Wenn du meine andere Hand nimmst, sind wir schnell draußen!«

Bei der Tür trafen sie den Abteilungskommandanten der Feuerwehr und seine freiwilligen Helfer. Tief atmete Chris die frische Luft ein. Einen Augenblick lang umarmten die

Überlebenden sich erleichtert, während die Feuerwehrmänner und die Nachbarn die Flammen löschten.

Die kräftigen Strahlen der Feuerwehrspritzen brachten das Feuer bald unter Kontrolle. Andere Autos mit Nachbarn, die helfen oder ermutigen wollten, trafen ein.

Der Abteilungskommandant – er war der Besitzer des örtlichen Lebensmittelgeschäftes – kam in seiner grünen Schürze zu Molly und den Kindern. Er nahm seine Mütze ab. »Die westliche Seite ist ziemlich zerstört«, berichtete er. »Aber im Wohnbereich auf der Ostseite ist kaum Schaden entstanden, einmal abgesehen von dem Rauch. Es war gut, daß einer ihrer Nachbarn ein Telefon hatte und die Feuerwehr so schnell alarmierte.«

In diesem Augenblick eilte Pauline Pattman herbei und unterbrach ihn. »Lassen Sie mich Ihren Kopf einmal sehen, Frau Corrigan. Das sieht nach einer Schnittwunde aus. Und zeigen Sie mir auch einmal Ihr Bein!«

Molly wollte protestieren, aber die große, schnell redende Nachbarin untersuchte bereits die Verletzungen. »Die Kopfwunde wird heilen, ohne daß sie vernäht werden muß«, stellte sie dann fest. »Und ich glaube, daß Sie das Bein nur verrenkt haben.«

Chris beobachtete, wie der Abteilungskommandant in die Tasche seiner Schürze griff, als Pauline Pattman sich zurückzog.

Molly lächelte ihrer gutmeinenden Nachbarin zu. »Vielen Dank, Frau Pattman. Würden Sie so freundlich sein, einen Augenblick lang auf die Kinder aufzupassen? Ich möchte kurz mit dem Feuerwehrkommandanten sprechen. Chris, du, Spud und Ruby, ihr bleibt bitte hier.«

Chris drängte sich mit Spud und Ruby näher heran. Sie wollten sehen, was der Feuerwehrmann in seinen Händen hielt. »Habt ihr dies schon einmal gesehen?« fragte er.

Alle schüttelten sie den Kopf.

Der Kommandant nickte. »Das habe ich mir schon gedacht«, meinte er. »Es ist eine ganz normale Mausefalle, die gebraucht wurde, um das Feuer zu legen. Wollen Sie einmal sehen, wie es geht?« Er hielt die Mausefalle hoch, um es zu zeigen. »Man legt die Streichhölzer auf den Auslöser. Die Falle wird gestellt und mit Klebeband offengehalten. Wenn dann die Sonne die Klebe schmelzen läßt, löst sich das Band, und die Metallstange schlägt zu. Dabei entzündet sie die Streichhölzer, die dann aufflammen.«

Er deutete auf die Mausefalle. »Wir haben sie dort drüben im trockenen Gras an der Westseite der Scheune gefunden.«

Chris rang nach Atem. »Vati sagte, daß er das Gras mähen müsse, sobald er Zeit dazu habe.«

»Nun«, fuhr der Kommandant fort, »jemand hat offenbar mehrere solche Fallen aufgestellt, um das Feuer zu legen. Diese hier hat nicht funktioniert, so daß wir jetzt den Beweis dafür haben. Es handelt sich eindeutig um Brandstiftung.«

Entsetzt legte Molly sich die Hand auf den Mund. »Sie meinen –?«

»Ja, das meine ich. Haben Sie eine Ahnung, wer es gewesen sein könnte?«

Molly schüttelte den Kopf.

Chris zögerte; sie dachte an Don Gridleys Drohungen und daran, daß sie ihn hatte wegreiten sehen. Plötzlich erinnerte sie sich daran, daß sie sich nie dafür entschuldigt hatte, daß sie ihn zu Unrecht beschuldigt hatte, die Uhr ihres Vaters gestohlen zu haben. Das mußte sie nachholen. Bis dahin wollte sie ihn nicht zu Unrecht der Brandstiftung beschuldigen.

Ruby hingegen hatte solche Bedenken nicht. »Wir haben gesehen, wie dieser Don Gridley kurz vor dem Aufsteigen des Rauchs wie der Wind davonritt«, sagte sie. »Er hat es getan!«

Spud beugte sich zum Kommandanten hinüber. »Er hat Chris und mich heute morgen in der Stadt bedroht.«

Der Feuerwehrkommandant nickte. »Das erstaunt mich nicht. Der Junge hatte schon öfter Schwierigkeiten im Zusammenhang mit plötzlich ausbrechenden Feuern. Es wurde auch behauptet, daß er das Haus, das eigentlich zu dieser

Scheune gehört, niedergebrannt hat, doch dafür konnten keine Beweise gefunden werden. Wenn sich jetzt jedoch herausstellt, daß er dieses Feuer gelegt hat . . .«

Da der Kommandant seinen Satz nicht beendete, fragte Chris: »Was wird dann mit ihm passieren?«

»Nun, beim letzten Mal versprach mir sein Vater, daß der Junge bei einer erneuten Brandstiftung in ärztliche Behandlung kommen würde. Ich vermute, daß Don Gridley für ein Weilchen von der Bildfläche verschwinden wird.«

Chris war erleichtert, aber sie sagte nur: »Vielen Dank, daß Sie unser Haus gerettet haben. Und auch euch, Spud und Ruby, vielen Dank!« fuhr sie fort und lächelte ihnen zu.

»Du bist diejenige, die das kleine Mädchen gerettet hat«, erinnerte Spud sie.

»Es ist doch meine Schwester«, erwiderte Chris leise. »Und wir sind eine Familie.«

Ruby umarmte ihre Cousine. »Wir sind alle eine Familie«, fügte sie hinzu.

Nachdem Joe Corrigan an jenem Abend nach Hause gekommen war, versammelte sich die ganze Familie gemeinsam mit Spud und Ruby draußen vor dem Scheunenhaus, um den teilweise niedergebrannten Bau zu betrachten. Eine Zeitlang standen sie nur schweigend davor.

Schließlich sagte Chris: »Es ist merkwürdig, wie die Sache ausgegangen ist. Ich meine, all die Menschen, die wir noch nie gesehen haben, und die uns jetzt jeden Tag Essen und frische Milch für die Kleinen bringen wollen und so weiter.«

Ruby schluckte schwer. »Eine Frau hat mir Unterkunft und Verpflegung angeboten, wenn ich ihr dafür im Haushalt helfe.«

Spud nickte. »Und Frau Pattman möchte, daß ich ihr draußen beim Haus helfe, bis es ihrem Mann wieder besser geht.«

Joe Corrigan umarmte seine Frau. »Was ich nicht fassen kann, ist die Art und Weise, in der die Männer mir ihre Hilfe beim Reparieren der Scheune und beim Herrichten des Wohnbereichs anboten. Wir haben wirklich nette Nachbarn bekommen.«

Wieder schwiegen alle. Dann fuhr Joe Corrigan fort: »Ich bin heute zu der Brücke gefahren. Das Zelt der Hocketts ist verschwunden. Es ist nichts zurückgeblieben außer dem niedergetretenen Rasen und Asche an der Stelle, wo die Lagerfeuer waren.«

Chris drängte die aufsteigenden Tränen zurück. Gerade in diesem Augenblick kam ein klirrendes Geräusch aus dem Hühnerhaus, und jeder schaute um sich.

Ungeachtet ihrer schmerzlichen Erinnerungen mußte Chris lächeln. »Unfug scheint sich einsam zu fühlen«, meinte sie. »Ich denke, daß er bald ein nettes Haustier sein wird.«

Jeder lachte. Dann räusperte sich Chris' Vater. »Wir wollen uns alle die Hände geben«, sagte er, während er Mollys Hand in seine rechte und Chris' Hand in seine linke nahm.

Verwirrt streckte Chris ihre freie Hand aus und faßte nach Spuds Hand, der wiederum Rubys Hand ergriff. Im Nu hatten sie alle einen Kreis gebildet.

Langsam blickte Joe Corrigan in die Runde. Dann beugte er den Kopf. »Herr ...«, sagte er so leise, daß Chris es kaum verstehen konnte, »Herr, du weißt, daß ich nicht mehr weiß, wie ich mit dir reden soll, und ich weiß auch nicht, was ich sagen soll. Aber du weißt, was ich denke. Danke.«

Als Chris den Kopf hob, erblickte sie in der Ferne das Licht der untergehenden Sonne. Seit sie Illinois verlassen hatten, waren nur drei Wochen vergangen, und dennoch war so viel geschehen.

Vieles davon verstand Chris nicht. Sie wußte nicht, warum ihr Vater plötzlich ein kurzes Gebet gesprochen hatte, und warum Twyla und ihren Angehörigen so etwas Furchtbares hatte widerfahren können, verstand sie schon gar nicht. Ihr tat das Herz weh, wenn sie an ihre Freundin dachte, die sie niemals wiedersehen würde.

Dennoch hatte Chris in allem etwas gelernt. Wieder kamen ihr die Worte in den Sinn: »Verlaß dich auf den Herrn ... und verlaß dich nicht auf deinen Verstand ...«

Chris war davon überzeugt, daß sie, ihre Angehörigen und auch Spud und Ruby es der Wirtschaftskrise zum Trotz schaffen würden, irgendwie. Sie waren nicht reich, aber sie bildeten eine Familie – eine Familie mit guten Freunden. Und genau darauf kam es an.

Laut sagte Chris: »Was das Haus anbetrifft, in dem wir für immer wohnen werden, ist es nicht so wichtig, was für ein Gebäude oder Haus das ist. Wichtig ist nur, daß wir als Familie zusammen sind.«

Die kleine Sara zog an Chris' Arm. »Aber dieses Haus, in dem wir für immer bleiben können, werden wir doch eines Tages finden, oder?«

Chris nickte. »Ganz bestimmt.« Sie schaute ihre Angehörigen an und dann Spud und Ruby. »Und Ruby wird ihren Vater finden, und Spud ..., nun, er wird auch finden, was für ihn das Richtige ist.«

»Ach!« rief Sara aus. »Ich bin doch so gespannt, wie das alles ausgehen wird.«

»Ich auch«, erwiderte Chris ernst. »Ich auch.«

Lee Roddy
Zwei auf der Flucht
Ein amerikanisches Abenteuer (Bd. 1)
184 Seiten, Bestell-Nr. 056129

Auf der Flucht quer durch die Vereinigten Staaten erleben zwei junge Mädchen tolle Abenteuer. Sie werden verfolgt, geraten mehr als einmal in höchste Lebensgefahr. Sie kämpfen sich tapfer durch. Aber letztlich ist es ihr Glaube und das Gebet, daß sie ihre verlorene Familie wiederfinden – trotz der letztlich alles verursachenden Weltwirtschaftskrise.

M. H. Finlay
In letzter Sekunde
184 Seiten, Bestell-Nr. 056120

Ai Lin wird von einem Verwandten aufgenommen, als ihre Familie vor lauter Armut und Not nicht mehr weiter weiß. In der neuen Familie erlebt sie zum ersten Mal Wohlstand und Geborgenheit. Doch muß sie feststellen, daß dies zu einem glücklichen Leben nicht genügt. Sie und ihr Bruder Philip werden schließlich zur Sonntagsschule eingeladen und hören dort von Jesus. Diese Begegnung wird in der Familie Lim weite Kreise ziehen.